KB055793

회귀자 사용설명서

WISHBOOKS FANTASY STORY

회귀자
사용설명서 32

흙수저 판타지 장편소설

초판 1쇄 찍은 날 | 2021년 2월 19일
초판 1쇄 펴낸 날 | 2021년 2월 26일

지은이 | 흙수저
펴낸이 | 예경원

기획 | 위시북스
편집책임 | 이은송
편집 | 위시북스

펴낸곳 | 예원북스
등록번호 | 제396-2012-000132호
등록일자 | 2012. 7. 25
KFN | 제1-587호

주소 | 경기도 고양시 일산동구 호수로 646-24 위너스21II빌딩 206A호 (우)10401
전화 | 031-819-9431 팩스 | 031-817-9432
E-mail | yewonbooks@naver.com

ISBN 979-11-365-5010-1 04810
    979-11-6098-877-2 (set)

32
완결
회귀자 사용설명서
흙수저 판타지 장편소설
WISHBOOKS FANTASY STORY
Wish Books

회귀자
사용설명서

CONTENTS

230장
마지막(12)

'마력이…….'

시야에 비친 것은 형형색색 마법진의 향연이었다.

'정하얀 님.'

"정하얀 님…… 보이세요?"

"……."

"보고 계세요?"

그 광경은 뭐라고 설명하지 못할 정도로 아름다워, 왠지 모르게 눈시울을 붉히게 만드는 풍경이기도 했다.

조금 감정적이 된 것일 수도 있다. 아니, 틀림없이 감정적으로 받아들이고 있을 것이다. 몸에 있는 마력이 대부분 빠져나가 육체적으로 한계에 있기도 했고 무엇보다 지금 이 상황이 극적인 상황으로 느껴지기도 했으니까.

온몸이 녹초가 돼서 괜스레 쓸데없는 생각을 하게 됐을지도 모른다.

"괜찮은 거요? 거, 소라 후배도…… 누님도…… 전부 다 괜찮은 거요?"

"네, 저는…… 괜찮아요."

"……."

"누님은……."

"……."

"아직도……."

"네."

그것도 아니면 정하얀 님에 대해 더 잘 알게 됐기 때문일지도 모른다.

생각해 보면 전자보다는 후자에 가까울 것이다. 한때는 이 사람을 이해한다는 것 자체가 미친 짓이라고 생각했던 때도 있었지만 많은 시간을 함께한 지금은…… 아주 조금 이해할 수 있을 것 같았으니까.

어쩌면 나도 모르는 사이에 감화된 것인지도 모르겠다.

처음 마주쳤을 때를 상상하는 건 싫지만…… 이제는 정하얀 님이 가지고 계신 아픔이나 고통에 공감할 수 있었다. 남의 심리를 읽거나 하는 것에 능통한 것도 아니고 정하얀 님에 대해서 모든 걸 파악한 것도 아니었다. 옆에서 지켜보거나 직접 들은 이야기들로 미루어봤을 때 드는 생각일 뿐이고 그것마저도 확실하지 않았지만…….

정하얀이라는 사람은 무척 불쌍한 사람이었다.

'미친 거지…… 이런 생각을 하는 것도 미친 거야. 스톡홀름 증후군 같은 거 일지도 몰라. 정신 차려야 하는데…… 정말로 정신 차려야 하는데…….'

가족에게 버림받는다는 것은 흔한 일이 아니다. 가장 믿었던 사람들이 어느 순간 등을 돌린다는 것은 상상하기 힘든 이야기. 그건 정하얀 님의 트라우마였으며 그녀의 인격 형성에 결정적인 영향을 끼친 사건이었을 것이다. 아직도 사람을 믿지 못하고 있으니 무슨 말이 더 필요할까.

말 그대로 정하얀 님께서는 타인과 접촉하는 것을 극도로 꺼리고 있었다. 사람들과 부딪혀야 하는 자리는 애초에 거부감을 보였고 어쩔 수 없이 마주쳐야 하는 자리에서도 의사 표현을 확실하게 하지 않는다.

언뜻 보면 어울리지 못하는 것처럼 보이지만 자세히 살펴보면 하지 않으려고 하는 경우가 더 많다.

타인이 먼저 벽을 쌓는다고 생각하고 있지만 사실은 정하얀 님이 먼저 벽을 쌓고 있다. 몇몇을 제외하고는 자신에게 다가오는 것을 절대로 허용하지 않는다.

'외로움을 많이 타는 사람인데…….'

혼자 있는 걸 더 편하게 느낀다는 게 이상하다.

아마 그래서일 것이다. 그래서 벽을 쌓는 것일지도 모른다. 벽을 두드린 사람들과 헤어지기 무서워서, 벽 안으로 들어온 사람들과 함께하지 못하는 사실이 두려워서, 미리 벽을 치고 있는 것이다.

하면 안 되는 생각이지만 분리 불안 장애를 겪고 있는 강아지와 비슷하게 느껴질 정도, 벽 안에 발을 들인 사람과 함께하지 못할 때의 정하얀 님은 확실하게 비정상적이다. 무서워하고 두려워하고 몸을 가만히 두지 못한다. 생각을 멈추지 않으려고 하고 하기 싫은 생각을 계속해서 떠올린다. 어느 날 갑자기 자신을 버린 가족들처럼, 벽 안으로 발을 들인 이들도 자신을 버릴까 끊임없이 걱정한다.

이런 이들은 정하얀이라는 사람을 작동시키는 부품이나 다름이 없다. 처음부터 없었으면 문제가 되지 않았을 부품들.

부품이 빠지면 일반적인 기능을 하지 못하는 거야. 식사를 하거나 잠을 자는 것처럼 기본적인 욕구를 해결하는 것은 물론이거니와 인간이 살아가기 위해 해야 하는 모든 일들을 제대로 수행할 수 없다.

그녀에게 직접 말을 꺼낸 적은 없지만 이건…….

'정신병이겠지.'

슬그머니 옆을 바라보자 지팡이를 든 채로 하늘을 위로 올려다보고 있는 모습이 시야에 비쳤다. 입과 눈에서는 끊임없이 마력이 흘러나오고 있었고 끊임없이 주문을 외우고 있는 모습들도 눈에 들어왔다.

여기저기서 함성 소리가 들려왔다.

콰아아아아아아아앙!!

커다란 소리와 함께 언데드들이 사방으로 튕겨 나간다.

어떻게든 정하얀 님에게 닿으려고 하는 언데드들은 투명한 벽에 가로막혀 더 이상 전진하지 못하고 있다.

"정하얀 님을 지켜라!"

"정하얀 님! 괜찮으십니까."

"내가 보조하겠다. 모두 주문을 외워. 마력이 다해도 좋으니 계속해서 주문을 외워라."

"저 더러운 언데드들이 더 이상 활개 치게 내버려 두지 마라! 이 천인공노할 놈들! 이 더러운 놈들! 감히 정하얀 님에게 해를 끼치려고 해? 감히!"

"정하얀 님! 정하얀 님!"

그녀와 함께 시간을 보낸 마탑의 길드원들, 그녀를 손녀딸처럼 아끼던 할아버지, 할머니들, 그녀를 존경하는 학자들과 이제 막 공부를 시작한 수습생, 남녀노소 가리지 않고 그녀를 위해 목소리를 높이고 있으니 어떻게 감정을 다스릴 수 있을까.

단순히 그녀의 힘을 숭상하거나 그녀를 우러러보기 때문이 아니다. 이들은 정하얀 님에 대해서 잘 알고 있는 이들이었고, 그녀의 인간적인 면에 끌려온 이들일 것이다. 순수한 마음으로 그녀에게 지지를 보내는 이들이다.

'정하얀 님, 다른 사람들도 조금 만나시는 게 어때요?'

'……'

'마탑에서 같이 식사하자고 연락이 왔는데.'

'안, 안 갈래. 그냥 소라랑 같이 먹을래.'

'그래도……'

'왜, 왜, 왜? 내, 내…… 내가 갔으면 좋겠어?'

'아니요. 그런 뜻으로 말씀드린 게 아니라. 저는 그냥……'

'내, 내가 갔으면 좋겠냐구우…… 내, 내, 내가……'

'그런 뜻이…… 아니에요.'

'별, 별로…… 만나고 싶지 않아. 어차피…… 나랑은 상관없는…… 사, 사람들이니까.'

여러 가지 기억이 스쳐 지나간다.

'흐윽…… 끄으윽……'

어두운 방에서 혼자 훌쩍이고 있었던 모습이나.

'나, 나는 마법의 신이 될 거야.'

조금은 터무니없는 말을 하며 애써 자신을 위로하던 모습도 말이다.

'나도 신이 될 거야. 소, 소라는 마법의 천사가 될 거니까.'

'……'

'오, 오, 오빠랑 만날 수 있을 거야. 오빠가 만약에 내려오지 못해도 내가 올라가면 되니까. 그, 그러니까 별로 힘들지 않아. 목표가 있으면 집중할 수 있대. 오빠가 그렇게 말했어. 힘든 것도 잊을 수 있다고…… 오, 오빠가…… 응…… 오빠가…….'

'정하얀 님…… 정하얀 님은 할 수 있을 거예요. 울지 마세요. 차근차근히 계획을 세워봐요. 저번에도 하다 말았으니까. 이번에는 조금 더 구체적으로…….'

생각해 보면 최근에는 웃는 얼굴을 본 것 같지도 않다. 계속해서 머릿속에 떠오르는 모습들은 눈물을 훔치는 얼굴이나 이불을 뒤집어쓴 모습밖에는 없다. 간혹 즐겁게 웃기도 했지만 언제 그랬냐는 듯 금방 우울해지고는 했다.

다른 이들과 만남을 가지는 게 긍정적인 역할을 할 수도 있다고 생각하기도 했지만…….

그게 정말 맞는 것인지, 그게 정말로 옳은 행동인지는 스스로도 확신하지 못하고 있었다. 순수한 목적으로 그녀에게 접근하는 사람들을 구별할 수 없었으니 말이다.

설득한다면 타인과 자리를 만들 수 있었겠지만…….

'실례되는 말씀이지만 정하얀 님께 부탁을 드릴 게 있어서…….'

'거절하겠습니다. 공적인 이야기를 하실 생각이라면 길드를 통해 문의하세요. 정하얀 님, 가요.'

'아…… 아. 어…… 괜찮아?'

'네. 괜찮아요. 제가 사람을 잘못 본 것 같네요. 퉤. 더러운 인간.'

'죽, 죽여줄까?'

대부분 결과가 좋지는 않았다.

‘길드에 영입 제의를······.’

‘입 다물어. 개자식. 앞으로 연락하지 마.’

‘새로운 마법을 연구 중이에요. 소라 언니. 이런 말씀 드리기 정말 죄송하지만 조금만 도움을 주신다면······.’

‘앞으로 보지 말자.’

대놓고 말도 안 되는 제안을 하는 놈들이 부지기수였고······ 그녀가 가지고 있는 한 줌의 지식을 탐낸 이들도 한둘이 아니었다.

실제로 정하얀 님의 지식을 훔친 이도 있다. 한창 공부에 열중할 때 조수로 고용한 마법사였고, 혹시나 자신이 다른 일이 있을 때 빈자리를 채우라고 고용한 사람이었다.

며칠 후 자취를 감췄을 때, 실망하지도 않았던 정하얀 님도 기억에 남는다. 어째서 그녀가 나오지 않았는지에 대해서도 언급하지 않았고 그녀에 대해서 물음을 던지지도 않았다. 애초에 아무 생각도 없기 때문에 상처받지 않을 수 있었던 것이다.

‘정하얀 님······.’

‘······.’

‘혹시······ 그······.’

'나, 나는 몰라. 모, 모르는 일이야. 정말로 몰라.'

자신조차도 믿지 않았던 것이다. 그녀에게 힘을 주고 건강한 인간관계를 부여할 수 있는 이들이 없다고, 그렇게 결론을 내버리고 더 이상 앞으로 나아가지 않았던 것이다.

그렇기 때문이다. 괜히 눈시울이 붉어지는 것은 자신이 그런 생각을 하고 있었기 때문일 것이다.

"이렇게나 많네요."

"뭐가 말이요."

"정하얀 님을 사랑해 주시는 분들이 이렇게 많아요."

"거, 누가 누님을 싫어할 수 있겠냐니깐."

"아무 조건 없이 정하얀 님에게 힘을 주시는 분들이 이렇게나 많아요. 정하얀 님. 정하얀 님은 자신이 혼자라고, 자신을 좋아해 주는 사람이 없을 거라고 생각하시지만 그렇지 않아요. 저것 보세요. 저 광경을 보세요. 혼자라고 생각하지 않으셔도 돼요. 정하얀 님은 혼자가 아니에요."

"거, 당연히 누님은 혼자가 아니요. 누님을 믿고 따르는 사람이 얼마나 많은데. 나는 소라 후배가 갑자기 무슨 뚱딴지같은 소리를 하는지 모르겠지만…… 우리 파란 길드원들도 모두 누님을 믿고 있다니까. 혜진이 누님도, 거, 신입 길드원 알프스도…… 안 본 지 오래됐지만 희영 누님도 가끔씩 우리 누님 걱정하고 그랬다는 거 아니요."

"보고 계세요? 정하얀 님?"

"거, 현성이 형씨도 그렇고, 형님도 그렇고, 기모 형씨도, 예리도, 김미영 팀장님도 아영 후배나 창렬 후배도…… 그, 그리고 길드원들뿐만이 아니라 누님은 전 대륙에서 가장 사랑받는 마법사 아니요. 아마 모두가 누님을 응원하고 있을 거요."

"네. 모두가 정하얀 님을 응원하고 있어요. 마탑 분들도, 교국에서 오신 분들이나 린델 분들도, 가끔 산책갈 때 마주치는 분들이나 카페나 레스토랑에서 눈인사하셨던 분들, 모두다 정하얀 님을 좋아하고 생각해 주시고 계세요."

그녀의 가장 큰 버팀목이 되어주는 사람은 이 자리에 없다. 그렇기 때문에 이 광경을 봐줬으면 좋을 것 같다는 생각이 들어와 꽂힌다.

아마 모두가 기도를 보내고 있을 것이다. 거대한 마력에 맞서는 수많은 마법사, 그 마법사들이 만들어낸 수천, 아니, 수만 개의 마법진, 자신의 생명과도 같은 마력을 대가로 그녀에게 힘을 실어주는 이들도 주문을 외우며, 그녀를 바라보며 기도를 보내고 있을 것이다.

"라이오스 시민들도…… 아마 마찬가지일 거요. 두 번이나 구하고 있는 거 아니요."

"네."

그럴 것이다.

"힘내세요. 정하얀 님!"

"힘내라! 대마법사!"

"라이오스의 전 병력은 들어라! 절대로 언데드들이 대마법사에게 향하게 하지 마라. 목숨을 바쳐서라도 지켜라! 중립국의 은인을 위해! 라이오스를 위해! 우리도 목숨을 걸 수 있다는 것을 보여주자!"

"지키자!"

이상하게 눈물이 계속해서 흘러나온다.

"정하얀 님…… 보고 계세요?"

정하얀 님의 등에서 커다란 날개가 뻗어 나온 것은 바로 그 때였다.

순수한 마력으로만 이루어진 것처럼 느껴지는 거대한 날개. 마력의 응집체, 아니, 마력의 결정체…… 아니, 마력 그 자체.

거대한 마력을 품고 있는 날개가 뻗어 나오자 라이오스에 거대한 바람이 불어오는 것 같다.

마력의 영향 때문인지 공중으로 떠오르는 모습은 경이롭기까지 하다. 4쌍의 날개에 둘러싸인 정하얀 님의 모습은 정말로…… 정말로 천사처럼 보인다. 입과 눈에서 계속해서 쏟아져 나오는 마력도 어느 순간 사그라든다. 계속해서 소리를 내질렀던 이전과는 반대로 차분해진 얼굴은 한층 성숙해진 것처럼 느껴졌다.

날개를 활짝 펼치자 마력의 빛무리가 하늘로 뻗어 나가기 시작.

콰아아아아아아아아아아-

웅장한 소리와 함께 거대한 방벽이 다시 한번 라이오스를 감싸고 있었다.

"정하…… 얀 님? 보고 계시는 거죠?"

"으…… 응."

"정하얀 님은……."

"소, 소라야. 나, 나……."

"네!"

"나, 나…… 나 마법의 신이…… 된 것 같아. 아직 부족하지만……."

"네! 정하얀 님을 믿어주시고 사랑해 주시는……."

"멍, 멍, 멍청이 같은 사람들 덕분에."

"네?"

"바, 바보들도 도움이 될 때가 있네. 그, 그, 그렇지?"

"아뇨…… 그…… 그게……."

"이, 이, 이리와…… 소라야."

이건 아니라는 생각이 든 것은, 어마어마한 마력의 줄기가 천천히 자신을 향해 다가오고 있는 것을 확인했을 때였다.

"천사로 만들어줄게."

마력의 날개가 천천히 하늘을 감싸는 것이 시야에 비쳤다.

멍하니 하늘을 바라보던 이들이 믿을 수 없다는 듯이 두 눈을 비비기 시작했다. 주문을 외우는 마법사들, 대마법사를 위해 기도를 드리고 있던 이들, 언데드에 맞서기 위해 검을 뽑아

들었던 모든 이들이 잠깐 동안 멍한 얼굴로 한 사람을 바라보고 있는 모습이 눈에 보였다.

환호성이나 응원 소리는 들려오지 않았다. 사고가 일순간 마비된 것처럼 사람들은 할 말을 잃은 채로 조용히 위를 올려다보고 있었다.

마력으로 이루어진 날개를 펼치고 있는 대마법사의 모습은 그만큼 믿기지 않는 광경이었다.

그것은 한 인간이 신성을 얻는 과정이었으며 필멸자가 껍질을 벗고 한 단계 성장하는 과정이었지만, 그렇게 쉽게 단순화시킬 수가 없는 광경이기도 했다.

칙칙한 악마의 마력을 막고 있는 형형색색 빛나는 마법진들이 도드라진다. 계속해서 뻗어 나가고 있는 네 쌍의 날개가 라이오스 전체를 감싸고 있는 것이 보인다.

너희들의 신앙을 지지하겠다는 듯이. 악에 지지 않겠다는 듯이. 숭고한 그 마력의 빛과 날개는 계속해서, 계속해서 끊임없이 뻗어 나가고 있었다.

-천사…… 천사님이야. 엄마, 엄마 저거 봐. 천사님이야.

-교국의 대마법사가…….

-아름답군…… 아름다워.

-이건…… 무슨 마법입니까. 탑주님.

-이 광경을…… 어떻게…… 어떻게 이걸 마법이라고 정의할 수 있겠나. 허허…… 이건 마법이 아니라 정하얀 님의 힘이겠지. 터무니없는 장난이라고 생각했지만 정말로 그분이 마법의

신이 되어버린 모양이군…… 대륙을 구하기 위해 한계를 뛰어넘으신 게야…….

-마법의 신…….

-마치 대륙에 있는 모든 마력이 그녀의 새로운 탄생을 축복하고 있는 것처럼 보이지 않은가.

중얼거리는 목소리들과 그녀를 지지하는 많은 이들의 들리지 않는 목소리가 들리면 들려올수록 그 힘은 점점 더 커지고 있다.

긴 하얀색 수염을 만지작거리고 있는 마법사는 나이에 맞지 않는 순수한 모습으로 그 광경을 눈에 담고 있었다.

-마력의 날개.

-…….

-순수한 그분을 닮은 날개가 아닌가.

-네. 마치 정하얀 님의 투명함을 그대로 담은 것만 같은 순수한 날개입니다.

-이제는 웃으면서 기도를 올릴 수도 없겠구만…….

내 입이 다 벌어질 정도로 놀라운 광경이었다.

"시바…… 이건 또 뭐야."

말 그대로 턱이 빠질 정도로 당황스러운 광경이었다.

"뭐야…… 이거 어떻게 한 거야."

정하얀의 날개가 주변의 마력을 끊임없이 빨아들이는 것이 시야에 비친다.

"어떻게 된 거야."

마치 기다렸다는 듯이 주변의 신성을 흡수하는 걸 보니 오히려 이 상황을 기다린 것은 아닌가 하는 생각을 하게 된다. 입꼬리는 올라가 있었고 해냈다는 듯이 몸을 부들부들 떨며 주먹을 꽉 쥐고 있는 장면은 왠지 모르게 소름이 끼친다.

그런 생각을 한 것은 나뿐만이 아닌 모양.

박덕구야 커다란 눈을 꿈뻑거리며 정하얀에게 환호성을 보내고 있었지만 거대한 마력의 줄기에게 휘감기기 시작한 한소라는 최대한 그것과 멀어지려 발버둥 치고 있었다.

발목을 잡고 올라탄 마력의 줄기는 이윽고 그녀의 몸을 끌어당긴다. 어떻게든 빠져나가려는 듯이 손을 뻗으며 기어나가고 있었지만 그녀를 뒤덮은 마력의 줄기는 그것을 허락하지 않았다.

-꺄아아아악! 정하얀 님! 정하얀 님!

-…….

-정하얀 님! 무서워요. 무…… 무서워요. 용서해 주세요. 용서해 주세요!!

'시바 당연히 무섭겠지.'

인간을 강제로 천사로 변환시키는 과정이었으니까.

자신이 갑자기 다른 종족이 된다고 생각하면 누구나 두려움을 느끼는 법이다. 마력의 줄기가 자기 몸을 자꾸만 휘감고 있으니 비주얼적으로 공포심을 느끼는 거고…….

일반적으로 가능한 방법이 아닌 만큼 약간의 고통이 동반될지도 모른다.

조금 더 부드러운 방법이 있었을지도 모르겠지만 이제 막 신성을 사용하기 시작한 정하얀이 그런 방법을 깨달을 수 있을 리 만무. 최대한 빨리 한소라를 천사로 만들어야 한다는 것 외에는 다른 생각을 하지 못하고 있는 것 같았다.

-정하얀 님…… 정하얀…….

마침내 거대한 마력의 줄기가 그녀의 몸을 완전히 집어삼킨다.

줄기 사이로 팔 하나가 파악 하고 뻗어 나왔지만 다시 한번 손을 뻗는 줄기에 그것마저 완전히 삼켜진다.

이윽고…….

-어…….

-이, 이제 괜찮아. 소라야.

등 뒤에 검은빛의 투명한 날개 한 쌍을 달고 있는 한소라의 모습을 확인할 수 있었다.

찰나의 시간 동안 마음고생이 심했는지 얼굴이 눈물과 콧물로 범벅이 되어 있었지만 본인의 등 뒤에 있는 날개가 신기한지 조용히 뒤쪽을 바라보는 모습이 눈에 보인다.

그 와중에 놀란 가슴이 진정되지는 않는지 정하얀을 흘겨보는 중, 하지만 녹초가 된 그녀의 모습을 본 이후에는 마음이 약해진 모양인지 입술을 꽉 깨물고 있다.

-많, 많…… 많이 무서웠어?

-…….

-아프지는 않, 않았어?

-네…… 지금은 괜찮아요.

-다행이다…….

-지금은요…… 지금은 괜찮아요.

-정, 정말…… 다, 다행이다…….

다행은 아니지. 갑자기 자기가 천사가 되는데 얘가 얼마나 놀랐겠어.

그리고 지금 괜찮은 거 맞아? 한소라를 변화시키는 과정에서 많은 심력과 마력, 신성을 소비한 것 같은 느낌이 든다.

위에 있는 것 따위는 아무렇지도 않게 해체시킬 수 있을 것 같았지만 컨디션이 좋지 않은지 입가가 떨리고 있는 게 느껴진다.

쿵 하는 소리와 함께 악마의 마력이 다시 한번 정하얀의 날개를 짓눌렀지만 그녀는 팔을 활짝 벌리며 커다란 소리를 내지를 뿐이었다.

'연기하는 건 아니지?'

하얀이는 영악하다.

-끄윽…… 이야아아아아아아아아아!!

그게 싫다는 건 아니다. 오히려 좋지. 그냥…… 그게 나쁘다는 게 아니라…… 쟤도 영악한 면이 있다고.

-내가 지켜줄게. 소, 소라도…… 덕구 오빠도…… 그리고 저…… 응…… 내가 지켜줄게.

말도 안 더듬자너.

-야아아아아아아아아아아아아!!

콰앙 하는 소리와 함께 정하얀의 날개가 한번 내려앉자 위를 바라보는 이들이 비명을 내지른다. 기도를 올리기도 하고 정하얀에게 응원을 보내고 힘을 보내기도 한다. 마탑의 마법사들은 정하얀에게 계속해서 마력을 보내고 있다.

저게 연기라면 아마 속으로 신나서 춤을 추고 있겠지.

우리 하얀이가 보고 배운 게 많기는 해. 근데 저거 진짜 일부러 저러는 거 맞지? 진짜 위기 상황은 아닌 거지?

-내가 지킬 수 있어! 지, 지킬 수 있어…….

입술을 꽉 깨문 입에서는 피가 흘러나온다. 잠깐 시선을 돌린 사이에 온몸이 넝마가 된 것처럼 보인다.

마력을 떠받들고 있는 그녀의 날개에서 후드득후드득 소리와 함께 마력의 파편들이 떨어진다.

한소라는 그 광경을 멍하니 바라보다 이내…….

-하아…… 하아…… 지…… 지킬 수 있어…….

-정하얀 님!

봄을 일으키며 그녀의 손을 들어주기 시작했다.

눈물 나는 광경이기는 했다. 저게 주작만 아니라면.

작은 체구의 마법사가 자신의 모든 것을 불태우며 악에 대항하려는 모습이 어떻게 눈물이 나오지 않을 수 있겠는가.

정하얀의 왼편에 선 한소라도 어느새 필사적으로 대항하려는 모습, 방금 전까지 본인이 마력의 줄기 속에서 헤엄치고 왔다는 사실을 잊은 모양인지 계속해서 고개를 끄덕이고만 있다. 쟤도 혹시 자기 세뇌 돌리고 있는 거 아닌지 몰라.

-할…… 할 수 있어요. 힘내세요. 정하얀 님.

-고, 고, 고마워…… 소라야.

극한 상황이어서 그런지는 몰라도…….

'아니야. 저거에 누가 안 속아 넘어가겠어.'

프로레슬링도 그렇잖아. 각본은 있지만 위험은 진짜라고. 누군지 몰라도 정하얀한테 저런 거 가르친 놈 얼굴 좀 보고 싶을 지경이었다.

'얘가 적응이 빠르기는 해…… 솔직히 무서워.'

응용력도 남다르고…….

본인의 몸 안에 들어온 게 신성이라는 걸 깨닫는 거로도 모자라서 벌써 저러고 있는 것을 보면 역시 정하얀은 정하얀이라는 생각이 든다.

물론 직접적인 계약을 맺지 않았으니 당장은 위로 올라올 수 없겠지만 쟤가 뭔가 다른 일을 해낼 수 있을 거라는 불안감은 존재한다. 당장 자신의 천사를 만들었다는 것부터가 이미 규격 외의 일을 해낸 것이나 다름없으니까.

하지만…….

지금 당장은…… 그 걱정을 내려놔도 되지 않을까.

"좋네."

아군 측에게 아주 좋은 기회를 만들어준 것이나 다름이 없었으니까.

"좋아. 우리 하얀이. 아주 좋아."

기다렸다는 듯이 악마 소환 쓰레기가 중얼거리는 소리가 들려온다.

---멍청한 짓을 했군. 가짜 놈. 네놈이 아끼고 아끼던 한 수

가 쓰레기가 되어버린 것 같은데…….

아마 역병 쓰레기도 악마 소환 쓰레기와 같은 생각을 하고 있을 것이다.

---…….

'아무 말 못 하네.'

---쓸데없는 발악이다.

그래도 컨셉은 지키고 싶은지 입은 털고 있다만…….

---잘 막아내고 있다만 운이 좋았을 뿐이다. 준비된 수는 많다. 그중 하나가 틀어진 것이지 내가 네놈들에게 패배한 것은 아니다.

---이 만들어진 가짜는 지지 않았다고 생각하고 있을 게 분명하겠지. 자신이 지지 않을 거라고 믿고 있는 멍청이와 싸우는 것보다 쉬운 일이 어디 있을까. 네놈의 오만함이 네 목을 조를 것이다.

---패배하는 것은 너희 벌레들이다. 내 생각은 오만이 아닌 확신이며 네놈들의 발악은 결과에 영향을 끼칠 수 없을 것이다. 전장을 둘러봐라. 남은 것이 무엇인지. 결국에는 네놈이 할 수 있는 일은 없다. 쓸데없는 전선 줄다리기도 슬슬 지겨워지는 참인데…… 작은 이득으로 이 커다란 전장을 굴릴 수 있다고 믿는다는 것도…… 허무하군.

---애초에 나는 싸움터 안으로 들어간 적도 없다. 만들어진 가짜 놈. 네놈과는 즐거웠다만…….

---…….

---이제는 자리를 양보해 줘야겠지.

'그래. 악마 소환 쓰레기 말이 맞기는 해.'

싸움터 안으로 들어간 적도 없다는 것은 과장된 표현이다. 애초에 악마 소환 쓰레기가 이 악물고 상황을 컨트롤 하려고 했다는 것을 생각해 보면 놈이 허세를 부리는 것이 맞다.

하지만 자리를 양보해 줘야겠다는 표현은 거짓말이 아니다. 애초에 이 쓰레기의 역할은 다리를 연결해 주는 것뿐이었으니까. 말도 많고 탈도 많기는 했지만 결과적으로 생각해 보면 주어진 시간 안에 튼튼한 교각을 만들어준 것이나 다름이 없다.

아니나 다를까. 전선으로 향하는 길이 열리는 것이 눈에 들어온다. 전장을 볼 줄 모르는 자들의 눈에는 아무것도 보이지 않겠지만 내 눈에는 틀림없이 전장이 벌어지고 있는 것이 시야에 비친다.

아마 역병 쓰레기 역시 보고 있을 것이다. 쓸데없는 줄다리기를 하고 있는 전장에, 작은 이득을 추구했던 전장에, 견고한 다리가 만들어지고 있는 것을 보고 있을 것이다.

인상이 찌푸려지는 것을 보니 내 생각이 틀리지 않은 모양. 이번에야말로 자존심이 상했는지 일그러진 얼굴이 들어왔지만, 바로 다음에 대해 생각해 보는 게 놈에게도 이로울 거라고 판단할 수밖에 없었다. 지금 이 광경을 보고 있는 게 우리뿐만은 아닐 테니까.

진청은 아무런 말도 전하지 않았지만…… 붉은 짐승은 확신에 찬 얼굴로 견고한 다리 위에 발을 내디뎠다.

천천히 발을 내딛기 시작한 짐승은 성큼성큼 발걸음을 옮기며 그녀가 가장 원하던 장소를 향해 질주하기 시작했다.

역병군주는 아무런 말도 내뱉지 않았다. 녀석이 습관처럼 내뱉던 말들을 입에 담지 못한 채로 조용히 그 짐승이 자신을 향해 다가오는 것을 바라보고 있었다.

하등한 인간이나 벌레라는 말로 그녀를 지칭할 수 없다는 것을 깨닫고 있지 않을까.

이내, 자신의 전장에 도착한 짐승이 커다란 함성을 내질렀다.

-가자.

-…….

-가자! 내 형제자매들아!

-워어어어어어어어어어어어어어어어어어!!!

-붉은 용병을 위하여!!!!!

-붉은 용병을 위하여!!! 전장의 신을 위하여!!!!

썩은 대지를 가득 메운 것은 붉은 물결이었다.

전장의 열기가 그대로 느껴지는 듯했다.

누구나 즐거운 광경은 아닐 것이다. 한 번이라도 전장에 서 본 적이 있다면 저걸 반기지 않을 거라고 장담할 수 있다.

상처 입은 전우를 넘고 적과 마주치고 검과 창을 휘두른다. 사방에서 들려오는 비명과 함께 귀를 찢는 듯한 굉음이 들려온다. 턱 끝까지 숨이 차오른다. 악의와 적의, 광기가 공기 중에 퍼져 있다는 걸 느끼게 되고 코를 찌르는 역한 냄새 때문에 제대로 숨을 쉬기가 힘들어진다. 온몸이 땀으로 젖는 것은 물론 종국에는 뭐가 무엇인지 구분할 수 없게 된다.

일반인들에게 전장은 두려움의 대상이며 다시는 겪고 싶지 않은 경험일 것이다.

물론 이런 환경을 즐기는 이들도 존재한다. 말하지 않으면 서러운 사이코패스 살인마와 함께했던 여단 쓰레기들, 간혹 전쟁 중독에 걸린 퇴역군인이나 은퇴한 용병들이 그렇다.

전쟁에 중독된다는 게 무슨 감각인지 솔직히 이해할 수 없었지만 붉은 용병을 보고 있자면 조금은 이해가 갈 것 같기도 했다.

'특이하기는 해.'

확실히 특이하기는 해.

'특이한 놈들이야.'

-가자! 전우들아!

-워어어어어어어어어어어어어!!

-싸우자! 내 형제자매들아!

-발을 멈추지 마라! 돌격! 돌격! 돌격!

-달려! 달려라! 새끼들아!

-죽지 마라! 개자식들아! 죽지 마! 살아서 만나자!

'진짜……'

붉은 용병 길드의 분위기가 본래 거칠다는 건 알고 있었지만 내가 생각하는 것보다 더 정리되지 않았다는 느낌이 든다.

최영기같이 제법 냉정하게 상황을 판단하는 놈들도 있었고, 근육 덩어리들이기는 하지만 이성적인 근육 덩어리들이라는 느낌이 있었으니까. 어느 쪽이냐고 묻는다면 상당히 매너가 좋은 쪽이었고 나름 댄디한 덩치들의 비율도 꽤나 높았다. 물론 놈들에게 이성을 심어준 것은 길드에서 정의한 규율이었겠지만 그런 이미지가 쌓이고 쌓이다 보니 어느새…….

'까먹고 있었잖아.'

저 사고뭉치들을 억제하고 있었다는 게 차희라였다는 것을 잠깐 동안 잊고 있었다. 당장 바깥에 내놓으면 범죄자가 되거나 어딘가에서 사고나 치고 있던 놈들이라는 사실을 잊고 있었던 것이다.

-죽여! 죽여!!!

-죽어라!! 이 더러운 새끼들!! 마법사 지원! 지원!!

-비켜! 이 새끼야! 비켜!!

-들어와! 들어와라!! 이 악마 새끼들아!! 한번 들어와 봐!!

'레알 개판이네.'

붉은 용병이 전장에 선 것을 처음 본 것은 아닌데, 이런 모습이 너무나도 생소하게 느껴진다.

붉은 갑옷을 입고 대열을 맞추며 훈련받은 군인들처럼 싸우던 모습은 어디에도 없다. 마치 목줄이 풀린 짐승들을 보는 것 같지 않은가.

'얘네 진짜 개판이야.'

도끼를 든 놈도 있고 방패를 든 놈도 있다.

제각각 들고 있는 무기들처럼 싸우는 방식도 제각각이다.

더운지 갑옷을 벗고 싸우는 놈이 있는가 하면 마법사임에도 불구하고 지팡이를 둔기로 사용하는 놈도 있다. 거대한 무기를 던지는 놈이 있는가 하면 적 마법사의 공격을 온몸으로 받아낸 뒤에 실실 웃고 있는 놈도 있다.

팔에 박힌 화살들을 뽑으며 엉망진창이 된 몸으로 무모한 싸움을 벌이고 있는 놈들이나 맛탱이가 간 것 같은 눈으로 전장을 훑고 있는 놈들도 보인다.

어째서 놈들이 지금까지 목줄을 풀지 않았는지가 이해가 갈 정도로 엉망진창인 전장은……

---야만인들이군.

"뭘 또 야만인이라고 그래요?"

---그래도 내가 설계한 전장이었다. 더 이상 참견하고 싶은 마음도, 권리도 없다만 저런 전투를 지켜보는 게 편하지는 않군. 차라리 보지 않겠다.

"품위 있는 척 좀 하지 맙시다, 진짜. 하기야 온실 속의 난초처럼 큰 사람이 뭘 알겠어요? 좋은 부모님 밑에서 금이야 옥이야 자라온 세상 물정 모르는 놈이 뭘 알겠냐고. 전장에 품위라는 게 어디 있답니까."

---쓸데없는 프레임을 씌워 날 모욕하려 하지 마라. 이기영. 나 역시 전장에서 품위를 찾는 사람은 아니다. 하지만……

"하지만?"

---하지만 최소한의 선이라는 게 있는 법이지. 저건 전쟁이라고 부를 수도 없어. 주점에서 술에 취해 싸움을 벌이는 싸구려 용병들과 다른 게 무엇인지 물어보고 싶군. 린델의 삼대 길

드 중에 하나라 불리는 붉은 용병이 저런 꼴이라니. 길을 열어준 나마저 쓰레기가 된 것 같은 기분이다.

"그러니까 군사님이 지금 거기서 그러고 있는 거예요. 지가 뭘 알아. 저런 뜨거운 싸움에 대해서도 모르는 놈이 무슨 의자에만 앉아서 전략이니 전술이니. 지가 뭐 한 번이라도 저런 열기를 느껴봤겠어? 이래서 사무직 놈들은 안 된다니까. 탁상공론하기에 바쁜 놈들이 현장에 대해서……."

---적어도 네놈보다는…….

"말을 안 해서 그렇지 나는 군사님 쪽보다는 저런 쪽이라니까요. 나는 저기 가서도 적응 잘했을 거야. 저는 현장 쪽입니다. 군사님이랑은 근본이 다르다니까."

---더 듣고 있을 가치가 없는 개소리로군.

'이 새끼.'

마음에 안 든다는 듯 찌푸린 얼굴이 눈에 들어온다.

어느 정도 진청의 심정을 이해할 수 있었지만 아마 방금 놈이 지껄인 말은 진심은 아닐 것이다. 그냥 눈에 거슬리는 거겠지, 뭐.

어쩌면 저걸 인정하기 싫은 걸지도 모르겠다. 저따위로 싸우고 있는데도 불구하고 성과를 내고 있다는 걸 녀석이 어떻게 이해할 수 있을까. 아마 자기가 나름대로 정립하고 있었던 가치관이 산산이 조각난 기분일 것이다.

굳이 예를 들자면 이거지. 그동안 이 새끼가 대륙을 무대로 얼마나 많은 전장을 겪어왔겠어. 얼마나 많은 전장을 대상으로 논문을 써왔겠냐고. 많은 시행착오를 겪으며 녀석 나름대로 전쟁을 정의했을 거라고 확신할 수 있다.

원래 오만함으로 똘똘 뭉쳐 있는 새끼였으니…… 어느 정도로 자기 논문에 프라이드를 가지고 있을지 상상도 되지 않는다.

결국에는 그 논문을 위협할 새로운 이론이 등장한 셈, 정확히 이야기하자면 논문의 반박하는 사례가 등장한 것이다.

'분명히 정리되지 않은 것 같은데.'

정리된 느낌이 있다.

저걸 뭐라고 표현해야 할지 나도 모르겠다. 병과도 제대로 나누지 않았고 대열도 정상적이지 않다. 그저 무식하게 돌격하고 있을 뿐이며 제대로 된 지휘관도 보이지 않는다.

지휘관 휘장을 달고 있는 놈은 있지만 저놈들 역시 눈에 불을 켜며 악마들의 대가리에 도끼를 내리꽂는 것에만 열중하고 있다. 입가에 게거품을 물고 욕설을 내뱉고 있는 놈들의 얼굴과 몸이 악마의 피로 흠뻑 젖어 있는 것이 보인다.

솔직히 누가 악마 진영인지 구분하기 힘들 정도. 악마들이 피해자라고 생각해도 될 만큼 잔인한 장면들이 눈에 띈다.

홍보용으로도 못 쓰겠자너.

하지만.

'왜 정리된 것처럼 보이는 거지.'

결과론 때문에 개소리를 지껄이는 것이 아니라 확실하게 법칙이 있다. 단순히 날뛰고 있는 것처럼 보이지만 약속된 것처럼 보이기도 한다.

사상자를 최소화하고 있으며 저들조차도 의식하지 못하는 법칙들이 보인다. 제각각 행동하고 움직이는 놈들이 마치 한 몸처럼 보인다. 서로의 부족한 부분을 채워주고 말도 안 되는 퍼즐들이 모여 하나의 그림을 그리고 있는 장면은 마치…….

"완벽해."

완벽한 하나의 작품이었다.

'이거 아마 다시 하라고 해도 못 할 거야.'

분명히 장담할 수 있다. 우연으로 만들어진 산물일 것이다. 쟤네들이 지금까지 맞춰온 호흡이라는 게 어쩌다 보니까 몸에 익어서 딱 하고 맞아떨어진 거지. 다시 하라고 하면 진짜 정말로 못 할 거야. 애초에 전장을 이끄는 게 차희라가 아니었다면 만들어지지 않을 장면이었겠지.

붉은 용병이 규율을 부수고 목줄을 부순 것은 차희라가 그렇게 하라고 말했기 때문이지 다른 이유가 있는 게 아니다.

생각해 보니 차희라가 그런 판단을 내린 건…….

'아마 소환 쓰레기 때문이라는 거고.'

아이러니하게도 공화국의 천재 군사가 무너지지 않을 튼튼한 무대를 마련해 준 덕분일 것이다.

-죽여! 죽여라!! 죽여!!!

-돌격! 발을 멈추지 마! 뒤를 돌아보지 말고 뛰어라!

콰앙 하는 소리와 함께 굉음이 들려온다.

양손으로 들라고 만들어진 도끼와 대검을 각각 한 손에 잡은 채로 마구잡이로 무기를 휘두른다. 대검에 스친 놈은 그대로 상반신이 날아가고 도끼에 찍힌 녀석은 그대로 몸이 짓이겨진다. 한 번 발을 구를 때마다 대지가 파이고 몸을 움직일 때마다 광풍이 불어온다.

생전 처음 들어보는 효과음들이 계속해서 내리꽂히는 것만 같다. 전장의 신이 열어준 길을 따라온 신의 병사들은 그녀를 바라보며 믿고 따르며 자신의 모든 것을 불사른다.

적의 공격을 방패로 쳐내고 광기에 미쳐 웃으며 어둠 속으로 발을 내디딘다.

저건 죽지 않을 거라는 믿음이다. 아니, 그것보다는 죽음도 두려워하지 않는 것처럼 보인다. 자신이 죽더라도 종국에는 전사의 무덤인 발할라로 향할 거라고 생각하고 있는 것 같다.

-전장의 신이 우리와 함께한다!

-붉은 용병이 우리와 함께하고 있다!

-오늘 이곳이 우리의 무덤이 될 것이다! 전장의 신의 곁에서 가장 영광스러움 죽음을 맞이할 것이다. 싸우자! 전사들이여! 싸우자! 전우여! 싸우자! 내 형제자매여! 싸우자! 싸우자! 전장의 신을 위하여!

-그 아무것도 전신의 길을 막지 못하리라! 우리들은 언제나처럼 승리의 노래를 부르게 되리라!

'어떻게. 이 새끼들 취했나 봐.'

안 좋은 약이라도 한 것 같다. 광기에 취하고 전장에 취하고 있다. 제정신으로는 할 수 없는 대사들을 계속해서 내뱉는다.

'안기모 이 새끼가 왜 적응 못 했는지 알겠네.'

광기에 물들어 있는 붉은 용병의 덩치들 사이에 머쓱하게 서 있었을 놈을 생각해 보면 확실히 놈이 파란을 갈구할 만도 하다.

덩치들은 승리의 노래, 전장의 신을 칭송하는 노래를 부르고 있고 차희라는 웃고 있다.

그러면서 계속해서 적들을 베어 넘기고 벌레처럼 짓누르며 저들에게 자신을 믿어야 하는 이유를 설명하고 있다.

보라.

-콰아아아아아아아아아아아앙!!

압도적인 힘.

-콰드드드드드드드드드드드득!

절로 경외감을 느끼게 하는 무력.

-하…… 하하하하하하하하하하하!!

-마법! 마법사!

-전진! 전진! 뒤를 돌아보지 마라!

-전장의 신의 곁에서 죽으리라!

-전장의 신에게 내 목숨을 바치리라!

'이 새끼들 정신 나갔어.'

악마 소환 쓰레기가 만들어진 교각을 건너는 것은 쉬운 일은 아니었다. 역병 쓰레기가 활짝 열린 길을 내버려 둘 정도로 멍청하지는 않을 테니까.

병력들을 밀집해 전선을 보강하거나 구멍을 틀어막으려고 했지만 그 모든 행위가 무의미해 보일 정도로 영향력을 끼치

지 못하고 있다. 체력적인 한계를 맞을 만도 하건만, 전신이 이
끄는 신의 병사들은 지치지 않는다.

'얼마나 당황스럽겠어.'

---······.

'진짜 얼마나 짜증 날까.'

악마 소환 쓰레기보다는 역병 쓰레기가 더 스트레스를 받고
있지 않을까.

---······이 역겨운 벌레 놈······ 이 더러운 벌레 놈들이······
감히······ 감히!!

콰아아아아아아아아아아아앙!!

거대한 소리가 들려왔다.

의자에서 몸을 일으킨 역병 쓰레기의 머리를 한 손으로 잡
고 벽과 뜨거운 인사를 시켜주는 차희라의 모습이 시야에 비
쳤다.

콰드드드드드드드드드드드득!

-오랜만이네. 자기.

-너어어어어어어어어!!!! 이 주제도 모르는 미친 빨간 년이이
이이!!!!!!!!

-입 다물어. 새끼야.

거대한 주먹이 놈의 얼굴에 틀어박혔다.

-콰아아아아아아아아아아아아아아아아앙!!!

'어떻게 해······ 못 보겠어.'

-콰아아아아아아앙!

-콰드드드드드드드득!! 콰지지지지지지직!!!

-콰아아아아아아아아아아아앙!!!

'진짜 못 보겠어······.'

계속해서 거대한 굉음이 들려온다. 인간의 주먹으로 인간을 두드리는 소리라고 하기에는 너무나도 커다란 소리가 귓가에 내리꽂힌다.

한 번 주먹을 휘두를 때마다 충격파가 터지는 것 같다. 역병 쓰레기의 머리를 잡고 주먹을 내리찍는 모습은 마치 케루빔과의 일전을 떠올리게 만들었지만 당하는 놈의 여리여리한 몸뚱이를 보고 있자니 이전의 그것보다 더 불쌍하게 느껴졌다.

몸이 종이 인형처럼 여기저기 나풀거리는 모습은 가관, 그래도 이쪽의 모습을 하고 있다 보니 괜히 내 몸이 아픈 것 같은 느낌도 들기 시작했다.

여기저기 벽에 처박히고 있다. 온몸이 벽에 튕겨 나가며 날아가고 있는 와중에도 저항하려 하고 있지만 쉴 틈 없이 쏟아지는 공격에 당황했는지 제대로 수인을 맺지 못하고 있다.

콰아아아아아아아앙!! 하는 소리와 함께 놈이 벽에 다시 한번 부딪혔다.

어느새 놈의 위로 올라간 붉은 짐승이 양손에 깍지를 낀 채로 팔을 망치처럼 내리꽂는다. 땅바닥에 처박힌 놈이 몸을 일으키려고 하지만 그대로 발로 얼굴을 걷어 차버리는 것이 보인다. 당연히 놈의 몸은 다음 벽으로 튕겨 나갔다.

'인정사정없어요.'

예전에 김현성한테 한 방 맞았을 때가 떠오른다.

'쟤도 집에 가고 싶다 생각하고 있을 거야. 이제 그만하고 싶을 거라구.'

딱 한 방으로 정신 번쩍 들었자너. 하물며 저건 김현성의 주먹질이 아니라 차희라의 주먹질이다. 진짜로 때려죽일 것처럼 두드려 패고 있는 주먹질 말이다. 놈이 상향 판정을 받았다고 한들, 저 대미지가 쌓이지 않을 리가 없지 않은가.

저 상황에서 곧바로 리타이어해도 위화감이 없다는 생각이 들기는 했지만 변수는 있다.

바로 저 장소가 리무르아의 둥지라는 것. 저 장소가 차희라의 전장이 아니라 역병 쓰레기의 전장이라는 것.

얼마나 효과가 있을지 모르겠지만 그래도 내벽이 완충재 역할을 해주고 있지 않을까. 아니면 대미지를 다른 곳으로 분산시킬 수 있는 수단을 만들어놨을 수도 있고, 자신의 약한 육체를 보호하기 위해 여러 곳에 안전장치를 마련했을지도 모르지.

희라 누나 역시 주먹에서 느껴지는 감촉이 영 별로라는 것을 깨달았는지 표정이 조금씩 불편해지는 것이 시야에 비쳤다.

'누가 우리 희라 누나 불편하게 했어?'

목과 몸을 분리시키면 그만이라고 생각했는지 도끼를 쥐고 휘둘렀지만 내벽에서 튀어나온 거대한 촉수 하나가 도끼를 가로막는 게 눈에 들어왔다.

콰직!!! 하는 소리와 함께 촉수가 짓이겨졌지만, 나쁜 수는 아니었다. 저건 시간을 벌기 위함이었으니까. 놈이 리무르아의 둥지에 대한 통제권을 가지고 있다면 현재의 상황을 통제하는 것도 가능하다고 생각하고 있을 터.

사방에서 뻗어 나오는 촉수가 그녀를 향해 쇄도하는 것이 보였다.

코웃음 치며 도끼를 다시 한번 휘두르지만 여기저기에서 튀어나오고 있는 촉수들이 어느새 둥지를 가득 메우고 있었다.

계속해서 흉물스러운 촉수를 보는 건 그리 보기 좋은 광경이 아니다. 그 촉수가 짓이겨지고 찢기고, 뭐라고 설명하기 싫은 이물질들이 터져 나오는 모습은 더욱더 인상이 찌푸려지는 광경이었다.

'영상 찍은 거 생각나기는 해.'

그때의 이기영은 확실히 헝그리 정신 같은 게 있었지. 괜찮은 작품을 위해 자기 한 몸 불사르는 용기 같은 게 있기야 했어.

어느 정도 적폐 라인으로 진입한 지금, 제삼자의 입장으로 살펴보니 확실히 조금 더 거부감이 든다.

-콰아아아아아아아아앙!!!

꾸물거리는 것들이 끊임없이 재생하고 서로 분열하고 합쳐지는 모습, 기본적으로 거부감을 느끼게 하는 색감으로 가득 찬 둥지는 그 어떤 던전보다 더 기괴하다.

'이건 답이 없는데.'

말 그대로 끝이 없다. 희라 누나가 계속해서 촉수들을 처리하고는 있지만 끊임없이 재생되고 있는 촉수와의 줄다리기의 결과가 그리 좋아 보이지는 않는다.

이건…….

'던전 기믹이 그대로 유지되고 있는 거야.'

당시의 리무르아의 둥지도 이런 설정이었으니까. 붙잡힌 인간들에게 마력을 끊임없이 빨아들이고 그걸로 둥지와 군단을 유지하게 되는 설정이었으니까.

조금 더 강화된 것처럼 보이기는 했지만 기믹 자체가 유지되고 있는 게 맞다.

리무르아의 둥지와 제법 인연이 깊은 희라 누나가 그걸 잊고 있을 리 만무, 하지만 계속해서 도끼와 검을 휘두른다.

상관없다는 듯이 온몸으로 거슬리는 것들을 찢어발기며 전진한다. 회복하는 속도보다 무너지는 속도가 더 빠르다. 던전의 재생력이 누나를 견뎌내지 못하고 있는 것처럼 느껴진다.

그리고…….

거대한 굉음과 함께 붉은 전사들이 쏟아져 나오기 시작했다.

"알고 있었네."

착실하게 던전의 공략을 준비하고 있었던 것 같은 느낌.

기다리고 있었다는 듯이 공격을 퍼붓는 악마의 이마에 도끼를 선물로 남기며 전신의 병사들은 더 깊숙한 곳으로 발걸음을 옮기기 시작했다. 던전을 유지하는 마력을 차단하기 위해 움직이고 있는 것이리라.

---이 더러운 벌레들이!

--…….

---이 더러운 벌레들이!! 감히! 감히!!! 전부 죽여주마!! 전

부…… 전부 죽여주마!! 이 개자식들!!

──…….

──네년도 마찬가지다. 역겨운 빨간 년! 절대로 가만히 두지 않을 것이다! 모두 살아서 이곳을 나갈 수 있을 거라고 생각하지 마라. 이곳이 네놈들의 무덤이 될 것이다. 단 한 놈도 살려 보내지 않겠다. 단 한 놈도 말이다…….

'항상 말은 많아. 쟤는…….'

거대한 뼈 방패로 자기 몸을 꽁꽁 싸매고 있는 주제에 입 터는 거 하나만큼은 발군이야.

──제기랄…… 제길!! 이 개자식들!!

'악에 받치는 표정이 볼만하기는 해.'

정말로 화난 것처럼 보이기도 하고……. 이성을 잃은 게 아닌지 걱정될 정도로 격정적인 모습을 보이고 있다.

사실 둠기영 설정상 저 정도로 컨셉에서 벗어나는 일이 없다. 어쩌면 놈의 안에 있는 본래의 인격이 당황하고 있는 거 일지도 모르지.

시간이 지나면 지날수록 역병군주라는 캐릭터에서 벗어나고 있는 것처럼 느껴진다. 그저 가설일 뿐이었고, 오류라고 판단해도 상관없는 장면일 수도 있겠지만 혼자 조용히 중얼거리는 녀석을 본 이후에는 어쩌면……. 어쩌면 정말 놈의 안에 있는 게 더미 버전의 이기영일 수도 있다고 생각했다.

──나는 질 수 없단 말이다. 이런 곳에서…… 제기랄…… 이런 곳에서 무너질 수는 없어.

찰나였지만 말이다.

'별로 깊게 생각하지 않아도 되기는 해.'

제대로 된 역병군주를 디자인하기 위해 더미 버전의 인격을 부여했다고 한들, 달라지는 것은 없다.

놈의 입장에서는 억울할 만도 하겠지. 생각보다 잘 버티기도 했어.

역병 쓰레기가 실수한 것은 없다. 대부분 놈이 설계한 대로 그림이 그려지기도 했고, 이쪽에 효과적으로 타격을 주기도 했다. 가끔 깜짝 놀랄 만한 수를 던져서 우리에게 놀라움을 선사해 주기도 했지.

근데 겨우 그것뿐이야. 단지 운이 없었을 뿐이라고. 자랑하던 머리는 진청에게 찍어 눌렸고, 야심 차게 준비한 수는 정하얀에게 막혔다. 힘 싸움이야 굳이 말이 필요할까. 희라 누나한테 처맞고 있는 거 보면 답이 나오자너.

애초에 차희라가 둥지에 들어왔을 때부터 사실상 놈에게는 희망이 없다고 봐도……

'된다는 거지.'

너도 너 나름대로 사정이 있었겠지만 이쪽도 이쪽 나름대로 사정이 있는 거고.

'만들어진 놈이 뭘 할 수 있겠어. 새끼야.'

"그러니까 이만 들어가. 새끼야. 이게 시바 하나 된 우리의 힘이죠? 이 역병 쓰레기 새끼야!"

---이런 곳에서…… 이런 곳에서 이렇게 끝날 수는 없단 말

이다.

"빛의 힘과 그 동료의 힘을 맛봐라. 희라 누나! 내 몫까지 쥐어박아!"

---이런 곳에서…… 이렇게 무너질 수는 없단 말이다!

"청이 형도 한마디 해!"

---…….

---제길…… 제길…… 이렇게 무너질 것 같으냐. 너희 개자식들에게…… 이렇게 농락만 당하다 무너질 것 같아? 내가! 내가!! 무엇을 버리고 이 자리에 있는지…….

"영문 모를 개소리 지껄이지 말고 빨리 너네 집으로 꺼져! 어딜 데이터 덩어리 새끼가!! 인간하고 맞먹으려고 들어!"

---네놈들은 이해하지 못할 것이다. 내가 무엇을 걸고 여기에 있는지…….

"너 그거 이 새끼야. 계약 위반일지도 몰라. 흥분해서 중얼거리면……."

---나는 질 수 없어. 나는…… 나…… 나는…… 질 수 없어…….

아나나 다를까 머리를 부여잡고 있는 게 눈에 보인다. 선을 넘었다는 거겠지.

계속해서 숨을 헐떡이던 녀석은 계속해서 자신에게 도끼와 대검을 휘둘러 오는 차희라와 대적하기 시작.

결과가 뻔해 긴장이 되는 싸움은 아니었지만 제법 화려한 모습이 시야에 들어왔다.

계속해서 거리를 벌리며 희라 누나에게 유령들을 붙이고 있었고 둥지 안에 있는 촉수, 그리고 자신이 소환한 뼈를 이용해 대미지를 주려고 하는 것이 눈에 보이고 있다.

-콰드드드드드드득!

하는 소리와 함께 놈은 나를 베이스로 만들어진 것 같지 않은 고함을 내지른다.

---으아아아아아아아아아!!

얼마나 필사적으로 싸움에 임하고 있는지 알 것 같아 눈물이 나올 정도의 모습이었지만 지금은 빌런일 뿐이지. 훌륭한 신성 공급원.

날카롭고 거대한 뼈가 공중에서 형태를 갖추며 누나를 향해 쇄도했지만 주먹을 한 번 휘두르는 것으로 개 박살이 난다. 움직임을 상쇄시키기 위해 심어놓은 촉수들은 순식간에 짓이겨지고 놈이 심어놓은 역병은 애초에 누나의 면역력을 뚫지 못하고 있다.

치이이익 거리는 소리와 함께 피부가 산성에 닿은 듯한 효과음을 들려주고 있었지만 자체 회복력은 녀석의 전유물이 아니다.

---죽어라! 죽어!! 제발!! 죽어라!! 이 미친 괴물아!!!!

용기와 정의의 힘으로 단단히 무장된 붉은 전사를 누가 감히 막을 수 있을까.

---제길…… 제기일…… 시발…… 시발…….

-이제 그만 쉬어.

---시발……. 허억…… 허억…….

꿈도 희망도 없자너.

---푸하…… 하핫…….

---…….

---푸…… 푸하혜하하하하하핫!

'이 새끼가 정신이 나갔나.'

---푸하하하하하하하하하하하핫!

---…….

---이기는 건 나야.

---…….

---이기는 건 나라고. 내 승리다. 내 승리야. 이 더럽고 구역질 나는 놈들.

"어떻게 해. 이 새끼 실성했나 봐."

갑작스러운 표정 변화는 당황스러울 지경, 진청 역시 놈의 상태가 당황스러웠는지 조용한 눈으로 역병 쓰레기를 살피고 있는 것처럼 보인다.

놈이 정체불명의 마력에 휩싸이기 시작한 것은 바로 그때였다.

자폭이라도 하는 것은 아닌지 걱정했지만 그런 것은 아니다. 칙칙한 마력에 휘감겨 모습이 보이지 않을 정도가 되었을 때.

"이 여우 같은 새끼."

이 이야기가 어떤 끝을 맺었는지에 대해 떠올릴 수밖에 없었다.

"이 여우 같은 새끼 진짜!"

마력에 휩싸인 녀석은 점점 형태를 갖추어 간다.

익숙한 모습이다. 지금과는 다르지만 이전에 많이 보던 놈의 모습은 틀림없이 벨리알의 형태를 갖추고 있었다.

'너무 멍청했나.'

거대하게 덩치를 키우는 모습은 장관이라면 장관이라 말할수 있을 정도, 팔을 휘두르자 콰앙 하는 소리와 함께 차희라가 튕겨져 나간다.   .

'왜 생각 못 했지.'

역병군주의 엔딩은 놈의 죽음이 아니라 벨리알과 베니고어의 싸움으로 마무리되었다는 걸 왜 까먹고 있었을까.

'제기랄……'

메인 이벤트 역병군주의 클리어 조건은 역병 쓰레기를 물리치는 것이 아니다.

클리어 조건은…….

"베니고어를 소환하는 것."

분명히 이벤트가 있을 터였다. 놈이 벨리알의 모습으로 이전의 엔딩을 그리자고 했다면 이쪽 역시 베니고어를 소환할 수있는 이벤트가 준비되어 있었을 터였다.

조금 더 세세하게 준비했어야 했다. 천천히 돌이켜 보고 이전의 이벤트들처럼 이번 이벤트도 조심히 건넜어야 했다.

"이 개새끼가 블러핑을 쳐?"

흔히 하는 수법에 뒤통수를 맞은 격. 놈은 우리가 리무르아둥지를 무대라고 생각하길 원했고 전장을 자신으로 한정 지었다.

숨겨져 있는 퍼즐들을 지나치게 만들었고 이스터 에그나 히든 피스에 대해 생각하지 못하게 만들었다. 던전의 이벤트나 퀘스트의 공략 요소를 내팽개친 채로 오직 자신에게만 향하도록 화살을 집중시켰다.

그것은 녀석으로서도 도박이고 무리한 수였겠지만 결과적으로 이쪽은······.

"속았네. 시발······. 이 멍청한 악마 소환사 새끼!"

---······.

"이 쓸모없는 새끼!"

마침내 리무르아의 둥지에서 뛰쳐나온 거대한 악마가 그 모습을 드러냈을 때.

아마 모두가 멍한 눈으로 하늘을 바라보고 있었을 것이다.

---이기는 건······.

-나야.

딱 한 명만 제외하고.

녀석의 입장에서 생각해 보면 최고의 한 수였을 것이다.

과정은 조금 달랐겠지만 만약 내가 녀석이라고 하더라도 비슷한 짓을 했을 거라고 장담할 수 있다.

이벤트의 공략 조건을 완전히 숨겨 버리고 모든 시선을 자신에게 쏠리게 만드는 것. 모든 게 블러핑이고 만들어진 각본이었다 이거지. 거만하고 오만한 표정도, 인간을 하등한 벌레들이라고 지칭하는 워딩도, 얻어맞으면서 애써 침착했던 것도,

라이오스에 떨어뜨린 것 역시 모두가 각본이었다.

　확실히 이쪽을 매개로 디자인되었다는 걸 금방 깨달을 수 있을 정도. 놈은 조심스러우면서도 대담했다. 여러 가지 보험을 들었고 자신이 가장 옳다고 생각한 타이밍에 주사위를 던졌다.

　진청은 물론이거니와 조혜진까지 속여 넘긴 것을 보면 놈이 옳았다고밖에 생각할 수 없다. 실제로 결과가 말해주고 있으니까.

　거대한 벨리알의 화신이 되어 커다란 검을 휘두르고 있는 모습에 모두가 하늘을 올려다본다.

　당시 역병군주의 이벤트에서 놈을 막아주던 베니고어의 모습은 눈을 씻고 찾아봐도 없다. 이쪽이 넘긴 이벤트였으니까. 눈앞에서 꼬리를 살랑살랑 흔들고 있던 역병군주에게 온갖 신경을 쓰고 있던 사이, 저절로 스킵된 이벤트였으니까.

　'힌트는 있었을 거야.'

　조건이 분명히 있었을 거라고. 당시에 없었던 감염 지역이나, 역병에 감염된 이들, 따로 격리되어 있었던 환자들과 그들의 곁을 지키고 있었던 고위 사제들. 괴로워하는 가족들과 기도를 올렸던 사람들. 끊임없이 떨어지던 거대한 신성력과 대지의 정화를 위해 힘쓰던 교단.

　'그게 조건이었겠네.'

　이 이벤트를 정석대로 공략하려고 했다면 아마 키는 그쪽이었을 것이다. 그쪽에서 모은 신성, 혹은 몇 가지 소규모 이벤트를 클리어하면서 이벤트에 쓸 수 있는 베니고어의 화신을 소환하는 키를 모으는 거지.

원래 게임이라는 게 그렇잖녀? 연계 퀘스트, 연계 퀘스트, 연계 퀘스트를 모두 클리어하면 마지막에 보상 차르륵 나오는 거.

아마 놈도 비슷한 짓거리를 하고 있었을 것이다. 이쪽을 상대하면서 본인의 소규모 이벤트를 클리어하고 있었다고 판단하는 게 맞지 않을까.

"지금이라도 맞출 수 있나?"

조금 늦었을지도 모르겠지만 괜찮을지도 몰라. 본래 신성이라는 건 위기에 순간에 더 모이는 법이고, 아직 망한 건 아니니까.

"혜진아 감염 구역이랑 감염자들, 그리고 거기에 있는 고위 사제들 중심으로 소규모 이벤트나 퀘스트 진행할 수 있는지 봐줘. 아주 작은 힌트라도 상관없으니까. 진청한테도⋯⋯."

───제길.

'이 새끼 자존심 많이 상했네.'

───⋯⋯.

'호흡 곤란 오는 거 아니냐?'

변명거리는 있다. 놈은 이후의 이벤트가 어떻게 진행되는지, 역병군주의 마무리가 어땠는지 알지 못하고 있었으니까.

하지만 다른 조건이 있었다는 것을 금방 깨달았는지 입술을 꽉 깨물고 있다. 본인이 놓친 것이 있다는 사실이 마음에 들지 않는 것이다.

아마 다시 한번 농락당했다고 생각하고 있지 않을까. 실컷 재미있게 치고받았다고 생각한 상대가 사실은 다른 걸 하고 있었단다. 녀석의 입장에서는 또 속은 것이 된 셈이니 저렇게 분노하고 있는 표정도 이해가 간다.

하지만 어쩌겠는가.

'너만 속은 것도 아니야……'

엄밀히 말하자면 내가 캐치를 해냈어야 했다.

---멍청한 이기영 자식.

'뭐?'

---수준 이하로군. 제길.

"엄밀히 말하면 님이 눈치챘어야죠. 메인 오더 잡은 게 누군데 나를 탓하고 있어?"

---됐다. 지금이라도 수습할 방법이 있을 테니…… 지금 와서 잘잘못을 따지는 것 자체가 무의미하겠지.

"아니, 의미 있는데? 의미 있는데? 누가 봐도 네 탓이지. 당신도 이벤트의 한 축을 담당하고 있는 사람이라며. 시스템이 어떻게 돌아가고 있는지 눈치챈 사람이 전쟁놀이에 눈 돌아가서 재미있게 즐기셨으니…… 일이 이렇게 된 것도 당연한 거 아닌가?"

---이벤트에 대해서는 네놈도 깨닫고 있지 않았나? 게다가…… 네가 직접 겪은 일이다. 내가 죽은 이후에 일어난 일에 대해서 내가 어떻게…….

"천재 군사라면서요. 천재가 다 나가 떼졌나 봅니다. 무슨

소리를 해봤자 네가 전쟁놀이에 정신 팔려서 일을 소홀히 했다는 사실은 변하지 않아요. 내가 처리했으면 진작……."

---뭐?

조용히 상황을 전하던 조혜진이 테이블을 내려친 것은 바로 그때였다.

-아! 진짜 그만 좀 해요! 진짜!

"……."

---…….

-정신없으니까 제발…… 그만 좀 하세요. 부길드마스터도 하고 싶은 말이 있으면 직접 하세요. 군사님도 마찬가지입니다. 이런 상황에서도 꼭 그렇게 서로 싸우고 물어뜯어야 직성이 풀리시는 겁니까?

---이기영이 먼저…….

---…….

---알겠다. 그만하는 것으로 하지…… 제길…… 내가 추한 모습을 보였군. 제길…… 내가 왜…….

"이제야 자기 잘못이라고 고백하는 거 봐라. 혜진아. 한마디더……."

-그만하라고.

"……."

-그만해. 이제.

"뭐…… 그러지 뭐."

-알프스를 보냈습니다.

"아……."

-부길드마스터의 말처럼 조금 늦었을지도 모르지만 금방 따라갈 수 있을 겁니다. 아마 그녀라면…….

"나쁘지 않은 픽이네요."

-네.

같이 다니는 멍멍이가 냄새 하나는 기가 막히게 잘 맡으니 금방 피드백이 올 것이다.

조혜진도 우리가 늦게나마 이벤트를 따라가는 게 맞다고 생각하고 있다면, 어쩌면 생각보다 더 빠르게 결과물을 볼 수 있을지도 모르겠다. 정석적인 방법의 공략이라면 혜진이가 나보다 나을지도 모르니까.

-일단 처음 생성된 감염 지역부터 확인해 볼 생각입니다. 현재 감염자들을 대상으로 늦게나마 조사를 시행하고 있고…… 로렌의 신전이 가장 먼저 오염되었다는 제보를 중심으로 사건을 따라가 보겠습니다. 부길드마스터와 군사님은 벨리알의 화신을 수습할 수 있는 방법을 찾아주세요.

---그렇게 하지.

"얼마나 오래 걸릴 것 같아?"

-정확히 말씀드리기는 어렵겠지만 최대한 빨리 따라가 보겠습니다. 알프스? 네. 도착하는 즉시 로렌의 신전으로 향하세요. 좌표로 합류할 수 있는 파티를 보내겠습니다. 전투가 일어나거나 지원이 필요한 상황이라면 곧바로 연락 부탁드립니다.

"3시간 정도."

-체류할 수 있는 시간은 3시간 정도가 전부입니다. 시간이 조금이라도 더 지나게 되면 감염될 수 있다는 사실을 명심해 주세요. 빠르면 빠를수록 좋습니다.

고개를 끄덕인 알프스가 흰둥이와 함께 그리폰에 내려 정신없이 달리고 있는 것이 시야에 들어온다.

굳이 숨을 참을 필요는 없지만 사제들의 축복을 받은 이후에는 숨을 크게 들이마시고 감염 구역으로 향하기 시작.

이미 모든 주민이 대피를 마친 폐허는 아무 소리도 들려오지 않는다.

조혜진은 걱정스러운 눈으로 여신의 거울을 바라보고 있었지만 사실 걱정해야 하는 쪽은 알프스 쪽이 아니다.

---죽어라. 하등한 벌레들아.

거대한 검을 들어 올린 벨리알의 화신이 더 문제지.

마치 거대한 탑이 떨어지는 것 같은 모양새.

진청은 정신없이 통신을 날리며 벨리알 레이드를 준비하고 있었지만, 나 같은 경우에는 약간은 안심할 수 있을 것 같았다.

'희라 누나.'

웃고 있는 얼굴.

-하하하하하하하하핫!

활짝 팔을 벌리고 있는 모습.

"위험하면 곧바로 빠져나오라고 해. 혜진아. 내가 이럴 줄 알고 준비한 게 있거든."

-네?

---······.

당연하지만 준비한 적은 없다. 하지만 내다본 척하는 놈이 승리자라는 건 부정할 수 없는 사실이다. 원래 남은 공적 같은 건 먼저 먹는 놈이 이기는 거고. 사실 희라 누나 공적이기는 한데 한 수저 정도는 얹어도 괜찮잖아.

거대한 검이 떨어지고 차희라는 도끼와 대검을 교차해서 화신의 검을 맞닥뜨린다.

-콰아아아아아아아아아아아아아아아아아앙!!

큰 소리와 함께 차희라가 밟고 있는 대지가 움푹 꺼지는 것이 시야에 비쳤다. 그녀가 든 도끼와 대검이 으득으득 소리를 내다 결국에는 부서져 버린다.

앗 하는 사이에 다시 양팔로 검을 붙잡은 그녀가 입술을 꽉 깨물고 있는 것이 보였다. 으득으득거리는 소리와 함께 이가 갈리고 그 안에서는 피가 흘러나온다. 단순한 근력 수치로 커버할 수 없는 질량에 몸이 비명을 지르고 있는 것 같았지만 즐거워 보인다.

역병 쓰레기를 먹어버린 벨리알의 화신은 거대한 검에 더 마력을 들이붓고 있었지만 한 발자국도 물러서지 않는다.

---죽어라!!!

-이기는 건 나야.

-콰아아아아아아아아아아아아앙!!

흙먼지가 피어 올라왔지만 차희라에게 대미지는 없다.

코로 팽 하고 핏물을 뱉어낸 이후에 조용히 위를 올려다보는 것이 눈에 띈다.

-이렇게 하면 되는 건가.

---뭐?

-이렇게 하면 제대로 싸울 수 있겠네.

---뭐…… 뭐…… 야…… 너는…… 너는…… 도대체…….

그녀의 등에서 검붉은색의 빛이 뿜어져 나온 것은 바로 그때. 날개라고 하기에도 마력이라고 하기에도 애매한 그것은 이상할 정도로 빠르게 차희라의 몸을 감싸기 시작했다.

"누나…… 사랑해."

역병 쓰레기가 벨리알의 화신을 몸에 담은 것처럼 차희라의 주변을 감싸고 있는 검붉은 빛도 점점 형태를 만들어가기 시작한다. 계속해서 몸을 부풀리며 착실히 갑옷의 형태의 무언가가 만들어진다.

벨리알의 화신이 검을 휘두르자 붉은 갑옷의 전신은 한쪽 팔을 들어 검을 막으며 다시 한번 덩치를 키운다.

녀석과 덩치가 비슷해졌다는 생각이 들 때 즈음에 붉은 전신은 조용히 몸을 일으켰다.

---이 괴물…… 괴물 년…….

-쉽네.

마치 신을 바라보는 것만 같다.

거대한 모습의 벨리알과 베니고어가 몸을 부딪쳤을 때처럼 벨리알의 화신과 붉은 전신이 서로를 향해 무기를 휘두르는 모습은 압도적이라는 표현으로도 부족하다.

한 번씩 검을 부딪칠 때마다 대지를 울리는 굉음이 들려온다. 너무나도 쉽게 주변이 폐허로 변한다.

어떻게 저런 걸 할 수 있는지 모르겠다. 저거 김현성도 할 수 있는 건가. 역병 쓰레기가 실제로 벨리알의 화신을 몸에 담은 것은 아니니까. 아마 가능하겠지? 정확히 말하면 신성으로 몸을 감아 모양을 만들어낸 거지. 거기에 이벤트로 시스템 판정 좀 받고…… 능력치 상향 판정 좀 받으면…….

말은 쉽지만 저런 일련의 과정들이 쉬운 것은 아니다.

놀라운 것은 희라 누나가 한 번 보고 저걸 따라 했다는 것. 자신의 몸 안에 있는 신성이 쌓였다는 걸 이해했던 건지, 고급 마력 운용으로 정확한 형태를 만들었는지는 모르겠지만 차희라는 자신의 몸 안에 자신의 화신을 담았다.

불안정하지만 그 모든 과정은 인간이 이룬 업적이라기에는 믿겨지지 않아 나도 모르게 눈을 비비게 했다.

붉은 용병들이야 두말할 필요도 없다. 아니, 저 전투를 지켜보고 있는 수많은 연방의 시민들도 지금 일어나고 있는 광경을 비상식이라고 정의할 것이다.

-붉은 전신. 붉은 전신이다.

-정말로…… 붉은 전신이야.

-콰아아아아아아아아아앙!! 콰아아아아아아아아아앙!!!

-말도 안 되는 전투로군…… 정말로…… 이게 인간이…… 만들어낼 수 있는 광경인 건가.

-차희라 님…….

-콰드드드드드득! 콰아아아아아아아아아앙!!

당연히 인간이 만들어낼 수 있는 광경이지.

여기서는 한마디 더 얹는 게 좋을 것 같았다.

"계획했던 대로네요."

---…….

"보험을 넣어놓은 보람이 있는 것 같습니다. 군사님."

---…….

지랄하지 말라는 눈빛이었지만 원래 뻔뻔한 놈이 이기는 법이지.

"원래 진짜 소중한 패는 아군한테도 숨겨야 하는 것 아니겠습니까."

악마 소환 쓰레기의 힘을 빌린 것은 어디까지나 이쪽이 진짜 의도를 숨기기 위함이었다는 설정이 괜찮을 것 같다.

괜스레 턱을 추켜올리고 이죽거리는 표정을 보여주자. 어차피 악마 소환 쓰레기에게는 내 얼굴이 보이지 않겠지만 이런 건 분위기와 몰입감이 중요한 법이 아니겠는가.

"모든 게 예상대로였네요."

-…….

"모든 게 예상대로였습니다. 혜진아, 빨리 전해줘."

-…….

"아…… 제발. 평생의 소원이야. 진짜."

-모든 게…… 예상대로였습니다.

"지나치게 넓은 범위의 감염 구역이나 이전에 없던 특수한 상황들을 생각해 보면 눈에 빤히 보이는 이야기죠. 뭐 딱히 공화국의 군사님을 탓할 생각은 없습니다. 군사님 말씀대로…… 군사님은 이 이후의 이야기에 대해서는 모르고 있었으니까요. 하…… 하하 굳이 군사님을 탓하지는 않겠습니다."

---…….

"어차피 시선 끌기. 딱 그 정도가 군사님의 역할이었으니까…… 진짜는 이쪽이었다 이 말입니다. 베니고어의 화신을 소환하는 것도 나쁘지 않았겠지만…… 저 역병 쓰레기가 예상하지 못하는 한 수가 필요했습니다."

-정말…… 입니까?

"모든 상황을 처음부터 끝까지 본인이 컨트롤 하려고 했던 녀석입니다. 베니고어의 화신을 소환한다고 한들, 아마 대처할 수 있는 방법을 마련해 놨을 거라고 생각했었습니다. 몇 가지 오차가 있었다는 건 부정할 수 없는 사실입니다만…… 결과에 착오는 없습니다. 모든 건…… 이 천재가 설계한 그대로……."

---어처구니가 없군.

표정은 거짓말을 하지 않는다. 애초에 개소리라고 생각하고 있는 것만 같았지만 내 말이 사실일 가능성을 염두에 두고 있는 얼굴이었다.

1퍼센트 혹은 2퍼센트 내외이기는 했지만 아주 작은 의심을 심어놓은 것만으로도 충분히 성공이라고 말할 수 있을 것 같았다. 그동안 기상천외한 방법으로 여러 번 뒤통수를 맞아왔으니 설득력 없는 개소리가 설득력을 가질 수도 있다고 생각하는 모양.

군이 여기서 더 뻐기지 않고 마무리만 지어줘도 악마 소환 쓰레기의 마음속에는 자괴감이라는 감정이 무럭무럭 자라나고 있을 거라고 장담할 수 있다.

"붉은 전신과 거짓의 군주. 신화 속에서나 일어날 것 같은 싸움을 보세요. 훌륭한 장면이지 않습니까."

거대한 붉은 전신과 거짓의 군주가 몸을 부딪치고 있는 모습이 시야에 들어온다.

거짓의 군주가 잔뜩 몸을 부풀리며 검을 휘두르지만 붉은 전신은 물러섬이 없다. 건틀릿처럼 생긴 팔을 들어 올려 검을 팅겨내며 계속해서 발걸음을 옮긴다.

멀리서 보면 접전이 일어나는 것처럼 보이고 있지만 실상은 그렇지 않다. 밀리는 것은 거짓의 군주 쪽이라 판단해도 되지 않을까.

녀석이 팔을 뻗자 공중에서 거대한 기운이 일어나기 시작. 붉은 전신을 휘감으려는 기운은 내가 봐도 살벌해 보이기는 했지만 전신은 몸을 비틀어 그것을 받아낸 이후 다시 한번 발걸음을 옮긴다.

---제길…… 넌 도대체…… 뭐야…… 넌 도대체 뭔데!! 여기 나타나서 나를…….

-차희라.

---제길!! 제기랄! 그런 걸 묻는 게 아니다. 네 정체가 뭐냔 말이야. 제길! 네놈…… 정말로 인간인가.

-그거 이외에 다른 대답이 필요해? 나는 차희라야.

---······.

-인간이니 신이니 하는 것들로 나를 정의하지 마. 나는 차희라야.

---어디서 갑자기 튀어나온 년이······ 감히······ 감히······ 모든 걸 망쳐? 내가······ 내가 정말로 그런 걸 용납할 것 같으냐. 갑자기 끼어든 불순물 따위한테······.

---······.

콰아아아아아아아아아아아앙 하는 소리와 함께 붉은 갑옷을 입은 전신의 주먹이 놈에게 틀어박혔다.

비현실적인 광경이다. 인간의 시선으로 보기에는 너무나도 거대한 존재들의 싸움은 확실히 비현실적이다.

움직이는 질량 자체가 달라서 그런지는 모르겠지만 놈들의 움직임이 조금은 느린 것처럼 보인다.

바닥을 박차고 뛰어오를 때마다 폐허가 튀고 서로가 몸을 부딪칠 때마다 대기가 떨린다. 마치 하늘이 찢기는 듯한 소리가 들려오고 벨리알의 화신이 휘두른 검에는 구름이 갈라진다.

하지만 초조한 것은 녀석 쪽이다.

'알고 있을 거야.'

시간이 끌리면 끌린 만큼 자신이 불리해진다는 사실을 모르고 있을 리 만무.

알프스의 흰둥이가 냄새를 맡는지 코를 킁킁거리고 있었고 진청은 어떻게든 자신의 실수를 만회하기 위해 베니고어 화신 소환 퀘스트를 거침없이 밟아 내리고 있다. 본인이 숨겨놓은 패로 이미 끝을 보지 못했다는 것 자체가 놈에게 이로운 상황이 아닐진대, 상대는 계속해서 힘을 얻어가고 있다.

차희라가 보여주는 모습 자체가 이미 인간과는 거리가 벌어진 만큼 계속해서 신성이 쌓인다는 건 이미 예정된 사실이고…….

"뭐…… 사실상 여기도 게임 끝이라는 겁니다. 더 이상 구경하는 게 놈한테 실례가 될 지경이에요. 시선 좀 돌릴까요? 군사님도 너무 무리하지 마시고……."

―……

'이 새끼 말 안 듣네.'

그 누구보다도 차희라가 지기를 원하는 모습은 확실히 악마 소환사의 그것. 하지만 반전은 일어날 리가 없다.

―나는 질 수 없다. 이런 곳에서 무너지지 않는다. 나는…… 나는 네놈과 등에 지고 있는 것이 달라.

―……

―걸고 싸우는 게 다르다 이 말이다.

-가치에 우선순위를 매기지 마. 멍청한 새끼. 네가 들고 있는 것만 무겁다고 생각하지 마. 증명하고 싶으면 싸워서 이겨. 원래 싸움이라는 게 그런 거야. 간단하잖아. 서로가 들고 있는 가치를 두고 싸운다. 네가 무슨 소리를 하는지 제대로 이해할 수는 없지만 뭘 걸고 싸우는 건 너뿐만이 아니야.

―나는…… 나는 내 모든 것을 걸고, 내 모든 것을 지키고,

내 모든 것을 유지하기 위해서 싸운다. 네년은…… 네년은 도대체 무엇을 걸고 싸운단 말이냐. 단순히 전투에 미쳐 발광하는 주제에…… 그런 주제에!!

-내 긍지.

---뭐?

-내 긍지.

-콰아아아아아아아아아아아아아아아아앙!!!

큰 소리와 함께 붉은 갑옷의 전신이 들어 올린 도끼가 벨리알의 화신의 목을 내려치는 것이 보였다. 순식간에 마력이 흐트러진다.

벨리알의 화신이 그 형태를 잃고 역병 쓰레기는 추한 모습으로 피를 토하며 땅바닥에 뒹군다. 차희라 역시 다르지 않다. 익숙하지 않은 전신의 모습이 다소 무리가 가기는 했는지 그녀답지 않게 조금 지친 것만 같다.

하지만 눈빛은 이전과 다르지 않다. 자신의 긍지를 위해 싸운다고 말했던 것처럼 그녀의 눈빛은 자신에 대한 확신으로 가득 차 있다.

'맞아.'

매번 했던 생각이지만 27군단 소환 사태와 역병군주 사건처럼 그녀를 무기력하게 만든 사건도 없었을 것이다.

이 사건처럼 자기 자신에 대한 확신을 잃어버렸던 사건은 분명히 없었을 것이다. 당시 이야기의 주인공은 그녀가 아니었으니까. 김현성이 노을빛의 검사로 각성하기 위한 과정이었으며 하나부터 끝까지 녀석을 위해 마련된 무대였으니까.

악마 사천왕 중의 하나인 도노반도, 역병군주도, 심지어 벨리알의 화신이나 모든 전쟁에서도 그녀는 위를 올려다볼 수밖에 없었다.

아마 그것은 그녀에게 뭐라고 설명하기 힘든 좌절감을 심어줬을 것이다. 자신이 할 수 있는 게 없다는 건 그녀의 자존심에 분명한 상처를 입혔을 거라고 장담할 수 있다.

그녀가 이 싸움에 자신의 긍지를 걸고 싸운다는 것은 빈말이 아니다.

-나는 내 긍지를 걸고 싸워.

그녀는 그녀의 긍지를 걸고 싸운다. 잃어버렸던 자존심과 자존감을 되찾기 위해서. 그녀가 아까 말했던 것처럼 자신이 차희라라는 사실을 증명하기 위해 싸우고 있을지도 모른다.

---웃기지 마…… 제기랄…… 웃기지 말라고! 겨우 그딴 것 때문에…….

'이 새끼 많이 흥분하기는 했어.'

-…….

---긍지? 존엄성? 빌어먹을 년. 그딴 게 이유가 될 수 있을 것 같아?

-네가 옳다는 걸 증명해.

---으아아아아아아아아아아아아!!!

'이제는 추해 보이기도 해.'

나다운 행동이 아니기는 하다. 아니, 어떻게 보면 나다운 행동처럼 보이기도 하지만……. 솔직히 저렇게까지 내몰린 적이 없어서인지는 몰라도 잘 모르겠다.

녀석을 지켜주던 벨리알의 갑옷은 이미 없다. 맨몸으로 검을 들고 차희라에게 달려드는 모습이 우습게 느껴진다. 유령 몇과 뼈 방패를 들고 전면전에 나서는 모습은 누가 봐도 어색해 보인다. 애초에 전투 직군이 아니었던 걸 전투 직군으로 만들 수는 없었는지 이를 악물고 달려드는 놈의 모습은 위화감이 있다.

그래도 상향 판정을 받기는 받았는지 여러 가지 함정과 역병을 뿌리고는 있지만, 이미 밸런스가 깨진 몸은 이것저것 할 수 있는 상태가 아니었다.

그럼에도 불구하고 차희라에게 계속 달려들고 있다. 마치 궁지에 몰린 쥐가 고양이를 물려고 하는 것처럼 넘어지고 쓰러져도 계속해서 달려들고 있다.

'누나는 고양이가 아니라 호랑이죠?'

궁지를 관철하기 위한 눈에 흔들림은 없다. 오히려 놈을 전사로 인정한 것 같지 않은가.

'긍지.'

---으아아아아아아아아아아!!

---…….

입술을 꽉 깨물고 마력과 마력이 부딪치고 신체와 신체가 부딪친다. 역병 쓰레기는 넝마가 된 몸으로 계속해서 어색하게 검을 휘두르며 달려든다.

솔직히 이해가 안 되는 광경이기는 했다. 이미 승산은 없었으니까. 저렇게 눈에 불을 켜고 달려든다는 게 이롭지 않다는 것 정도는 녀석도 알고 있을 것이다.

'그러면 안 돼.'

나였으면 납작 엎드린다. 희라 누나한테 전사로 인정받는다는 것은 그 결과가 좋지 않다는 걸 의미하니까. 아군으로서 인정받는다면 또 다르겠지만, 적으로서 인정받는다면 결과는 냉혹한 죽음뿐이다.

'왜 갑자기 그런 스탠스 잡고 자빠졌어.'

-너는 전사야.

'데드 플래그 꽂았죠.'

--나는 전사가 아니야. 하아…… 하아…….

무의식중에 회피하는 솜씨가 제법.

-아니, 너는 전사야.

그걸 또 확실히 전사라고 단정 지어버리네요.

--나는 전사가 아니다. 나는 싸우기 위해 태어난 게 아니야. 나는 그저…… 그저…….

-어떻게 태어났느냐는 중요하지 않아. 자신이 가치로 하는 것을 위해 발을 들였느냐 들이지 않았느냐가 중요한 거지. 넌 우리 자기가 아니야. 넌 누구지?

---역, 역병군주…… 나는…… 제길…… 나는 역병군주다. 이 세상에 공포를 뿌리기 위해서…… 너희 벌레 같은 것들을 짓밟기 위해 태어난 역병군주…… 역병군주다.

-넌 누구야.

---나는…… 역병군주라고…… 말하지 않았나.

-나는 차희라다. 너는…… 누구지.

---나는…… 나는…….

-이름이 듣고 싶을 뿐이야.

---너…… 너 같은 짐승에게 알릴 이름 따위는 없다.

만신창이가 된 몸으로 차희라에게 향하는 놈의 모습이 눈에 보였다.

누나의 눈에 동정은 없다. 남아 있는 것은 존중, 자신이 가치를 되찾기 위해 죽어야 하는 대상을 위한 존중이다.

거대한 뼈가 차희라의 발밑에서 튀어나오고 있는 것이 보인다.

어디까지나 시선을 돌리기 위함. 유령도, 기괴한 촉수도, 모든 것도 시선을 돌리기 위함이다. 안개를 흩뿌리고 독을 흩뿌린다. 조금이라도 그녀의 신경을 거슬리게 만들 만한 모든 요소를 모두 끌어다 쓰고 계속해서 시선을 돌린다.

결국에 닿는 것은 녀석이 휘두른 검. 차희라의 품 안까지 파고들어 휘두른 검.

차희라는 굳이 그것을 피하지 않았다.

그녀는 몸으로 이름을 듣지 못한 전사의 검을 받은 채로.

-유언은?

---부탁이 있다.

놈의 목을 그대로 꺾어버렸다.

-받아들이지.

―――……..

……..

―――…….

[신화 등급의 던전 빛의 아들이 희생된 대륙의 메인 이벤트, 역병군주가 클리어되었습니다.]

-이기영 너 이 개새끼. 너는 진짜 내려오면 뒤졌어.

🏴

확실히 녀석은 나를 닮지 않았다. 하지만……..

'괜찮은 마무리였네.'

괜찮은 마무리였다. 가능성이 없는 싸움을 향해 몸을 던진 이유도 어쩌면 이런 결과를 만들었기 때문일지도 모른다.

애초에 승산이 없다고 판단했기 때문에 희미한 가능성에 몸을 던진 것이다. 그녀의 존중을 얻는 것. 자신에게 더 이상 남은 패가 없다는 사실을 깨달은 녀석이 가장 가능성이 높다고 생각한 선택지 중 하나였다.

나쁜 선택지는 아니다. 도박이었겠지만 녀석 나름대로의 확신이 있었을 테니까. 그녀가 어떤 인간인지, 어떤 생각을 하고 살아가고 있는지, 어떤 성향을 가지고 있는지 이미 파악하지 않았을까.

둘이 많은 이야기를 나눈 것은 아니었지만 아마 쉽게 알아 차릴 수 있었을 것이다. 누나는 자신을 숨기지 않으니까. 자신이 어떤 인간인지에 대해서 항상 드러내고 다니니까.

녀석은 전사가 아니라고 이야기했지만 전사로서 대우받기를 원했고 결국 그렇게 최후를 맞이했다.

놈이 원하는 것을 정말로 얻을 수 있었는지에 대해서는 알 수 없지만 아마 희라 누나는 녀석의 죽음과 선택을 존중할 것이다.

-확실히…….

"네?"

-저 사람이 부길드마스터를 토대로 만들어졌다는 게 무슨 뜻인지 알 것 같습니다.

"뭘 보고요."

-한 단어로 설명할 수는 없지만…… 네. 희생…… 하는 점이라든지…… 제가 생각하기에는 아마 다른 수가 있었을 거라고 생각합니다.

"……."

-하지만 아무것도 선택하지 않았어요. 다른 누군가를 희생시키는 대신 자신의 죽음으로 끝을 맺었으니까요. 어쩌면 힘들었을지도 모릅니다. 차라리 끝나는 게 더…….

"저는 포기 안 해요."

-차라리 본인이 매듭을 짓는 게 더 좋았을 거라고 생각했을지도 모릅니다.

"그런 생각은……."

-부길드마스터와 같지 않습니까. 외신들과의 전쟁에서 부길드마스터의 모습처럼 보입니다.

"그거랑은 조금 차이점이 있기는 하지만…… 어느 정도 비슷한 부분이 있다는 것도 인정하겠습니다. 네……."

천천히 흩어지는 놈의 모습이 시야에 비쳤다.

작은 별 무리가 되어 흩어지는 장면은 꽤 볼만하기는 했지만 조혜진처럼 복잡한 감정을 느낄 만한 정도는 아니었다.

차희라는 그 광경을 조용히 응시하며 전사의 죽음에 예를 표한다. 그리고, 주먹을 꽉 쥐는 모습으로 자신의 긍지를 되돌려 받은 것을 자축했다.

그녀답지 않게 미소를 짓는 얼굴이 눈에 띈다.

어째서 그녀라고 불안하지 않았을까. 본인이 할 수 있다고 믿어 의심치 않는 것이 차희라였지만 깊은 곳 처박혀 있는 작은 트라우마를 무시할 수는 없었을 것이다. 그녀의 방식대로 그녀는 다시 한번 벽을 넘었고 자신이 원하는 것을 이루어 냈다.

아무렇지도 않게 다시 한번 몸을 일으켜 붉은 용병의 등을 두드리며 그녀는 다시 한번 발걸음을 옮겼다.

"그래서…… 무슨 단서는……."

-알프스를 보내 확인해 보겠습니다.

"네. 남은 게 있을지도 모르니까요. 제대로 클리어한 이벤트인 만큼 둘러볼 게 많았으면 좋겠네요."

-어쩌면 힌트가 있을지도 모릅니다. 지혜 씨가 부길드마스

터를 위해 남긴 것이나…… 적어도 이후의 상황을 컨트롤할
수 있는 뭔가가 있을 수도…….

"아무튼 그쪽은 혜진 씨가 마무리해 주세요."

-네.

"뒤처리도 누나한테 맡기고 싶기는 한데 아무래도 혜진이
너한테 맡기는 게 더 좋을 것 같거든."

-부길드마스터는…….

"나는 현성이 쪽 봐야지."

-길드마스터는 괜찮으신 겁니까?

'글쎄…… 나도 몰라.'

괜찮을 리가 없을 것이다.

'괜찮으면 사람 새끼 아니지.'

진짜 괜찮을 리가 없자녀.

본인의 트라우마와 마주한다는 건 차희라에게도 어렵다.

하물며 마음 약한 김현성이 가장 커다란 트라우마를 가지
고 있으니 괜찮을 리가 있겠는가. 멘탈은 과자처럼 부서지기
일보 직전이었고 온몸이 제대로 움직이지 않을 것이다.

어쩌면 아직까지 놈을 마주하지 못했을지도 모른다. 무서
울 테니까.

'누나가…….'

제대로 된 선물을 뿌리기는 뿌렸어. 어떤 게 김현성을 가장
고통스럽게 만드는지 아주 제대로 알고 있잖아.

근데 아마 이 새끼는 이겨낼걸. 무조건 이겨낼걸. 애가 3회

차에 대해서 알고 있는 게 불안하기는 한데…… 아마 이겨낼 것 같아. 계기만 있으면. 응. 계기만 있으면.

시선을 돌리자 시야에 비친 것은 상처투성이의 나를 바라보는 김현성의 모습이었다.

예상했지만 성치 않은 모습이다.

'저 정도였나. 조금 오바한 거 아닌가.'

조금 과장해서 표현한 것 같기는 하다. 마치 톱날로 긁어낼 것 같은 양팔에서는 끊임없이 피가 흘러나오고 있었고 두 다리 역시 성치 않다.

어떻게 몸을 움직이고 있는지 이해가 가지 않을 정도, 마치 뜯겨 나간 것 같은 외관이다. 목은 심하게 멍이 들어 있는 것은 물론 손자국이 선명하다. 부어오른 한쪽 얼굴, 무엇보다 복부에 난 상처가 너무나도 참혹해 제대로 쳐다볼 수조차 없다.

고통스러운지 눈에서는 끊임없이 눈물이 흘러내리고, 새하얀 설산을 피로 물들이며 몸을 움직이고 있었다.

오랜만에 보는 것만 같은 사랑스러운 회귀자의 모습은 이전과 그대로 잘생긴 모습이었지만 얼굴이 창백해진 것만 같다. 금방이라도 구역질을 쏟을 것 같은 안색으로 애써 시선을 돌리고 있다.

주저하는 손짓, 뭔가 말을 걸고 싶은지 조용히 저걸 바라보고 있었지만 말이 나오지 않는지 이내 조용히 고개를 떨구고 있는 모습이었다.

녀석이 저런 모습을 보인다는 게 나쁜 신호는 아니다. 아직이 이벤트의 정확한 클리어 조건을 알 수 없었으니까.

어떤 방식으로 진행될 이벤트일지는 알 수 없었으니 곧바로 적대적인 모습을 취하는 것보다야 차라리 낫다.

---현성 씨.

-…….

---현성 씨.

-…….

---현성 씨?

-…….

'이 새끼 말도 해.'

당연하지만 목소리가 제대로 나올 리 만무, 저 목으로 말을 한다는 것 자체가 기적이다.

-네…….

---여러 가지 일들이 많이 있었던 것 같습니다.

-네…….

---첫 만남 때부터 지금까지 정말로 많은 일이 있었던 것 같습니다. 함께 이야기를 나누고 매번 되새기기도 했지만 많은 추억을 쌓았네요. 조금은 어색하기까지 했던 사람이 이렇게 가까운 사람이 되기까지…….

-…….

---현성 씨를 원망하지 않습니다.

'뭐야. 시바. 노리는 게 뭐야.'

예상했던 전개와 달라 조금은 당황스럽다.

기껏해야 '네놈이 날 죽여? 네놈을 원망하고 저주할 테다' 같은 느낌으로 향할 것 같았던 이벤트가 내가 판단한 것보다 더 평화롭다.

조금 더 잘 만들어진 이벤트 NPC 같은 녀석의 얼굴에 김현성을 위한 적개심이나 분노의 감정은 없다. 오히려 놈을 따뜻하게 안아주는 듯한 눈빛이었고 모든 걸 이해해 주겠다는 성자의 얼굴이었다.

---제가 원하고 바라던 일이었습니다. 저는 언제나 이곳에서 일어났던 일들을 바라보고 있었습니다. 우리가 함께 행복해질 수 있는 조건이 무엇이었는지 계속해서 찾고 있었습니다만 언제나 제게 보인 것은 이 장소에서 일어났던 일이었어요. 터무니없는 이야기라는 것은 알고 있지만 그들을 이기기 위해서는 필요한 일이었습니다. 대륙을 지키기 위해서는 누군가의 희생이 필요했고, 저는 제가 그 누군가가 되어야 한다고 생각했습니다.

--…….

---현성 씨에게 씻기지 못할 상처를 남겨…… 죄송한 마음뿐입니다.

-제가…… 오히려…… 제가…… 죄송할 뿐입니다.

'도대체 뭐야. 왜 이러는 건데.'

이거 어떻게 흘러가는 거야. 누나. 이렇게 흘러가도 돼? 이렇게 훈훈한 분위기로 가도 되냐고.

아니, 물론 김현성이 고통스러워하는 것 같기는 해. 심하게 고통스러워하는 것 같기는 해.

조금 더 직설적으로 말하면 무너지기 직전의 얼굴이기는 했다.

몇 번의 작은 이벤트로 이전의 사건을 조금은 마주할 수 있을 거라고 생각하기는 했었다.

그래도 검도 주고, 가끔 말도 걸어주고, 용기도 주고, 뭐 내쪽에서 해줄 수 있는 건 전부 다 해주기는 했으니까. 완벽하게 멘탈이 회복됐다고 하기에는 시기상조기는 했지만 최소한 자살 시도를 막는 데까지는 성공했으니 훌륭한 심리 치료가 들어갔다고 하는 게 맞다.

아무리 그래도 이 정도로 급속도로 쌓아 올린 게 무너질 거라고는 예상하지 못했다.

호흡이 불안정하다. 눈에는 이미 눈물이 고여 있다. 뭘 보고 있는 건지 모르겠지만 자신의 팔을 내려다보고 있다.

마치 내 피가 묻어 있는지 확인하는 것만 같다. 허겁지겁 주변을 둘러보고 있다. 회귀자 사용설명서의 영향 때문인지 내가 다 숨을 쉬기가 힘들다.

마음의 안정을 찾으려는지 내가 내린 검을 꽉 쥐는 것이 보였지만 차가운 금속의 감촉 때문인지 금방 손을 놓아버리는 게 시야에 비쳤다.

갑작스레 현실을 마주했다는 듯 자신의 얼굴을 매만지고 있다.

-제가…… 죄송할 뿐입니다. 제가…… 제가…… 너무나도

죄송합니다. 제가…… 해서는 안 될 짓을…… 제…… 내……
흐윽…… 내가…… 무슨…… 부슨 짓을…… 아…… 아아…….

―――…….

-우웨에에엑…….

―――…….

-기영 씨…… 기영 씨.

―――…….

허겁지겁 뛰어들어가는 모습이 그렇게 추해 보일 수가 없다.

이 새끼 진짜 대륙의 영웅 맞는지 몰라. 저거 적이면 어떻게
하려고 그래. 물론 그런 낌새는 없기는 한데 혹시 폭탄 같은
거면 어떻게 하려고 가깝게 붙어.

그 와중에 상처 치료하려고 하는 거 봐. 저게 던전 이벤트
NPC라는 자각은 있는 건가. 지금 이거 현실이랑 구분을 하고
있는 거 맞기는 한 건가. 누가 여기에 환각 마법이나 무의식 자
각 마법 같은 거 뿌린 거야?

-그대로 계세요. 흑…… 흐윽…… 상처가…… 벌어집니다.

―――…….

-더 이상 움직이지 마세요. 계속 움직이면…… 위험합니다.
위험하단 말입니다.

"그거 나 아니야"

-목은…… 목은 괜찮으십니까. 흐윽…… 흐으윽…….

―――네. 괜찮습니다. 현성 씨. 고통은 느껴지지 않아요. 아프
지도 괴롭지도 않아요. 저는 그의 기억의 파편이니까요. 이곳

에서 최후를 맞이했던 그의 작은 기억의 파편……

"거짓말일 거야. 아마. 허접 쓰레기 같은 설정이라니까."

---대신이라고 하기에는 조금 그렇지만 현성 씨에게 작은 부탁이 있습니다.

-네? 네……

---들어주실 수 있으신가요?

-네…… 네……

---제 소원, 들어주실 수 있으신가요?

기껏해야 자결해라 세이버? 죽어주세요. 같은 대사는…… 이미 한 물…….

---다시 한번.

-네?

녀석은 김현성의 소매를 꽉 잡고 녀석을 올려다본다.

---다시 한번 저를 죽여주세요.

나조차도 지어본 적이 없는 기묘한 표정으로 김현성을 바라보며 입꼬리를 올린다.

"아…… 씨바……."

---나를…… 다시 한번 죽여줘.

[신화 등급의 던전 빛의 아들이 희생된 대륙의 메인 이벤트, 희생된 성자가 시작됩니다.]

얘가 진짜 독기를 품기는 품었어.

"아, 진짜 이지혜. 이······ 아······ 진짜! 나빴다. 진짜로······ 너무 나쁘다."

---제발······ 부탁입니다. 나를 다시 한번······ 죽여······.

악마도 손절할 거지 같은 설정. 이 누나가 정말로 인간은 맞는지 의심이 가는 것도 무리는 아니리라.

만약 누나가 죽었다면 나도 비슷한 짓을 하기는 했을 테지만 이 정도로까지 인간을 밀어붙일 필요가 있는지에 대해서는 곰곰이 생각할 수밖에 없었다.

말 그대로, 이건 도를 넘은 잔인함이다.

'도대체 노리는 게 뭐야.'

사실, 생각해 보면 뻔한 이야기. 굳이 의문을 던질 필요도 없었다.

김현성의 파멸. 재기가 불가능해질 정도의 완벽한 파멸. 다시는 검을 들게 하지 않게 하는 것은 물론 완벽하게 폐인으로 만들어 버리려고 빌드업을 쌓고 있는 것으로 보인다. 김현성이 다시 한번 이벤트 이기영의 목을 잘라 버리는 모습을 촬영해 대륙에 뿌릴 수도 있고.

차희라나 정하얀 같은 이들에게 알릴 수도 있겠지만 아마 그 행위 자체에서 고통을 얻기를 바라고 있을 것이다.

만약 정말로 놈이 날 다시 한번 찌른다면 아마······.

'끝나겠지, 뭐.'

퓨즈가 끊긴 것처럼 파지직거리며 무너지지 않을까.

정상적인 기능을 할 수 있을지 장담할 수가 있다. 무너진 멘탈을 다시금 기반을 다지는 데에도 이미 많은 것을 희생했다. 다시 한번 무너진다면 복구할 수 있을지에 대한 자신이 없다.

아니나 다를까 정신없이 흔들리는 눈동자는 가관, 본인이 잘못 들었는지 확인하는 것 같았지만 이벤트의 내용에 변함은 없다.

중요한 것은 당위성이지. 어째서 김현성이 이기영을 다시 한번 죽여야만 하는지에 대한 당위성. 지금까지의 이벤트와는 다르지만 커다란 그림을 외신 전쟁으로 잡아두고 있다면 아마 그게 키가 될 확률이 높다.

---시간이…… 얼마 남지 않았어요. 현성 씨.

……

---그들이 다시 한번 돌아오기까지…….

……

---다시 돌아올 겁니다. 더…… 강하고 두려운 모습으로, 예언의 날을 막는 것은 불가능해요. 오직 제 죽음만이…… 그들이 이곳에 당도하는 것을 막을 수 있습니다.

"클리셰 진짜."

---이 위기를 헤쳐 나갈 방법은…… 그것뿐입니다. 제 피로써 그들을 막아내는 것뿐이에요.

'그래. 이렇게 나와 줘야지. 나라도 이렇게 써먹었을 거야.'

고전 판타지에서나 보던 클리셰. 세상의 멸망을 막기 위한 성녀의 희생처럼 보인다.

물론 나는 이런 악마 같은 수법을 기용하지는 않겠지만, 만약 사용한다면 이렇게 써먹었을 것이다. 드라마틱하니까.

애초에 정말로 외신들이 다시 한번 찾아오리란 것에 대한 진실 여부는 알 수 없지만 그게 중요한 것은 아니다. 더 중요한 것은 김현성이 선택해야 한다는 것, 공황 장애를 겪고 있는 녀석이 대륙과 친우의 목숨을 저울질해야 하다는 것이었다.

물론 저건 진짜 친우도 아니고 뭣도 아니긴 하지만 이미 이 새끼는 누더기영을 이기영이라고 생각하는 것만 같다.

---부탁드립니다.

-말, 말도 안 돼……

---…….

-말도 안 됩니다…….

'뭐가 말도 안 돼. 그런 이벤트라는데.'

-제가…… 제가 용납하지 않을 겁니다.

'아니, 무슨 네가 용납을 안 해. 너는 아무 상관이 없어요. 네가 죽여야 하는데 왜 용납 안 하면 어떻게 할 거야. 그리고 쟤 누더기영이야. 찐기영 아니라고.'

---하지만……

-뭔가 방법이 있을 겁니다.

--다른 방법은 없어요.

누나가 한 가지 간과한 것이 있다면 내가 김현성과 연결되어 있다는 것. 직접적으로 소통할 수 있다는 것이었지만…….

"그는 진짜 제 모습이…… 노을빛의 검사. 그는……."

근데 베라고 하는 게 맞는지 몰라. 지금 이 시점에서 김현성에게 누더기영을 죽이라고 하는 게 맞는 선택인가?

'시바.'

놈이 진짜가 아니라고 이야기하고 사정을 설명한들, 그게 김현성의 귀에 들려올까. 저 몰골과 저 표정을 짓고 있는 놈한테 누더기영을 죽이라고 하는 게 정답인가.

사랑스러운 회귀자이기는 했지만 형편없는 모습이었다. 금방이라도 망가질 것 같은 얼굴이었고 이미 고장 난 것 같은 모양새였다.

애초에 베는 행위 자체가 가능한지도 모르겠다. 이미 누군가에게 상처를 입힐 수 있는 상태가 아니다. 팔은 덜덜 떨리고 있고 검도 제대로 쥐지 못하고 있다.

낯선 차가운 감촉이 다시 한번 생각난 것이리라. 이쪽의 배때기를 꿰뚫었던 때를 떠올리고 있을지도 모르지.

여전히 흔들리고 있는 눈을 보면 아마 내 생각이 맞을 것이다.

'거지 같네. 참.'

이것도 저것도 선택할 수 없게 느껴지기 때문에 오히려 짜증이 날 지경, 주어진 정보가 너무 부족해 상황을 살필 수밖에 없다는 게 스트레스로 다가온다.

'외통수야.'

너무 절묘해.

'만약 정말로 던전이 외신이나 그에 준하는 존재를 떨어뜨린다면……'

"막을 수는 있나?"

확신할 수 없다. 아니, 아마 불가능할 것이다.

교국 혁명이나, 악마 소환사, 역병군주 때도 마찬가지였지만 이번 시스템도 절묘하다는 생각이 든다. 퀘스트를 시행할 수 있는 인원은 선택받은 한 명이고, 돌이킬 수도 물릴 수도 없다.

너무나 간단한 퀘스트이기 때문에 오히려 더 무섭다.

언제나 그렇듯 이런 종류의 던전 디자인이나 이벤트 디자인은 리스크가 큰 만큼 리턴도 크다고 판단하는 것이 옳다.

누나의 입장에서 생각해 보자 리스크가 거 다 죽어가는 누더기의 목을 치는 것이라면 리턴으로 돌아오는 게 얼마나 클지 상상도 되지 않는다.

애초에 그걸 노리고 만든 조건일 것이다. 김현성이 누더기의 목을 쳐도, 치지 않아도 이기는 것은…….

'누나라 이거야.'

물론 내 입장에서 그나마 좋은 선택은 김현성이 놈의 목을 치는 것이다. 다시 한번 외신이 소환되는 것은 가장 생각하고 싶지 않은 상황이니까.

그걸 다시 한번 하는 것이 무서운 것이 아니다. 이쪽이 상정할 수 없는 경우의 수가 무서운 거지. 누군가를 또 잃을지도 모르는 상황이 다시 찾아온다는 건 최대한 지양하고 싶다. 그런 상황이 찾아오는 걸 원하지는 않는다.

---대륙이 멸망하는 것을 막아주세요. 현성 씨. 다시 한번…… 다시 한번 대륙을 구해주세요.

'이기영이라면 그런 말 하지 않을걸.'

―…….

―어려운 일이라는 건 알고 있습니다. 이렇게 말씀을 드리는 것도 죄송스러운 일이라는 거 알고 있어요. 힘드시겠죠. 하시고 싶지 않으실 겁니다. 하지만…….

진짜라면 책임을 떠넘기는 일 따위는 없다. 대륙의 멸망을 막아달라느니 대륙을 구해달라느니 하는 소리는 하지 않을 것이다.

하지만 현재의 김현성이 그걸 알아들을 정도로 정신을 차린 것 같지는 않았다.

혼란스러움 이상의 감정이 느껴지지 않는다. 녀석은 무서워하고 있다. 자신이 최악이라고 생각하는 상황이 찾아올까 봐. 다시 한번 본인의 손에 피를 묻혀야 할까 무서워하고 있었다.

―고통스럽지 않아요. 현성 씨. 저는 아프지 않을 겁니다. 힘든 일을 강요해 죄송합니다만…… 부디 이 풍경을 지켜주셨으면 합니다.

―…….

―그러니…… 부탁드립니다.

'짜증 나. 짜증 난다고.'

애초에 저건 도대체 뭐야?

'넌 뭐냐고.'

교국 혁명의 이기영이 단순한 NPC였고, 역병군주의 이기영이 더미를 기반으로 만들어진 인격이라면 지금 저걸 뭐라고 불러야 할지 모르겠다.

역병 쓰레기처럼 무언가가 느껴지지는 않았지만 놈은 스스로 생각하고 행동하는 것만 같다. 눈물을 흘리고 감정에 호소하며 필사적으로 김현성을 끌어들이려고 하고 있다.

확실한 것은……

'단순한 NPC는 아니야.'

어쩌면…….

'누나야?'

가설은 없다. 하지만 저게 누나가 연기하고 있는 NPC라고 해도 이상하지 않게 느껴진다. 직접 저 인형 안에 들어가 있는 것 같지는 않았지만 멀리서 저걸 조종하고 있을 확률이 낮지는 않다. 위화감, 아까 전 처음 자신을 표정에서 봤던 위화감. 내가 보여주지 않았던 표정에 대한 위화감.

'누군가가 전달하고 있는 거야.'

누나가 아니라면 여단 애들 가운데 하나겠지 뭐. 꼬리를 잡기 힘들기는 하겠지만 위화감은 확실하니까.

괜스레 허벅지를 툭툭 두드려 본다. 제대로 된 정답이 나오지는 않았지만 일단은 누나가 준비한 판을 한번 뒤집어야 한다는 필요성은 느껴진다.

아직까지도 얼빠진 모습을 하고 있는 김현성에게 일단은 입을 열 수밖에 없었다.

"검 넘겨요."

"……."

"검 넘기세요. 현성 씨."

-기영…… 기영 씨? 어? 어…….

---부탁입니다. 현성…….

-기영 씨? 기영 씨…… 제가…….

"아, 검 넘기라고! 이 답답한 새끼야!"

-네?

"검 넘기라고! 검 넘겨! 검 넘기라고! 검 줘! 검 달라고! 버려
버리기 전에 빨리 검 내놔! 이 새끼야!"

-아…….

"빨리 넘겨 이 답답한 새끼야!!"

-네…… 네!

무의식이었을 것이다. 정신이 없는 와중에 내가 선물한 검
을 뽑아 누더기영에게 넘긴 것을 보니 확실히 무의식이 놈을
지배했던 것 같다.

'가능할 것 같은데.'

저 NPC가 만약 인형이라면 내가 사용하는 것도 가능하지
않을까. 애초에 신체도 나를 베이스로 만들어진 거고 누나나
여단 쓰레기들이 사용하는데, 나라고 사용 못 할 게 뭐가 있
어? 고통도 안 느껴진다고 하고…… 살아 있는 인간이 아니니
강림에 들어가는 비용도 최소화할 수 있을 것이다.

몸이 얼마나 버텨줄지는 장담할 수 없지만 최소한 김현성에
게 죽을 수는 있을 것이다.

"이건 몰랐을 거야. 누나."

몸이 하늘로 떨어져 내리는 것만 같다. 한번 느껴본 감각이

기는 했지만 딱히 반갑지는 않은 감각. 격이 줄어드는 감각은 그중에서도 가장 불쾌하다.

하지만 웃음이 나오기야 한다. 이렇게 만나길 바란 건 아니었지만 오랜만에 보기는 하자녀. 그렇지?

콰아아아아아아아아아아아아아아아!!

멍청한 회귀자는 바보처럼 눈을 껌뻑거리며 그 광경을 바라본다.

뭐가 달라졌는지 놈이 깨달았을지 모르겠지만 나를 바라보는 금색의 눈에서는 끊임없이 눈물이 떨어지고 있었다.

놈은 입술을 꽉 깨물며 고개를 살짝 아래로 내렸다. 계속해서 흘러내리던 눈물이 턱을 타고 떨어진다. 자꾸만 끄윽 흐윽대는 소리가 들려오는 통에 제대로 집중할 수는 없었지만 여전히 김현성은 나를 제대로 바라보지 못하고 있었다.

"오랜만입니다. 현성 씨."

"네…… 오랜만입니다. 흐윽…… 정말로…… 정말로 오랜만입니다. 기영 씨."

활짝 웃는 모습. 어차피 곧 울게 될 테지만 아무튼 시야에 비친 것은 웃는 얼굴이었다.

'진짜 오랜만에 보는 것 같기는 해.'

저렇게 웃는 표정을 얼마 만에 보는 건지 기억이 잘 나지 않을 정도였다.

'많이 반가운 것 같자녀.'

애써 웃음을 짓고 있는 건지, 아니면 정말로 미소가 튀어나

86 회귀자
사용설명서 32

온 건지는 모르겠지만 아무튼 간에 환하게 웃고 있는 모습이 시야에 비친다.

아마 김현성의 경우도 조혜진이나 박덕구, 하얀이와 별반 다르지 않을지도 모른다. 빛의 아들로서가 아니라 이기영으로써 말을 걸어준 거에 대해서 안심하고 있을 수도 있고…… 다시 한번 내가 자신을 구해주고 있다고 생각할 수도 있겠지.

회귀자 사용설명서로 제대로 판단하고 싶었지만 오만가지 감정과 생각들이 한꺼번에 쏟아진 탓에 녀석이 무슨 생각을 하는지 알 수가 없었다. 공황이라도 터진 것마냥 호흡 곤란을 일으켰던 녀석이 다소 침착해진 걸 보면 아무튼 이쪽의 등장이 효과가 있기는 한 모양.

어떤 말을 먼저 해야 할지, 뭐라고 말을 붙여야 할지, 평소대로 대해도 좋을지 고민하는 것 같았지만 아쉽게도 이쪽 역시 점검해야 하는 게 많아 감정에 집중할 수가 없었다.

'몸에 고통은 없네.'

혹시나 아프면 어떻게 하나 걱정했었지만 몸이 불편한 것 외에는 다른 증상은 없다. 목소리도 갈라져 있고 제대로 걸을 수 없는 상황이지만 아프지는 않다. 내려오자마자 아프다고 비명을 지를 수 있는 최악의 상황은 일어나지 않았다.

그리고…….

'능력도 쓸 수 없는 건가.'

혜진이의 몸에 강림한 것과 비슷하다.

'신체 능력 개똥이네. 진짜.'

알고 있었지만 다 죽어가는 이 몸으로는 다른 짓을 할 수 없는 모양. 뭐든지 할 수 있을 것 같았던 조혜진의 몸과는 다르게 이 몸에서 느껴지는 것은 무기력함밖에 없다. 정말로 죽기 위해 만들어진 몸이다.

마지막은…….

'스스로 상처를 입힐 수 있는지.'

스스로 목숨을 끊을 수 있는지에 대해 판단하는 게 가장 중요하다. 김현성에게는 다소 충격적인 장면이 될 수도 있겠지만…… 애초에 그러려고 내려온 건데 뭐.

잠깐 동안 혓바닥을 깨물어 보려고 했지만…….

'안 돼.'

당황하지는 않았다. 어느 정도 예상하고 있었으니까.

'안전장치.'

내가 내려온 것을 고려해서 안전장치를 걸어놨다는 생각은 들지 않았지만 어찌 됐건 외부의 개입에 저항할 만한 수단은 만들어놓은 모양.

시스템은 내가 스스로의 몸에 상처를 입히는 것을 바라지 않는다. 이걸 할 수 있다는 건 이벤트를 받은 당사자뿐이라는 거지. 눈앞에 있는 김현성 말이다.

조금 일이 귀찮아지기는 했지만 충분히 수습할 만한 여지는 있다. 말 좀 잘하고 설득 좀 하면 지가 뭐 다른 방법이 있겠어. 설명 좀 잘하면 되겠지.

이게 내 진짜 몸이 아니라는 것과 이게 필요한 일이라는 것,

또 내가 언젠가 돌아갈 거라는 것을 상기시켜 준다면 틀림없이 이 놈도 이해해 줄 것이다.

조금 고개를 끄덕이자 기다렸다는 듯이 말을 걸어왔다.

"괜…… 찮으십니까?"

"네…… 몸이 조금 불편하기는 하지만 다른 감각은 느껴지지 않네요. 미리 설명해 드리겠지만 이 몸은 제 육신이 아니고 던전화된 대륙에서 만들어진 이벤트 개체입니다."

"아…… 네."

"그러니 당황하실 필요도, 그런 눈으로 저를 바라볼 필요도 없습니다."

"네."

"저는 아프지도 않고 고통스럽지도 않습니다. 이 사실을 잘 기억해 주셔야 되요. 다시 한번 말해봅시다. 저는…….."

"아프지도 않고…… 고통스럽지도 않으시다고."

"네, 바로 그거예요. 겉모습이 조금 망가지기는 했지만 이 이벤트 개체와 저는 아무런 연관이 없어요. 한 가지 더 말씀드리자면 이 개체가 앞서 설명한 모든 건 거짓말이 아니에요. 실제로 퀘스트의 내용은 이 이벤트 개체의 소멸이고, 만약 소멸하지 않는다면 다시 한번 외신 전쟁을 해야 할지도 모르는 상황이 찾아올 수도 있습니다. 우리의 목적은 이 이벤트 개체를 소멸시키는 거예요. 알아들으실 수 있죠?"

"……."

'이 새끼 대답 안 하는 거 봐.'

그래. 이것도 예상했었다.

"우리의 목적은 이 이벤트를 해결하는 거예요. 메인 이벤트 희생된 성자를 클리어하기 위해서 제가 여기에 있는 겁니다."

"……."

"제가 뭐라고 했죠?"

"다……."

"네?"

"다시…… 한번 기영 씨를 희생시킬 수는 없습니다."

'이 새끼 지랄하고 자빠졌네. 진짜.'

하지만 의미가 크게 다가오기야 할 것이다. 이 빛의 성자의 삶이야말로 희생으로 만들어진 삶이었으니까.

어째서 이번 이벤트의 네이밍을 외신 전쟁이 아닌 희생된 성자라고 했는지 알 수 있을 것 같다. 사소한 디테일에도 확실히…….

'신경을 쓰기는 썼어.'

이벤트 외신 전쟁을 클리어한다는 것과 이벤트 희생된 성자를 클리어한다는 것은 다가오는 느낌이 다르다.

김현성에게는 더욱더 안 좋은 방향으로 다가올 것이다. 이 이벤트를 클리어하는 것 자체가 성자를 희생시킨다는 뉘앙스이기도 하니, 안 그래도 트라우마를 가지고 있는 녀석의 입장에서는 본능적인 거부감이 올라올 거라고 장담할 수 있다.

더군다나 이전 외신 전쟁의 마무리가 어땠는지 기억한다면 이걸 다시 할 수 있을 리가 없지. 아무리 필요한 일이고, 해야 할 일이고, 내게 다른 피해가 없다는 것을 이해시킨다고 한들…….

'쉽지만은 않을 거야.'

근데 이것도 대충 예상했었어.

조금은 씁쓸한 것 같은 얼굴, 다시 한번 내 모습을 바라본 이후의 눈동자가 흔들리는 것이 보인다. 뭔가 하고 싶은 말이 많은 것 같다. 생각을 전부 정리한 것 같기는 했지만 다시 한번 자신이 할 말을 점검하는 것 같은 느낌.

굳이 닦달할 필요는 없다. 주어진 시간 내에 원하는 결과를 얻으면 되는 거고 그동안 녀석을 조금 다독여 주다 보면 대충 합의점을 찾을 수 있을 것이다.

아무래도 먼저 대화를 주도하는 게 좋을 것 같다. 계속 이렇게 어색하게 침묵하고 있을 수는 없었으니까.

생각해 보니 너무 사무적으로 딱딱하게 필요한 이야기만 하기도 했어. 이런 건 별로 도움 안 되지.

"그동안 잘 지내고 계셨습니까?"

그제야 조금 안심한 것만 같다.

"아…… 그러니까."

"아니요. 사실 말씀해 주실 필요 없어요. 전부 보고 있었습니다."

"네? 정…… 정말입니까?"

"네. 전부 보고 있었습니다. 느껴지기도 했고요. 현성 씨 한쪽 눈동자처럼 제 눈동자도……."

"네."

"저를 살릴 방법을 찾기 위해 여기저기 뛰어다니는 것도……."

"네."

"혜진 씨에게 내린 창을 빼앗으려고 하는 것도 봤습니다."

"아…… 그건 빼앗으려고 한 게 아니라……."

"하하하."

나는 천천히 발걸음을 옮겼다. 조금 움직이기 거슬리기는 했지만 아마 잠깐 걷자는 내 의도를 눈치챈 것 같기도 했다.

아니나 다를까 천천히 발을 맞춰 걸어오는 김현성의 모습이 보인다.

몬스터도 인간도 없는, 아무런 소리도 들려오지 않는 설산이었기 때문에 눈이 밟히는 소리가 더욱더 도드라진다.

"힘들어하시는 것도……."

"네."

"많이 힘들어하시는 것도 보고 있었습니다. 혼자서 길드를 돌아다니던 모습도, 제 시신을 안고 내려오던 모습도 보고 있었네요. 그리고……."

"……."

"극단적인 선택을 하려고 하시는 것도 전부…… 지켜보고 있었습니다."

"……어째서…… 어째서 막아주셨던 겁니까."

"대륙에는 현성 씨가 필요하니까요."

라고 말하기는 했지만 이건 정답이 아니다.

"그리고."

이게 정답이지.

"무엇보다 현성 씨가 죽는 걸 바라보고 싶지 않았습니다."

"……."

"그때 드렸던 말씀처럼 현성 씨가…… 살아가 줬으면 했습니다."

"……."

"모든 걸 잊고, 예전처럼 빛나며 그렇게 살아주시는 걸 보고 싶었습니다. 그 자리에 제가 없더라도 모두와 함께 그렇게 웃으며 추억을 쌓고, 하고 싶은 일을 하며 행복하게 지내는 걸 보고 싶었어요. 그게 저의 바람이었습니다. 제가 몇몇 특정한 인간의 행복을 바란다는 건…… 엄밀히 말하면 허락되지 않은 이야기지만요."

눈물 한 발 장전 중.

"저는……."

"힘든 일이라는 건 알고 있었습니다."

"저는 살아갈 자격이 있는 인간이……."

말 한마디 못하게 하고 밀어붙여야지.

"현성 씨 잘못이 아니에요. 현성 씨를 세뇌한 악마의 잘못입니다. 가지고 있는 유대감을 끊게 한, 서로를 의심한 악마의 죄를 현성 씨의 죄로 생각하지 마세요. 제가 죽어야 했던 것은 필연적인 운명이었습니다."

"대륙을 위해서 말입니까?"

"네. 정확히 설명을 드리기는 어렵습니다만 새로운 역할을 부여받은 지금은 어렴풋이 깨달을 수 있을 것 같습니다. 아마 현성 씨가 아니더라도, 어떤 형태로든 저는 사라졌을 거예요."

"그런 일이……."

'어디에 있긴 어디에 있어. 여기 있지.'

"말도 안 되는 말씀입니다."

'내 말에 말도 안 되는 말이 어디 있어.'

"저는 기영 씨가 무슨 말씀을 하고 계신지 전부 이해할 수 없지만 이것 하나는 확실하게 말씀드릴 수 있습니다. 기, 기영 씨를 그런 모습으로 만든 당사자가 바로 저예요. 기영 씨를…… 제 손으로 죽인 거나 마찬가지란 말입니다. 어떻게 그게 제 죄가 아니라고 말할 수 있으신 겁니까. 그걸 어떻게 잊을 수 있겠습니까?"

"……."

"저는 아직도 잊지 못하고 있습니다. 정말로…… 아직도 잊지 못하고 있습니다. 제가…… 제가 기영 씨의 목을, 다리를, 배를 그렇게 만들었을 때 속으로 어떤 생각을 했는지…… 어떤 마음으로 그런 짓을 벌였는지……."

"그건 악마의……."

"그건 관계없어요! 정확히 제가 어떤 생각을 했는지가 중요한 겁니다. 저는 웃고 있었습니다. 고통스러운 모습으로…… 어떻게든 살고 싶어 땅바닥을 기던 당신을 보고 얼마나…… 얼마나 웃고…… 얼마나!"

'이해해.'

시바, 얼마나 기분 좋았겠어? 지 인생을 완전히 시궁창으로 만든 놈한테 복수하는 순간이었는데. 근데 그거 굳이 다 이야기할 필요는 없어. 이런 거에 죄책감 느끼는 것도 이상해.

"현성 씨 스스로가 품은 생각이 아니에요."

이럴 땐 살짝 어깨 두드려 줘야지.

"현성 씨 스스로가 품은 생각이…… 아니에요."

"흐…… 흐윽…… 흐으윽……."

"그건…… 현성 씨가 아니었습니다."

"죄송…… 합니다. 흐윽…… 끄으윽……."

"사과하실 필요 없습니다."

"아프게…… 아프게…… 해서 죄송…… 죄송합니다."

"사과하실 필요 없어요."

"죽게…… 만들어서 정말로 죄송합니다. 의심…… 의심해서…… 약속을 지키지 못해서…… 받은 것만큼 돌려드리지 못해서…… 혼자 내버려 둬서…… 모든 게…… 모든 게…… 죄송…… 합니다."

모든 것을 이해한다는 성자의 미소.

"정말로…… 흐으윽…… 흐윽…… 정말로 죄송합니다."

당신의 죄를 사한다는 빛의 손짓.

"이걸로…… 사과가 되지 않겠지만…… 정말로…… 정말로…… 죄송했습니다."

성자의 자애로움이 설산을 덮고 있는 눈조차 녹일 듯했다.

틀림없이 그 광경은…… 세상 어디에 내놓아도 부끄럽지 않을…… 아름다운 광경이었을 것이다.

물론 모든 문제가 해결되지는 않을 것이다. 아무리 입바른 소리를 해도 녀석은 여전히 죄책감과 자괴감에 시달릴 것이고, 오랜 시간이 흐른 이후에도 지난날의 잘못을 벗어내지 못할 것이다. 어쩌면 평생을 그렇게 자신의 죄와 싸울지도 모르지. 악마의 정신 공격에 당했다고 하더라도, 본인의 의사가 아니었다고는 해도, 그 기억은 김현성의 기억 속에 남을 테니까.

하지만 아주 조금이라도 마음의 위로가 될지도 모르겠다는 생각이 들었다.

신으로서 한 번 용서받고 이기영 본인에게 한 번 더 용서를 받았다. 물론 고통스럽기는 했지만 관용과 희생의 상징과도 같은 빛은 언제나 회개하는 자에게 따뜻한 빛을 내려주게 마련이다.

괜찮다는 미소를 억지로 내비치자 한참이나 흐느끼던 녀석이 드디어 고개를 들어 올리는 것이 시야에 비쳤다.

"전부 다 괜찮습니다."

"……."

"전부 다요."

"……."

"자. 그럼 조금 더 걸을까요?"

"네……."

'여기서부터가 중요해.'

일단 여기 온 목적은 달성해야 하니까. 방법이야 어찌 됐든 누더기영을 마무리하는 것은 김현성이다.

녀석은 잠깐 동안 그걸 잊은 것 같았지만 굳이 현시점에서 그걸 상기시켜 줄 필요는 없다.

무턱대고 죽이라고 해서 죽일 리가 없지 않은가.

'살살 달래면 돼.'

계속해서 내 할 일을 끝내라고 정신적 압박을 주는 것보다는 어르고 달래면서 눈물겨운 마무리로 향하는 것이 가장 합리적인 방법.

정확히 시간이 얼마나 지나야 일이 터지는지는 알 수 없었지만 아마 때가 된다면 전조가 있을 것이다.

대륙의 마지막을 그리는 이벤트나 다름없으니까 누나 입장에서도 신경 좀 썼겠지. 그때까지는 조금 시간을 보내도 될 것같이 느껴졌다.

딱히 목적지는 없었지만 일단은 천천히 발걸음을 옮긴다.

김현성도 내게 보폭을 맞춰오는 중, 궁금한 게 많은 것 같았지만 침묵을 유지하고 있는 듯한 느낌이었다.

하지만 인내심이 오래가지는 않았는지 천천히 입을 열어오는 것이 눈에 보인다. 녀석의 입장에서는 당연한 질문이었을 것이다.

"그쪽은 조금…… 어떻습니까?"

"크게 나쁘지는 않네요. 위에 있다는 감각이 아직은 어색하기는 하지만…… 여러 가지 말씀드리고 싶은 게 많았는데……

대륙의 법칙에 위배된다는 모양이라…… 그저 잘 지내고 있다는 것만 기억해 주셨으면 좋겠습니다."

"혹시나 억압받으신다거나…… 불편하신 일을……."

"아니요. 그런 일은 없습니다. 굳이 어느 쪽이냐 답한다면 대접받는 쪽입니다. 이러니저러니 해도 대륙을 구한 성자의 자격으로 자리해 있는 거니까요."

"희생당하신 겁니다."

'삐뚤어지지 마.'

"아니요. 제 선택이니 당한 게 아닙니다. 그들이라고 해서 전능하지도 완벽하지도 않아요. 그들이 막을 수 있었던 게 아니었습니다."

"물론 그렇게 이야기할 겁니다. 하지만 달라요. 그들은 악마처럼 우리들을 속이고……."

"현성 씨."

"죄…… 죄송합니다."

"베니고어나, 로렌, 엘룬 같은 이들을 원망하지 말라고 부탁드리지는 않겠습니다. 그건 현성 씨에게는 불가능한 일이라는 걸 알고 있으니까요. 하지만 아주 조금만…… 현성 씨의 마음이 허락하는 데까지만 그들을 이해해 주세요. 그들 역시 불쌍한 이들입니다. 악의가 향해야 할 곳은 그들이 있는 곳이 아니에요. 물론…… 물론 저 역시 그들을 원망하기도 합니다."

"네?"

"한 인간이 떠안기에는 너무 커다란 짐을 맡긴 것은……."

"역시…… 기영 씨도……."

"아뇨. 제 이야기가 아닙니다. 현성 씨의 이야기예요."

"아……."

감동했다는 표정 왔죠. 어떻게 이런 사람이 있을까. 어떻게 이렇게 착하고 순수한 사람이 있을까. 같은 말을 하고 있는 얼굴이다.

"이유야 어찌 됐든, 그들이 현성 씨에게 커다란 짐을 맡긴 것은 지탄받아 마땅합니다. 현성 씨를 원하지 않는 싸움에 끌어들였으니까요. 현성 씨가 받은 고통과 그로 인해 생겨날 수밖에 없는 적의 또한 그들이 만든 것이나 다름없습니다. 만약 저였다면 그런 선택을 하지 않았을 겁니다."

"……."

"하하. 너무 무거운 이야기만 드린 것 같아서 죄송합니다."

"아니요. 괜찮습니다."

"잠깐 앉아도 될까요?"

"아. 휴식을 취하고 싶으신 거라면 잠시만……."

사실 적당한 장소랄 게 없다. 아무것도 없는 설산에 뭐가 있겠는가.

하지만 김현성의 눈에는 보이는 것이 있는 모양, 가까운 곳에 작은 동굴이 있었는지 그쪽으로 발걸음을 옮기는 게 시야에 비쳤다.

제법 괜찮은 곳이다. 딱 적당히 몸을 쉴 만한 곳, 애초에 김현성은 휴식을 취할 이유도 없고, 몸의 감각이 희미한 나도 그리 휴식을 필요로 하지는 않지만 역시나 걷는 건 힘들다. 육체적으로 지치는지는 잘 모르겠지만 확실히 정신적으로는 피곤하니까. 기왕이면 앉아 있는 것이 좋다.

작은 모닥불까지 피워놓으니 제법 그럴듯한 캠프가 만들어진 것 같은 기분, 물론 여러 가지로 발전된 현재의 파란에게는 형편없는 캠프이기는 했지만 초보자들이 쓰고 가기에는 이것보다 더 좋은 캠프가 없다.

투박하기는 하지만 있을 것 다 있는 것 같고…… 무엇보다 따뜻한 커피 한 잔이 마음에 든다.

"이렇게 있으니 현성 씨가 회귀자라는 걸 밝혔을 때가 기억이 나네요."

"아…… 네. 그랬었죠."

"소도시 헤르엔. 지금은 그때보다 더 발전했다고 들었는데…… 북부에서의 일이 끝난 이후에는……."

"네. 정말로 많은 게 바뀌었습니다. 문화 관광 도시로 탈바꿈되었으니까요…… 네…… 교국과 린델에서도 투자를 하기도 했었으니…… 기영 씨도 아마 보시면 놀라실 겁니다."

"가보신 적이 있으신 겁니까?"

"네. 예전 그 오두막에 잠깐……."

"너무 길드를 오래 비우시는 것 같더군요."

"죄…… 죄송합니다."

"아니요. 사과를 받으려고 드린 말씀은 아닙니다. 다만 길드에도 조금만 더 신경을 써주세요. 말은 하지 않을 테지만 모두가 힘들 테니까요. 아. 특히 예리 같은 경우에는 더욱더요."

"아……."

'이 새끼 지금 깨달았나 봐. 지가 데리고 왔으면서.'

"강한 척, 아무렇지도 않은 척하지만 그 누구보다 관심을 필요로 할 겁니다. 자신을 보살펴 주던 사람이 사라졌다는 느낌을 받을 수도 있으니까요. 아, 그리고 길드 재정도……."

"죄송…… 합니다."

"자세히 보지는 못했지만 길드 사업이나 재정 상태가 말이 아닌 것 같더라고요."

"죄…… 죄송합니다."

"김미영 팀장님이 아니었다면 무너져도 진즉에 무너졌을 겁니다. 지금 파란 길드가 어떻게 돌아가고 있는 건지 이해가 가지 않을 정도로 완전히 놓아버리셨더라고요."

"……."

"쓸데없는 곳에 들어가는 비용이 너무 많다 이 말입니다."

"죄송……."

"대륙에 퍼져 있는 정보 길드들에게 의뢰를 넣은 것은 그중에서도 가장 멍청한 짓이었습니다. 길드 재정이 휘청이는 상황에서 경매장에 사용하는 비용이나…… 신전 건축에 들어가는 비용이 가장 문제였습니다."

생각하니까 짜증 나기는 한다.

"말이 나와서 드리는 말씀입니다만 신전을 그런 식으로 지으면 사람들이 뭐라고 생각하겠어요? 베니고어 교단이나 엘룬

교단도 그만큼 화려하지는 않습니다."

"그건……."

"신전의 크고 화려하다고 해서 제가 쉴 수 있는 장소가 되는 것이 아닙니다. 오히려 불편해요."

"죄송합니다."

'물론 크고 화려하면 좋기는 해. 근데 정도가 너무 심했어.'

"지금 길드에 빚이 얼마나 있는지 아시기는 합니까? 그리고 왜 그때 가방은……."

아니, 시바, 이건 그냥 말하지 말자. 어차피 말도 안 통할 테니까.

"정말로 죄송합니다."

"제가 대륙을 사랑하지만 그만큼 파란 길드에 가지고 있는 애착도 크다는 걸 알아주셔야 합니다. 솔직히 그리 좋은 기분은 아니더라고요. 재무 계획은 있으신 거 맞습니까?"

"여러 가지로 생각하고 있는 건 많습니다……."

"뭘 생각하고 있는지 들어나 봅시다."

"그건……."

"……."

"……일단 던전 탐사를 통해서……."

"파란 길드는 중 소규모 클랜이 아니에요. 던전 공략으로 일확천금을 노리기에는 규모가 커도 너무 커졌다는 거 이해하고 계시는 거 맞아요?"

"……."

"린델은 물론이거니와 교국 전체, 아니, 대륙 전체에 영향력을 끼칠 만한 길드라는 사실을 기억하셔야 됩니다. 길드 식솔들도 물론이거니와 하청 길드나 클랜의 수를 생각해 보면 결코 허황된 발언이 아니에요. 제 죽음이 그들의 일상에 영향을 끼치면 안 됩니다. 하루하루를 힘들게 살아가는 이들도 있는 법입니다."

"정말로…… 정말로…… 네…… 죄송합니다."

"그리고 무엇보다."

"네."

"언젠가 제가 돌아갈 곳이지 않습니까."

"……."

"언제가 될지는 모르겠지만 제가 돌아갈 장소예요."

"돌아오실 수 있으신 겁니까?"

미끼를 물었다.

"네. 설명드리기 힘들지만 아마 돌아갈 수 있을 겁니다. 노력하고 있어요."

"하…… 하하하하하."

믿기지 않는다는 듯 얼떨떨하게 웃고 있는 모습이 눈에 보였다.

"이번 일만 잘 해결된다면 말입니다."

하지만 얼굴 한편에는 의심이 들어서 있다. 이게 혹시나 거짓말이 아닐까 하는 의심이다. 언제나 자신을 희생하기를 원하는 이 성자가 다시 한번 희생하기 위해 자신에게 거짓말을 하고 있는 것은 아닐까에 대한 의심.

이후에도 여러 가지 이야기를 하는 동안에도 그 의심에 눈초리는 사라지지 않는다. 이 이벤트가 어떻게 마무리되어야 하는지에 대해 깨달은 것이다.

'눈치 빨러.'

"다시 돌아가면 라이딩이나 같이 나가는 게 좋겠네요. 대륙이 이렇게 넓은데도 아직 제대로 보지 못한 곳도 많으니 한 번씩은 다 둘러보고 싶습니다."

"괜찮으시겠습니까?"

라거나.

"대륙에 대해서는 현성 씨가 더 잘 알고 계실 테니 부탁드리겠습니다."

"제가 다녔던 곳은 대부분 전쟁터라…… 도움이 되지 않겠지만 한번 찾아보겠습니다."

라거나.

"못 해본 것들도 많으니까요. 사실 길드를 원래 상태로 되돌리는 게 가장 급선무라고 생각하고 있습니다."

라거나.

"그러고 보니 바다 너머로 가본 적은 없는 것 같습니다."

"아마 놀라실 겁니다."

같은 쓸데없는 이야기를 나눈다.

이야기를 나누는 와중에도 놈의 눈이 흔들리고 있는 것이 보인다. 최대한 내 시선을 끌려고 하는 것만 같다. 자꾸만 말을 돌리고, 평소의 녀석답지 않게 새로운 화제를 계속해서 꺼낸다.

어째서인지는 당연히 알 수 있다.

'오고 있는 거네.'

전조가 오고 있는 것이다. 힐끗 하늘을 바라보자 기형적인 구름이 몰려들고 있는 것이 보인다.

입술을 꽉 깨문 김현성이 아무렇지도 않다는 듯 웃음 지으며 입을 열었다. 당연히 쓸데없는 이야기였다. 뭐 가방 신상이 어쩌구 하는 이야기. 새로운 시리즈가 던전에서 발견되었다는 말 같지도 않은 거짓말을 과장되게 지껄이며 계속해서 내 시선을 잡아놓는다.

하지만 그게 얼마나 의미 없는 짓인지 모를 리가 없다. 천천히 하늘로 고개를 돌린 나를 바라보며 이해한다는 듯한 웃음을 지어 보이는 내게, 지금의 거짓말이 얼마나 의미 없는지, 이미 깨닫고 있을 것이다.

그렇게 놈은 흔들리는 눈으로 다시 한번 입을 열었다. 이번에는 거짓말이 아니었을 것이다.

"꿈을…… 꿈을 꾼 적이 있습니다."

그렇기 때문에 시선을 피한 것이리라.

"새로운 시작에 대한 꿈이었습니다."

이 새끼 간 보는 거 봐. 근데 그거 알아둬. 3회차는 없어. 때려죽여도 3회차는 없다고.

"……네. 모든 게 처음으로 되돌아가는…… 그런 새로운 시작에 대한 꿈이었습니다."

"……."

"그곳에서 기영 씨는 웃고 있었습니다. 기영 씨뿐만이 아닙니다. 덕구 씨도, 하얀 씨도, 혜진 씨나 다른 길드원들도 다 함께 모여 웃고 있었습니다. 모두가 힘든 일이나 고통받는 일 없이 소중한 일상을 즐기고 있었습니다. 모험은 즐거웠지만 함께하는 것은 그것보다 더 즐거웠습니다."

'일단은 들어보자.'

"가끔 기모 씨가 실없는 농담을 던졌고 덕구 씨와 예리가 웃으며 농담을 받았습니다. 기영 씨는 여전히 일을 손에서 놓지 않았지만, 가끔 먼발치에서 길드원들이 훈련하는 모습을 바라보고는 했습니다. 기영 씨가 원하시는 것처럼 그리폰을 타고 대륙을 둘러보거나 하는 일도…… 함께 여러 가지 일을…… 네. 모두 다 함께 말입니다."

몸이 떨리고 있는 모습이 눈에 보였다. 아마 나라면 자신의 실없는 말이 뜻하는 것이 무엇인지 알아차렸을 거라고 판단하는 것 같다. 굳이 3회차라는 말을 해오지는 않았지만 녀석이 말하는 게 3회차라는 걸 눈치채지 못할 리가 없지 않은가.

내가 어떤 반응을 보일지, 이기적이기까지 한 자신의 발언에, 대륙을 위해 자신의 한 몸을 희생한 성자가 어떤 반응을 보일지, 걱정하고 있는 것이 틀림없으리라.

"아무도 죽지 않았습니다. 튜토리얼에서도 희생자가 나오지 않았어요. 그동안 일어났던 여러 가지 전쟁들이나 커다란 사건들도…… 기영 씨를 힘들게 한 많은 일도 모두 일어나지 않거나…… 없었던 일로……."

"……."

"기억을 잃거나…… 기영 씨가 겪은 여러 가지 사건들 때문에 정신과 육체가 망가지는 일 또한 없었습니다. 기영 씨뿐만이 아닙니다. 대륙에 있는 모든 이들이…… 이전과는 다른 건강한 모습으로 행복하게 살아가고 있는 모습이었습니다. 전부다 말씀드리기는 힘들지만 이런 장소였습니다. 새로운 시작이 자리한 곳은 모두가 행복하고 웃을 수 있는 장소였습니다."

말도 안 되는 소리 하네.

순간적으로 한심하다는 표정으로 녀석을 바라본 것만 같다. 겁을 먹은 듯 깜짝 놀라는 녀석의 모습이 눈에 보인다.

괜한 말을 꺼낸 것은 아닌가 하는 후회가 스쳐 지나간 것 같았지만 입술을 꽉 깨문 김현성의 행동에는 변함이 없다.

"제, 제가…… 기영 씨를 상처 입힌 일도…… 그곳에서는……."

"이미 지나간 일을 되돌릴 수는 없어요."

"아니요. 되돌릴 수 있습니다. 되돌릴 수 있는 방법이 있어요. 기영 씨도 알고 계시지 않습니까."

"어떻게요?"

"새롭게 시작하면 됩니다. 제가 꿈에서 봤던 것처럼 말입니다."

"제가 현성 씨의 망상에 찬성할 거라고 생각하신 겁니까?"

"망상이 아닙니다."

"망상이 아니면요."

"실제로 가능하다는 이야기를 드리고 있는 겁니다."

'그래, 시바, 실제로 가능하기는 하겠지. 근데 어쩔 건데.'

"없었던 일이 되지는 않을 겁니다. 만약 다시 한번 새로운 시작을 한다고 해도 현성 씨가 알고 있는 저나 다른 길드원들이 지금과 변함없을 거라는 확신하실 수 있으세요?"

"그건……."

"물론 잊고 싶은 기억도 있습니다. 생각하기 싫은 경험도 있고 정말 저를 고통스럽게 만든 기억도 있었어요. 하지만 그렇기 때문에 지금의 제가 있는 거예요. 그 모든 일을 겪어왔기 때문에 지금의 하얀이가, 덕구가, 혜진이가, 우리 사람들이 있었던 거라고요. 그 모든 일들을 함께 헤쳐왔기 때문에 지금의 현성 씨와 제가 깊은 유대를 가질 수 있었던 겁니다."

"……."

"모두가 힘든 일들을 잊고 싶어 합니다. 하지만 그 힘든 일들이 지금의 우리를 있게 했다는 걸 알고 있기 때문에 저는 놓고 싶지 않은 거예요."

"기억을 가진 채로 돌아갈 수 있는 방법이 있을지도 모릅니다. 회귀자가 굳이 하나라는 것은……."

"제가 말씀드린 것은 사람들과의 관계뿐만이 아닙니다. 추억이 된 장소들도 마찬가지예요. 새로운 교국은 우리가 알던 교국이 아닐 겁니다. 새로운 라이오스는, 새로운 거울 호수는 우리가 알고 있던 곳이 아니에요. 캐슬락의 성벽은 보수되기 전일 거고, 연방도 그대로의 모습일 겁니다. 복구 계획을 세우기 전의 모습이겠죠. 소도시 헤르엔도 마찬가지일 겁니다. 현성 씨가 말씀하신 모습은 없을 겁니다."

"하지만!"

"저는 이곳에서 추억들을 쌓아가기를 원해요. 파란 길드원들과 제 사람들이 함께 지낸 이곳에서 많은 일들이 있었던 이곳에서 살아가기를 원합니다."

아주 약간 적의를 담아 녀석을 노려본다. 굳이 따져보자면 이 정도다.

'너 그 정도밖에 안 돼?'

드라마틱 하잖아.

'그 정도밖에 안 되는 놈이었어?'

같은 표정. 그래. 딱 이 정도 표정이 잘 어울리지.

나는 굳이 3회차로 가기 위해 희생해야 하는 것들에 대해 열거하지 않았다. 또 지금의 대륙을 만들기 위해 희생된 이들에 대해서도 말하지 않았지. 지금의 대륙을 버린다는 것과 빛을 바라보고 있는 수많은 사람을 버려야 한다는 것, 복구가 불가능할 수준까지 이곳을 몰아붙여야 한다는 것을 이야기하지 않았다.

하지만 김현성은 알고 있을 것이다. 지금 내 표정이 의미하고 있는 게 무엇인지 말이다.

사실 3회차가 귀찮아질 것 같은 게 가장 큰 이유이기는 했지만 어찌 됐건 간에 놈의 쓸데없는 망상은 접어주는 것이 옳다.

아니나 다를까 적의를 담은 빛에 반응하는 김현성의 모습은 가관, 잠깐이었지만 온갖 부정적인 감정이 흘러넘치는 것 같다.

불안감이 점점 올라가고 있는 게 보인다. 살짝 째려본 것 치고는 호흡이 흐트러진 게 심상치가 않다. 곧 발작이라도 일으킬 모양새였지만 용기를 내 입을 벌린다.

"하지만…… 하지만 기영 씨가 없을지도 모릅니다. 추억들을 쌓아가기를 원한다고 하셨지만 기영 씨의 자리가 없을지도 모른단 말입니다."

"저는 돌아갈 거라고……."

"이번에도 거짓말이면!"

"아니……."

"이번에도 거짓말일 수도 있잖습니까!"

"……."

"안심시키려고 하는 말일 수도 있습니다. 네. 이번에도 그렇게 다 괜찮다고 말씀하시고는 계속해서 돌아오시지 않을 수도 있습니다. 언제 돌아오시는 겁니까. 돌아오실 수 있으시다면 진즉에 돌아오셨어야 했어요. 또 거짓말일 게 분명합니다. 분명히……."

"저는 돌아갈 겁니다."

"거짓말하지 마세요."

"돌아갈 수 있어요."

"거짓말하지 말라고…… 제길……."

"저도 원하는 일입니다."

"거짓말…… 이잖아요."

이 새끼 사람 말 더럽게 안 믿네. 이렇게 의심이 많은 새끼가 왜 그렇게 뒤통수를 많이 처맞고 다녔어?

마치 땡깡 부리는 것 같다. 이미 대화가 통하지 않은 수준까지 온 것 같아 민망하기 짝이 없다.

내가 돌아간다고 하는데 왜 지가 거짓말이라고 그러고 난리야. 아니, 왜 째려보고 그래. 저러다 한 대 칠 것만 같다.

심지어 눈물을 일발 장전하고 있는 것 같이 보인다. 하늘이 점점 변하면 변할수록 초조해하는 얼굴이 눈에 들어온다.

'시간 얼마나 남았지…… 여기서 지금 이러고 있을 시간 있나.'

조금 걱정되는 부분이 있었지만…….

'네가 뭘 어쩌겠어.'

아이러니하기는 하지만 지금 내 모습을 보고도 계속 자신의 주장을 내세울 거라는 생각은 들지 않는다.

조용히 말을 멈추고 녀석을 바라보자 조금 움찔하는 것 같다. 계속해서 아무런 말도 하지 않고 조용히 눈빛을 보낼수록 녀석이 점점 움츠러든다.

결국에는 시선을 똑바로 마주치지 못하고 고개를 점점 내리는 모습, 강한 어조도 점점 약해지고 결국에는 조용히 침묵을 유지하고 있다.

'이래야지.'

어딜 목소리를 높여. 이 꼴을 보고서도 어딜 목소리를 높여. 이거 네가 그런 건데. 네가 감히 목소리를 높여? 이 배때기를 보고도 목소리를 높여?

"믿어주세요."

"……."

'이번에는 거짓이 아니라구요.'

"믿어주셔야 합니다."

"……."

"현성 씨가 아니면 누가 저를 믿어주겠어요? 지금 당장 이해하기 힘드시다는 것도, 불안하시다는 것도 알고 있습니다. 제가 원망스러울 수도 있을 겁니다. 하지만 거짓말이 아니에요. 대륙을 사랑하는 것 이상으로 파란 길드를 사랑하고 있습니다. 저도 다시 함께할 날을 그리고 있어요."

'아무 말 못 하죠.'

아마 하고 싶은 말은 많을 것이다.

솔직히 윽박을 지르거나 커다랗게 소리쳐도 할 말은 없겠지만 이미 녀석은 나를 믿고 있는 것만 같다. 아니, 믿어야 한다고 생각하고 있을 것이다. 겉모습도 겉모습이지만 김현성이 나를 믿지 않으면 누가 나를 믿을까. 내 몸을 이 지경까지 만들었는데도 불구하고 녀석을 믿어준 것이 바로 나다.

'완전 만신창이 됐는데도 믿어준 거자너.'

친우의 검에 몸이 헤집어지면서도 끝까지 믿음을 잃지 않았던 우정에 대한 보답. 우리 현성이의 의지가 아니었을 거라고, 녀석이 그럴 리가 없다고……. 한 치의 의심도 없었던 것은 물론 눈을 감는 그 순간까지 김현성을 지지했던 것에 대한 보답.

'빚은 갚아야지.'

빚은 절대로 빚을 잊지 않는다. 그리고 말로 압박하지도 않지. 나도 너를 믿어줬으니까 너도 나를 믿어줘야 돼.

안 그래도 써먹으려고 했었던 패였다. 마침 딱 괜찮은 타이밍에 개봉했다는 생각도 들고.

"믿어주세요."

나는 천천히 검을 들어 올렸다. 이미 변하기 시작한 하늘을 바라보며 이제는 때가 됐다는 듯 그렇게 검을 들어 올렸다.

물론 나는 내 몸에 해를 끼칠 수 없다. 그렇기 때문에 김현성을 다시 한번 바라볼 수밖에 없었다.

주저하던 녀석은 천천히 이쪽으로 몸을 옮기기 시작, 휘황찬란하게 변하는 하늘을 한 번 바라본 이후 다시금 나를 바라본다.

당연하지만 이미 눈에서는 닭똥 같은 눈물이 뚝뚝 떨어지는 중, 자신이 이걸 할 수 있을지 없을지 장담할 수 없다는 표정이다.

'할 수 있어.'

같이할 거니까. 혼자 짐을 떠넘기지 않으니까.

나와 녀석은 검을 잡았다.

내가 검을 잡은 모양새는 조금 우습긴 했지만 눈물을 떨어뜨리며 검을 잡는 김현성의 손이 떨리는 게 느껴져 더욱더 검을 꽉 잡을 수밖에 없었다.

"다시 돌아올 겁니다."

"네…… 흐윽…… 네."

"정말로 다시 돌아올 거예요."

"네…… 네. 기영 씨. 믿고 있습니다."

"저도 믿고 있겠습니다."

놈의 얼굴이 일그러진다. 이유는 모르겠지만 눈을 질끈 감은 모습이 눈에 보인다. 하지만 똑바로 봐야 한다고 생각하는지 조심히 눈을 뜨는 것이 시야에 비쳤다.

동공이 흔들리지만 고개를 끄덕여 미소를 보이자 억지로 웃음 짓는 게 우습게 보인다. 눈물을 질질 흘리고 있는 주제에 억지로 입꼬리를 올리고 있는 얼굴, 잠깐 터질 뻔했지만 다시한번 감정을 잡고 입을 열어본다.

"준비됐죠?"

"네. 준비됐습니다."

준비가 된 것 같지 않았지만 김현성은 마음을 먹었다. 회귀자 사용설명서가 있었기 때문에 느낄 수 있다.

하나 둘 셋 하면 가는 거다. 표정으로 뜻을 전한 다음에는 천천히 고개를 끄덕였다.

하나.

둘.

셋.

'아……'

그리고.

목이 떨어질 거라고 생각했지만.

검이 바닥에 떨어진다.

의아한 얼굴로 정면을 바라보자, 눈에 보인 것은 김현성이 한쪽 눈을 부여잡고 있는 모습이었다.

'망했다.'

악귀처럼 일그러진 얼굴. 분노에 이성을 잃은 것 같은 표정.

'아, 송수경 이 새끼. 타이밍 한번 더럽게 못 맞추네. 진짜.'

침묵하고 있던 빌런이 행동을 개시한 것이다.

'멍청하지는 않아서 다행이기는 해.'

주요 전력들이 모두 빠진 사이에 시신을 탈취한 건. 그 래……. 칭찬할 만해.

'하얀이 마법은 어떻게 뚫었어?'

이게 그렇게 쉽게 할 수 있는 일은 아니었을 텐데.

녀석에게 정보를 주기야 했다. 마법을 디스펠하는 방법을 말해주는 것은 불가능했지만 루트도 미리 짜놓기도 했고, 미리 계획에 대해서 언질을 하기도 했다.

그래도 녀석이 이 일을 벌였다는 사실이 당황스럽게 느껴진다. 아무리 정하얀이 지금 라이오스에서 일을 벌이고 있다고 한들, 그녀의 눈을 피하는 게 쉬운 건 아니었을 테니까.

어쩌면 벨리알의 도움을 받았을지도 모르겠다. 아니, 그렇다고 하더라도…….

그래. 충분히 여지는 있었지만 놈이 이렇게 보란 듯이 자신의 꿈을 실현시켰을 줄은 생각하지 못했다. 놈은 놈답지 않은 유능함으로 나를 깜짝 놀라게 하는 데 성공했다.

'근데 왜 하필 지금이야?'

왜 하필 지금이냐고.

나조차도 무섭다. 솔직히 말하면 배때기 찔리기 전보다 더 무서워.

그만큼 김현성의 표정이 일그러져 있다. 뭐라고 설명하지 못할 정도로 일그러진 얼굴에서는 계속해서 눈물이 흘러나온다. 한쪽 눈을 매만지며 자꾸만 이상 행동을 보이고 있다.

'느끼고 있는 거야.'

보지는 못하지만 느끼고 있는 것이다.

나 역시 망원경으로 곧바로 송수경을 바라볼 수밖에 없었다.

오랜만에 보는 얼굴은 어두워 보인다. 살이 전보다 더 빠진 것 같았고, 뭔가 정통으로 적혈 감성을 때려 맞은 것만 같다.

이미 악마에게 수차례 영향을 받았기 때문인지는 모르겠지만 누가 봐도 정상처럼 보이지 않는다. 눈은 빙글빙글 도는 것처럼 보이고 얼굴은 눈에 띄게 상기되어 있다.

흥분 때문인지 호흡이 거칠어진 것 같은 느낌. 이제 곧 신과 가까워질 수 있다는 기쁨 때문인지는 모르겠지만 콧노래를 흥얼거리고 있다.

손을 연신 움직이며 계속해서 노래를 흥얼거리고 있었다.

녀석의 손 위에서 붉은색들이 제단 위에 뚝뚝 떨어질 때마다 놈이 몸을 흠칫흠칫 떠는 것이 시야에 비쳤다.

그 와중에 김현성은 계속해서 비명을 내지른다.

"하지 마! 하지 마!!"

아프기 때문이 아닐 것이다. 애초에 통각은 전달이 되지 않을뿐더러, 전달된다고 하더라도 김현성이 비명을 지를 리가 없다. 웬만한 상처에 눈도 깜짝 안 하는 김현성이 이렇게 엄살 피울 일이 뭐가 있겠어.

"제길…… 제길!!! 아아아…… 아아!!"

소리를 지르며 눈물을 흘리고 있는 모습은 가관, 아마 애 입장에서는 회귀자 사용설명서가 끊어지는 것처럼 느껴졌을 것이다. 계속해서 노트북에 꽂혀 있었던 외장 하드를 빼내는 것처럼 느끼고 있을지도 모르지.

실제로 끊어지고 있다는 것을 느끼고 있는지는 모르겠지만 저런 행동만으로도 과민 반응을 보일 정도로 발작을 일으키고 있다.

'아, 큰일 났다. 진짜. 큰일 났다.'

"현성 씨……."

녀석의 이름을 애타게 불러보지만 반응하는 것 같지 않다. 이미 온 신경이 그곳에 쏠려 있다.

제단 위에 선 녀석은 계속해서 노래를 흥얼거린다. 계속해서 노래를 흥얼거리며 붉은색으로 그림을 그린다. 그 광경은 무언가 종교 의식 같기도 했다. 뭐라 설명하기 좀 복잡하지만 말이다. 엄숙한 손짓과 분위기 때문에 녀석이 흥얼거리는 콧노래마저 가스펠로 들릴 지경.

"아……."

마침내 녀석은 금색의 구를 들어 올렸다.

입꼬리를 광대까지 올리곤 금색의 구를 이리저리 둘러보며 소중한 보물이라도 찾은 것마냥 미소를 띤다. 이기영이라는 인간을 증오한다고 생각했었는데 황금색 구를 바라보는 얼굴은 솔직하다.

'진짜 미친놈 같자녀.'

원래 이렇게 미친놈은 아니었는데 많이 미친놈이 되기는 했어. 이게 다 내 업보인가 봐.

-이제 된 거야……

라고 중얼거리는 모습이 보인다.

-빛의 아들의 부활. 이게 조건이야. 내가 빛의 아들이 되는 거야. 빼앗는 거라고.

혼잣말을 하는 모습도 영 위험해 보이기 짝이 없다.

-내가…… 이제는 내가…… 내가 옆자리에 설 수 있는 거야. 하…… 하하…… 하하하하!

자신의 눈 쪽으로 손을 가져가면서도 계속해서 웃고 있다. 조용한 공간에서 녀석의 웃음소리가 계속해서 울려 퍼진다.

그리고, 놈의 몸이 빛에 휩싸이는 것이 시야에 비쳤다.

녀석의 한쪽 눈에 황금색 빛이 계속해서 반짝거린다.

"아으…… 흐으윽…… 아아아아아…… 흐윽……."

'좀 조용히 좀 해. 이 새끼야.'

-하하…… 하하하하하하! 하하하하하하하하하하!!!

'아, 이 새끼들. 진짜 양옆에서 시끄러워 죽겠자녀.'

-이거였구나. 나와 네가 다른 게 이거였어. 빛의 아들과 내

가 다른 게 이것 때문이었다고. 하하…… 하하하하…… 그분의 옆자리에 설 수 있게 된 힘이 바로 이거였어!

이건 아이템 판정을 받았다고 보면 되는 건가. 반응을 보면 그렇게 해석할 여지가 있다.

'예상하기는 했었지만.'

생각보다 더 상향 판정을 받은 것이 아닐까.

사실 뻔한 이야기다. 정확히 어떤 시스템으로 이 체계가 돌아가는지는 알 수 없었지만, 베니고어의 조각상에서 흘러나온 피 눈물을 촉매화시킬 수 있었다는 걸 생각해 보면 이쪽의 시신 역시 마찬가지라고 판단하는 것이 옳다.

생각해 보면 교국이나, 교황청, 파란 길드에서 내 시신을 제대로 사용하지 않았을 뿐이지. 최소 신화급으로 분류할 수 있는 아이템 혹은 촉매. 몸 전체가 그 어떤 것과도 바꿀 수 없는 보물. 대륙에 어마어마한 영향력을 끼칠 수 있을 정도로 가치를 가지고 있는 유물.

드래곤의 사체만 해도 엄청나게 돈이 되는 판에 신을 담았던 몸이 굳이 말이 필요하겠는가. 교국의 힘이 조금 더 약했더라면, 파란에 김현성과 정하얀이 없었더라면, 대륙인들의 시민 의식이 조금 더 낮았더라면, 내 몸에 대한 정보를 알고 있는 사람이 많았더라면, 대륙을 전란에 휩쓸리게 할 수 있을 정도의 파급력을 가지고 있을 거라고 장담할 수 있었다.

'거기서 가장 가치 있는 건 눈일 거고…….'

여러 가지 부위 중에서도 가장 가치 있는 것은 역시나 눈이지. 빛의 아들의 상징처럼 자리 잡은 금색의 눈.

신화 등급의 아이템. 빛의 아들의 눈.

기능은 아마…….

'마음의 눈.'

'이기영의 망원경.'

'회귀자 사용설명서.'

추가적으로 신성력 효과나 뭐 대충 이것저것 곁가지 기능이 때려 박혀 있겠지, 뭐.

조금 다른 이야기였지만 내게 커다란 영향이 없을 거라는 벨리알의 말은 거짓말은 아니다. 나와 빛의 아들의 신체는 완벽하게 분리되어 있었으니까.

군이 예를 들자면 신들이 남긴 유산이라고 할 수 있을 것 같다. 던전이나 퀘스트, 이벤트나 숨겨진 히든 피스 같은 형태로 대륙에 남겨져 있는 것들. 신의 남긴 유산을 매개로 해 신의 힘을 빌려 쓰거나 흉내 낼 수 있게 만들어주는 아이템들. 내 눈 역시 그런 형태로 자리 잡고 있을 것이다.

그래 봤자 원본의 다운그레이드이기는 하지만 저것만으로도 활용 가치는 높다. 마음의 눈으로 모든 걸 들여다볼 수는 없겠지만 기본적인 스탯과 성향을 살펴볼 수 있을 것이고, 망원경을 자유자재로 활용할 수 없겠지만 녀석의 정신력이 허락하는 곳까지는 내다볼 수 있을지도 모르지.

나처럼 정확하게 김현성과 유대감으로 연결되기는 어렵겠지만 놈은 김현성에 대한 몇 가지 정보를 접할지도 모른다. 가능성은 적지만 어느 정도 영향력은 끼칠 수 있겠지.

하지만 그 무엇보다 본인도 자격을 얻었다는 사실에 기뻐할지도 모르겠다. 금색의 눈에서는 확실히 신성이 느껴지고 있었으니까.

그리고…….

'심장도 남았으니까.'

놈이 다시 한번 단검을 들어 올리는 것이 보인다. 아까보다 더 기쁘다는 표정으로, 더욱더 완벽해질 수 있다는 얼굴로 말이다.

움직임은 조심스럽지만 거침이 없다. 어떻게 보면 허겁지겁 움직이는 것 같기는 했지만 최대한 심혈을 기울이는 것이 보인다.

조용히 주문을 외운다. 제단 위의 마법진들이 계속해서 빛나며 녀석의 얼굴을 비춘다. 김현성에게는 그게 느껴지는 모양이다. 아니, 보이는 건가. 보이는 거 맞아?

"현성아?"

"제기랄…… 제길…… 죽여 버릴 거야."

'안 돼. 죽이면 안 돼.'

"전부…… 전부 죽여 버릴 거야."

'전부 죽이면 조금 그렇잖아.'

"흐으윽…… 흐윽…….'

'미치는 거 아니지?'

김현성이 미치는 건 아닐까 하는 걱정이 들 정도로 불안정해 보인다.

원래 김현성의 정신 상태는 항상 불안해 보였지만 지금은 특히 더 불안정해 보인다. 터지기 직전의 풍선 같다. 미친 듯이 웃다가도 오열하기도 하고 표정을 읽기도 쉽지가 않다.

계속해서 이상한 말들을 쏟아내고 있으니 무섭다. 정신이 나간 것 같은 모습이라 내가 애를 너무 몰아붙인 게 아닌가 하는 걱정이 된다.

'뭔가…… 뭔가 해야 되는데.'

순간적이었지만 머릿속으로 계산이 잘 되지 않는다.

지금까지 황당한 순간을 많이 겪어왔다고 생각했지만 지금처럼 당황한 적은 없었던 것 같다. 어떤 반응을 보이는 게 좋을지 잘 모르겠다. 믿어달라고 실컷 빌드업을 해놨기 때문에 다시 한번 희생할 수 있다고 말하기도 그래.

사실 선택지가 없다. 송수경을 두둔하기는 애초에 틀렸다는 거지. 하지만 김현성을 크게 자극하는 게 도움이 될 것 같지는 않다.

유일한 선택지는 선을 지키는 것. 피해자의 입장에서 김현성에게 괜찮다고 이야기하는 것 말고는 방법이 없다. 의도된 희생이 아니며, 용서해야 한다는 스탠스를 유지하는 것이 맞다.

일단은 나도 눈을 부여잡는 것이 정답이다.

깜짝 놀랐다는 얼굴로, 고통스럽다는 듯이 얼굴을 찌푸려보자. 아, 물론 너무 고통스러운 표정은 지양해야 할 것 같다. 현성이가 너무 화내면 말리기 곤란하니까.

'근데 너 왜 반응을 안 해.'

"……."

'내가 이렇게 아픈데 왜 반응을 안 하냐구.'

당연히 내 상태를 지켜보기 위해 달려올 거라고 생각했지만 그럴 기미가 보이지 않는다. 대신이라고 하기에는 뭣 하지만 아까보다 더 얼굴이 일그러진다.

한쪽 눈에서 눈물을 뚝뚝 떨어뜨리고 있는 녀석의 팔이 부들부들 떨리는 것이 시야에 비친다. 분노로 터질 것만 같은 모습, 쭈뼛쭈뼛 하고 김현성의 몸에서 뭔가가 삐져나오는 것처럼 보였다. 계속해서 억누르려고 하고 있지만 놈은 자신의 감정을 제대로 다스리지 못하고 있었다.

김현성은 나를 바라보고 있지 않다. 마치 내가 다른 곳을 바라보고 있을 때처럼 바닥을 바라보고 있다. 제단에 올려져 있는 나를 올려다보는 것처럼 그곳을 바라보고 있었다.

송수경의 가슴에서 검은 형태가 튀어나오며 빛의 아들의 심장을 삼킨 것은 바로 그때였다.

다시 한번 놈의 몸에서 빛이 쏟아져 내린다. 그럼에도 불구하고 놈은 손을 멈추지 않는다. 뭔가가 더 있을 거라고, 자신이 취할 수 있는 게 더 있을 거라고 판단하고 있는 것이다.

'알뜰살뜰하기는 해.'

빛의 아들의 모습이 점점 참혹해진다. 얼굴은 더럽혀졌고 하얀색 옷은 붉은색으로 물들었다. 여기저기 상상하기 싫은 형태의 것들이 굴러다니며 그 어느 곳 하나 성한 곳이 없다.

금안이 자리 잡고 있는 곳에서는 자연스럽게 피 눈물이 흘러내린다. 하지만 그 미소만은 그대로. 편안하게 숨을 거둔, 성자의 미소만은 놈이 더럽힐 수 없었던 모양이다.

-하…… 하하…….

자신의 몸을 이리저리 둘러보던 악마는, 이제는 관심 없다는 듯이 제단 위에 있는 인형을 떨어뜨렸다.

철퍼덕 하는 소리와 함께 떨어진 성자의 미소가 사라진다. 바닥에 달라붙어 있는 얼굴이 제대로 보이지 않는다.

붉은색으로 범벅이 된 얼굴이 힘없이 짓눌리는 순간…….

"아아아아아아아아아아아아…… 아아아아아아악!! 아아아아아아아아아!!!"

김현성이 머리를 붙잡으며 비명을 내질렀다.

"아아아아아아아아아아아아…… 아아아아아아악!! 아아아아아아아아아!!!"

'너…… 괜찮은 거 맞아?'

"흐어억…… 하아…… 아아아아아아…… 아아…….'"

'우리 현성이 화이팅할 수 있지? 일어설 수 있지?'

"흐어어어어엉…… 흐윽…… 끄으윽…… 하아…… 아아아아…… 아아악!!"

'이겨낼 수 있지? 형은 너 믿어.'

"으아…… 아…… 아아아아아…… 흐으윽…… 흐어어어엉…….'"

'힘…… 힘내라…….'

"하……하하…… 아아…… 흐으윽…… 하하하하…….'"

'어떡해. 얘…… 미치고 있나 봐.'

제자리에서 발을 동동 구르게 될 정도로 김현성이 실시간으로 망가지는 것이 보인다. 머리를 흔들면서 미친 듯이 발광하는 꼴을 보고 있자니 지금 이게 무슨 상황인지 알 수가 없을 지경, 쉽사리 다가가기 무서울 정도였다.

실시간으로 발작을 일으키는 것만 같다. 김현성에게 이게 충격적인 장면이라는 것은 이해할 수 있었지만 이 정도로까지 얘가 망가질 줄은 상상도 하지 못했다.

아니, 어차피 껍데기잖아. 살아 있는 내가 저런 꼴을 당했다면 얘 반응도 이해는 되는데…… 그래 봤자 껍데기가 조금 망가진 거잖아. 저거 장난감 조립하듯이 다시 조립하면 아무 문제 없어요. 소라랑 하얀이가 착착 만져주면 바로 완성돼. 애초에 그럴 필요도 없을지도 몰라. 부활하면 다시 되돌아 간다구.

"아아아…… 흐으으윽…… 아아아……."

그렇게 막 오열하면서 막 토하고 막 그럴 정도 아니라고요.

"아아아…… 아아아아아아……."

'얘 진짜 실성할 것 같아. 어떻게 해.'

심리 상담 전문가나 정신과 의사를 사전에 영입했어야 했다. 전담팀을 제대로 꾸렸어야 했다.

'위험하자너.'

누가 봐도 위험한 상황처럼 보인다.

애초에 우리 사랑스러운 회귀자는 뭐라고 설명할 수 없는 정신병을 몇 가지, 아니, 몇십 가지 앓고 있는 상태였다.

사실 1회차에서 그 꼴을 봤는데 애가 건강한 정신을 유지한다는 것 자체가 이상하지. 학술적으로 어떻게 녀석의 정신병을 정의해야 하는지는 알 수 없었지만, 외줄 타기를 하듯 굉장히 위험한 상태라고 판단할 수밖에 없었다. 그저 겉으로 봤을 때 티가 나지 않았을 뿐이다. 눈으로 보이는 증상이 나타나지 않았을 뿐이지.

지금 김현성을 보고 있자니 그게 표출되고 있다는 생각이 든다. 실어증이라도 걸린 것마냥 계속해서 꺽꺽거리고 있었고 제대로 숨을 쉴 수가 없는지 가슴을 부여잡고 있다. 눈물이 흘러내린다고 표현하기 힘들 정도로 쏟아져 내린다.

저런 광경을 본 적도 없다. 빛의 껍데기가 당한 짓을 본인이 당했다고 해도 위화감이 없는 모습.

김현성이라는 인간이 후두둑 후두둑 떨어지는 것이 느껴진다. 얘를 지탱하고 있는 게 무너지고 있는 것처럼 보인다.

'얘 진짜 반병신 되겠다. 어떻게 해. 어떻게 해.'

최소 백치가 되거나 실어증 같은 거라도 걸릴 것 같다. 인간의 정신이 완전히 망가졌을 때 어떻게 무너지는지를 전부 보여주고 있는 것만 같다.

'무너지는 건 막아야 돼.'

회귀자 사용설명서로 급하게 주위 담는 것이 맞다.

'내가 돌아오지 못한다고 생각해서 이러고 있는 거일 수도 있잖녀.'

저 육체가 망가졌다고 한들, 커다란 영향이 없을 거라는 걸 말해줘야지.

이제는 무릎을 꿇은 채로 계속해서 머리를 부여잡는 모습. 나 역시 급하게 무릎을 꿇으며 놈의 어깨 위에 손을 올릴 수밖에 없었다.

"괜찮아요."

"아…… 아아아아……."

"괜찮습니다. 전부…… 전부 괜찮을 겁니다."

'근데 하얀이는 뭐 해. 하얀이는 뭐 하고 있어?'

다른 쪽도 걱정이 되기야 한다. 급하게 망원경으로 둘러보니 아직까지도 정신이 없는 모양, 일단은 눈앞에 있는 이 문제를 처리하는 게 먼저라고 생각했다.

차분히 마음을 가다듬고 계속해서 말을 걸어준다.

"저는 여기에 있습니다. 괜찮아요."

'하나, 둘.'

호흡이 폭주하는 것처럼 불규칙하게 느껴졌기 때문에 크게 숨을 몰아쉬며 호흡하는 방법 알려준다.

이게 효과가 있을지는 모르겠지만 김현성이 내 호흡을 따라오는 것이 느껴진다. 어깨를 두드려 주고 어찌할 바를 모르는 손도 꽉 잡아주고, 다 문제없다고, 괜찮을 거라고 조용히 다독여 준다. 굳이 말로 하지 않아도 행동으로 보이는 게 있는 법이다.

물론 입도 멈추지는 않는다.

"현성 씨. 제 눈을 보세요. 저는 여기에 있습니다."

"아아…… 흐으으으윽…… 아아아아아……."

"저는 여기에 있어요. 전부 다 괜찮아질 겁니다. 진정하세요. 저는 여기에 있으니 괜찮습니다. 전부 괜찮을 거예요."

"흐으으윽…… 흐어엉…… 흐으윽……."

"네. 괜찮아요."

허우적거리는 손이 이쪽의 어깨에 닿는다.

눈에 띄게 호흡이 안정되는 것 같다. 눈에서는 계속해서 눈물이 흘러내리고 있었지만 적어도 아까처럼 지랄 발작을 일으키지는 않는다.

소리를 지르고 있지도 않고 가출했던 이성이 점차 돌아오는 것이 보인다. 정상적으로 커뮤니케이션을 할 수 있을 정도로 돌아온 건지는 모르겠지만 말이다.

눈동자가 천천히 돌아오고 있는 게 보인다. 정확하게는 모르겠다. 하지만 지금 자신이 어떤 상황에 놓여 있는지 깨달은 것만 같다. 이쪽을 바라보는 눈에 절박함이 감돈다. 정말로 지켜야 하는 게 어떤 것인지, 자신의 옆에 있는 게 누구인지 알게 된 것이다.

"하…… 하하하하……."

"이제 조금 정신을 차리셨습니까?"

"하하하하하…… 하하……."

"현성 씨?"

"하하하하하하하하!!"

'아…… 엿 됐다.'

"현성 씨……."

"……."

"현성 씨?"

"네."

'아……'

"네…… 네. 머리가 조금 개운해진 것 같습니다. 감사합니다. 기영 씨."

"전부 다 설명드릴 수 있어요. 현성 씨. 일단은……."

"네, 네……. 또 그렇게 말씀하실 줄 알았습니다. 그렇게…… 이야기하실 줄 알았어요."

'그게 아니라 내가 정말로 설명할 수 있을 것 같아서 그래.'

"저도 이게 어떻게 된 상황인지…… 제대로 알 수는 없지만 최대한 이성적으로……."

"네, 이성적으로…… 아무렇지도 않다고…… 저건 아무것도 아니라고 말씀하실 줄 알았습니다. 그렇게…… 그렇게 말씀하실 줄 알았다고요."

입술을 꽉 깨문 곳에서는 피가 흘러내린다. 자신의 입술을 잘근잘근 씹고 있는 것만 같다. 눈에 뭐라고 설명하지 못할 분노가 서려 있다. 꽉 쥔 손아귀에서도 계속해서 피가 흘러내린다.

김현성은 웃었다. 마치 모든 걸 포기한 사람처럼 조용히 입꼬리를 올렸다.

'진심이야.'

김현성은 포기한 것이다.

'진심이냐구.'

놈이 무슨 생각을 하고 있는지 보인다.

"기영 씨."

"……."

"기영 씨."

"네."

"제가…… 제가 무엇 때문에…… 도대체 뭘 위해서 싸워온 건지 모르겠습니다."

"그건……."

"도대체 뭘 위해서…… 어째서 그런 짐을 들어 올린 건지 말입니다."

현타 세게 왔나 봐.

"현성 씨 일단은 조금 침착해지셔야 할 것 같습니다. 지금 너무……."

"제 주변 사람들을 힘들게 하면서, 이런 꼴을 보면서…… 이런 놈들을 지키자고…… 겨우……."

"한 인간이 잘못을 저지른 것뿐입니다. 그는 아마 악마에게…… 어쩌면……."

"겨우 이 정도밖에 안 되는 개자식들을 위해서…… 겨우 이런 개새끼들 때문에…… 당신이 죽었어야 했네요."

"그러니까……."

"겨우 이런 개새끼들 때문에 당신이 그런 꼴을 당해야 했습니다."

너 왜 그래.

"희생해…… 다 괜찮아…… 모든 게 잘 될 거라고…… 그건 기영 씨 입장입니다. 당신은 괜찮을 거예요. 네. 당신이라면 괜찮겠지. 또 아무렇지도 않은 척. 자기는 이해할 수 있다고…… 전부 다 떠안을 수 있다고……."

"현성 씨. 제가 말씀드리지만…… 조금 더 상황을 객관적으로 바라봅시다. 이건……."

"지금 당신의 몸이 어떤 꼴이 됐는지 알고서 하는 소리야! 그걸…… 그걸 알고 지껄이는 겁니까?"

'야. 지금 소리친 거 맞아? 윽박질렀어?'

"나는 안 괜찮아요."

무서워.

"나는 안 괜찮다고."

녀석이 조용히 몸을 일으킨다.

"되돌아가지 않아도 좋습니다. 이후의 일이 어떻게 되든지는 상관하지 않을 겁니다."

'너 왜 그래. 대륙의 영웅. 우리 노을빛의 검사.'

"저는 기영 씨를 죽이지 않을 겁니다."

하늘이 계속해서 변한다. 전조가 다가온 것인지 계속해서 이상한 형태의 아우라가 펼쳐진다.

마치 그때의 재현과도 같다. 정말로 외신이 떨어진 것이 아니었지만 던전에서 이벤트 실패에 대한 페널티를 내리고 있는 것처럼 느껴졌다.

저 이질적인 빛은 던전을 관장하는 시스템이다.

'지금 죽어야 돼.'

"시간이 없어요. 현성 씨. 일단은…… 제가 하늘에서 계속 말씀드리겠습니다. 일단 빨리……."

목 날려달라고 말하기가 이상하기는 해. 근데 지금 아니면 진짜로 떨어져. 대륙 멸망한다고 이 새끼야.

하지만 상관없다는 듯이 발걸음을 옮긴다. 심지어 나를 내버려 두고 말이다.

괜스레 배때기를 조금 더 들이밀어 보지만 녀석에게는 보이지 않는 모양. 애써 시선을 두려고 하는 것만 같다.

더 이상 휘둘리지 않을 거라는 굳은 마음가짐은 칭찬할 만하지만 이번에도 타이밍이 좋지 않다.

뭐라도 해야겠다는 생각에 급하게 녀석의 바지를 붙잡아보지만 놈은 조용히 나를 내려다볼 뿐 다른 말을 해오지 않았다.

아냐. 잠깐 시선을 둔 거면 충분하지.

"가지…… 가지 마세요."

김현성은 발걸음을 옮겼고 자연스럽게 놈을 놓친 나는 고꾸라졌다.

"아악."

하는 엄살을 부려보지만 김현성이 날개를 펼치는 모습이 시야에 들어왔다.

"가지 마."

천천히 위로 떠오른다.

몸을 일으켜 허겁지겁 달려가 본다. 일부러 발을 헛디뎌 넘어졌지만 여전히 이 새끼는 정신이 나간 것만 같다.

"현성 씨!"

"……."

"돌아와!"

'죽이고 가. 개새끼야. 가려면.'

"김현성!"

'목은 치고 가야지. 시바.'

"너 이 새끼!"

'나를 무시해?'

"가지 말라고 이 개새끼야!"

'너 이 나쁜 새끼.'

"야 이 씨발 새끼야아!!!! 이 개새끼! 이 멍청한 새끼! 이 븅신 새끼! 이 답답한 새끼! 야! 야!! 가려면 목은 치고 가. 이 개새끼야!!"

'김현성 개자식.'

"너 후회할 거야."

홀로 남은 설산 속에서 조용히 중얼거렸다.

"후회할 거라고."

'이 나쁜 새끼가 나를 버려둬?'

꾸역꾸역 발걸음을 옮기면서도 괜스레 입술을 깨물게 된다.

'이 피도 눈물도 없는 새끼.'

눈을 걸어차 봤지만 화풀이라고 하기에는 조금 옹졸한 모양으로 눈이 튀어 오른다.

"혼자 다 하시겠다고?"

아주 대견하시네. 그래.

그래. 솔직히 맞아. 대견하기는 해. 김현성과 가까워진 것, 녀석에게 회귀자라는 고백을 들은 것, 유대감을 쌓거나 녀석의 짐을 들어준 것은 좋았지만 그 많은 사건 이후에 내게 너무 의지하는 게 짜증 나게 느껴지기는 했다.

아니, 생각해 보니 짜증 나는 건 아니고 조금 아쉬웠다고 표현하는 게 어울릴 것 같다. 물론 자신의 선택에 대한 결과가 항상 좋지 않다 보니 조금 소극적인 스탠스를 취하게 됐다는 건 이해할 수 있지만 그 정도가 조금 심하게 느껴질 때도 종종 있었으니까.

"그래. 얼마나 대견해. 시바. 너무 대견해. 이렇게 또 대견할 수가 없어요."

성장하기는 했어. 굳이 표현하자면 어느 정도 김현성이 주체적인 행동을 해주기를 바라왔을지도 모르겠다. 하지만…….

'이건 아니지.'

허락된 범위 안에서 주체적으로 움직이길 원했다는 거지, 허용된 범위 안을 뛰쳐나가는 걸 허락한 적은 없다.

김현성의 입장에서는 조금 어려울 수도 있지만 굳이 하나하나 말로 정해줄 수는 없지 않은가. 내가 다쳤는데 뒤도 돌아보지 않고 가버린 건 이기영 자치 공화국에서는 엄연히 불법적인 행위. 무기징역 혹은 사형을 받아도 할 말이 없는 행위였다.

그 무능력한 쓰로누스도 그렇게 개판이 난 상황에서도 나를 내버려 두지 않았으니 무슨 말이 더 필요하겠어.

'아직 정신 못 차린 거야.'

뭐가 더 중요한지 아직 정신 못 차린 거라구.

이런 순간에서 내 말을 안 들으면 얼마나 개판이 나는지 알고 있는데도 고집부리는 거니 내가 뭘 더 어떻게 하겠냐고. 한 번 더 후회하게 만들어줘야지. 그게 손절하는 것보다는 낫잖아. 엄연히 그게 내다 버리는 것보다는 낫다.

천천히 하늘을 올려다보니 확실히 뭐가 터지기는 터진 것 같다는 느낌이 든다. 아니, 실제로 김현성이 이곳을 떠난 이상 이쪽에서 뭔가 이상이 생기는 건 확실한 이야기다.

아마 차희라나 교국에서도 북부로 병력을 이끌고 와야 한다고 생각하고 있지 않을까. 이걸 수습할 수 있을지는 모르겠지만 이 변화를 감지한 각 무력 집단에서는 무언가 조치를 취해야 한다고 판단하고 있을 것이다.

일은 이미 터졌고 돌이킬 수 없다. 현시점에서 내가 판단해야 하는 것은 이걸 어떻게 주워 담느냐다.

사실 생각할 거리가 있는지 모르겠다. 정답은 간단했고, 지금 당장 내가 행동을 취할 수 있는 부분이 한정되어 있었으니까.

이 신체를 버리고 다시 위로 올라가는 게 좋을까. 아니면 게

속해서 여기에 깃들어 있는 게 좋을까.

실시간으로 신성이 소비되고 있다는 건 조금 거슬리기는 했지만 이쪽이 대처할 수 있는 범위 내에 있다.

일단은 곧바로 망원경으로 김현성을 바라보는 게 먼저.

정신없이 날아가고 있어 눈으로 좇기가 쉽지가 않다. 입술을 꽉 깨문 채로 계속해서 이동하고 있다. 당연히 송수경한테 달려가고 있겠지.

그 와중에 미안한 마음은 있는지 눈물을 떨어뜨리고 있지만 저건 악어의 눈물 그 이상도 이하도 아니다.

'울어? 뭘 잘했다고 울어? 시바.'

-…….

'악어의 눈물 줄줄 흐르죠.'

-죄송합니다. 죄송합니다…….

'사과한다고 끝나는 거 아니죠?'

-정말로 죄송합니다…….

'죄송할 짓은 하는 거 아니야.'

이만 시선을 돌려도 될 것 같았다. 다른 특이사항은 보이지 않았으니까.

'송수경은.'

-송수경 님. 고생하셨습니다.

-제가 한 게 뭐가 있겠습니까. 여러분들이 지지해 주신 덕분입니다.

-원하시는 것은 얻으셨습니까.

'개짓거리하는 데 여념이 없고.'

녀석이 천천히 감았던 눈을 뜨며 입을 여는 모습이 보인다. 굳이 왜 한쪽 눈을 감으면서 등장했는지 도무지 이해할 수 없을 지경이었지만 아마 기분이라도 내고 싶었나 보다.

-네. 얻었습니다.

찬란하게 빛나는 금색의 눈. 조용히 녀석을 지켜보던 얼굴들이 환하게 빛나는 것이 시야에 비친다.

모두의 얼굴에 경외심이 보인 것은 당연지사.

송수경으로서도 그 표정들이 퍽이나 만족스러웠는지 몸을 부르르 떠는 것이 눈에 비쳤다.

하지만 그것도 잠시다. 약간의 시간이 흐른 이후에는 아무런 생각도 하지 않은 것만 같다. 저들이 자신에 대해 어떻게 생각하는지는 이미 녀석의 주요 관심사와 상당히 멀어지지 않았을까.

붉은색으로 얼룩진 손이 보였지만 스스로가 잘못됐다는 생각은 하나도 하지 않는 것 같은 모습. 응당 얻어야 할 것을 얻었고, 처음부터 자신의 것이었어야 했던 것을 받은 것만 같은 태도였다. 녀석의 입장에서는 새로운 세상이 열렸다는 표현해도 무리가 없으리라.

아마 이런 생각을 하고 있을 것이다.

'무가치하다.'

그래. 무가치하다고. 이건 더 이상 의미가 없다고.

권력이나 누군가의 위에 선다는 것, 사람들의 존경을 받는다는 것, 모두가 바라는 이상이 된다는 것은 상상했던 것과는 다르게 무가치하다고 느껴질 것이다.

본래 그런 가치를 좇는 놈은 아니었지만 몸 안에서 퍼지고 있는 기운이 그러한 것들이 무가치하다고 말하는 것처럼 느껴지지 않을 리가 없다. 놈은 신의 격을 밟고 올라왔고 자신이 평범한 인간들과는 다르다는 것을 실감했다.

'나는 달라.'

혹은.

'그분에게 어울리는 격.'

혹은.

'인간을 초월했다.'

여러모로 재미있는 반응이라고 할 수 있으리라. 놈은 정상적인 방법으로 올라온 게 아니었으니까.

-어떻습니까?

-연방은 정리가 된 듯합니다만 북부에 이상 징후가 생기고 있습니다. 지금까지의 일로 미루어봤을 때 아마도 멸망의 날의 재림이 아닐까 판단하고 있습니다.

-멸망의 날의 재림……. 그렇군요. 라이오스는 어떻습니까?

-현재 정하얀 님께서 힘써주시는 중입니다. 교국은 오스칼 님의 지휘 아래 정리가 되는 것으로 보이니 당장 현재 전선으로 지원을 보내기 힘든 상황인 것 같습니다. 더불어…….

-저희 쪽도 빠르게 끝을 내야겠군요. 정리가 되는 즉시 북부로 향하겠습니다. 일단 전선으로 향하도록 하는 게 좋을 것

같습니다. 메인 이벤트가 발현되지 않은 곳도 도움이 필요할 테니까요.

-네. 뜻대로……

-제가 직접 가도록 하겠습니다. 병사들에게 큰 힘이 될 수 있도록 말입니다.

-괜찮으시겠습니까.

-물론입니다.

-그리고 송수경 님. 죄송합니다만 잠깐 따로 드릴 말씀이……

-네. 말씀하셔도 됩니다.

-그것은 어떻게 처리하는 것이 좋을지…… 여쭈어봐도 되겠습니까. 아무래도…….

-일단은…….

-네.

-일단은 놔두는 게 좋을 것 같습니다. 처후는 일이 완전히 마무리된 이후에…….

-네. 그럼. 그리폰을 준비하겠습니다.

-아니요. 직접 향하겠습니다.

천천히 두 쌍의 날개를 펼치는 모습은 우습고 같잖다.

-허…….

-오오오오오오오…….

-오오…… 과연…….

-송수경 님. 정말로…… 신이시여…….

-병사들에게 큰 힘이 될 겁니다.

'병신 새끼. 신나 보이기는 하시네. 얼마나 신났으면 날개까지 펼쳤어. 곧 뒈질지도 모르는 놈이…….'

북부를 확인한 이후에는 눈에 띄게 흥분한 모습.

사실 녀석의 심정이 이해가 간다. 작전을 성공시켰다는 기쁨과는 별개로 하늘을 날아갈 것 같은 기분일 것이다. 특히나 북부에서 시작될 이벤트에 가장 흥분하고 있지 않을까.

'내가 너였어도 그렇게 생각했을 거야.'

노을빛의 검사와 빛의 아들의 서사를 지운다는 것.

기존에 있던 역사를 한 번 더 바꿀 수 있다는 것은 현재 진행되고 있는 이벤트들을 해결하고 있는 이들만의 전유물이 아니다. 녀석의 입장도 희라 누나와 다르지 않다. 후회됐던 일, 자신이 할 수 없었던 일이 한 번 더 일어났으니 머릿속으로 개같은 상상력을 키우고 있을 것이다.

노을빛의 검사의 옆에 선 자신이 대륙인들의 앞에서 위기를 극복해 나간다고 상상하는 것만으로도 등 뒤가 찌릿거리지 않을까. 애초에 내 자리를 빼앗고 싶어 하던 녀석이었으니 그게 놈에게 걸맞은 행동이다. 내가 빠진 빈자리를 본인이 채우고 싶어 하는 것이다.

조금 의외였던 것은 녀석이 지금의 김현성을 느끼지 못하고 있었다는 것.

'회귀자 사용설명서에 거리 제한 페널티라도 붙어 있어?'

완벽하지 않은 반쪽짜리.

자리에 대충 앉아 허벅지를 툭툭 두드린다. 뭘 어떻게 해야 할지 어떤 노선을 취해야 할지 정해진 것은 없지만 뭐가 쓸 만한지 판단한다.

하지만 일단은 곧바로 녀석에게 입을 열 수밖에 없었다. 검한 번에 돼지면 투자한 게 무용지물이 되니까. 기왕 빌런으로 키우기로 결심한 만큼 제대로 활약해 줘야지.

"어떤가."

-…….

"어떤가. 새로운 힘은."

-굳이 대답해야 합니까.

"축하하네. 너는 자격을 얻은 것이나 다름이 없다. 아주 훌륭하더군."

-단순히 자격뿐만이 아닐 겁니다. 저는 이미…….

"아니. 기반은 마련되었지만 아직 완전한 힘을 얻은 것이 아니다. 느껴지나."

-무엇이 말입니까?

"지금 느껴지냔 말이다. 노을빛의 신이…… 네 안에서 느껴지냐고 묻고 있는 것이다."

-무슨 소리를…….

"……."

-당연히 느낄 수 있습니다.

"무엇이 느껴지나."

흐릿할 것이다. 뭐라 설명해야 할지 모르겠지만 안개가 낀 것마냥 흐릿한 감각일 것이다.

하지만 점점 더 확실해지는 것만 같다. 잡히지 않은 흐릿한 감각이 점점 더 또렷해지고 있다고 느낄 것이다.

시간이 지나면 지날수록, 거리가 가까워지면 가까워질수록, 녀석은 읽을 수 있을 것이다. 지금 자신과 연결된 이가 어떤 생각을 하고 있는지, 무엇 때문에 이렇게 빠르게 다가오고 있는지 알고 있을 것이다.

차마 말로 설명할 수 없는 어마어마한 적의. 악의와 분노.

-어째서…….

"……."

-어째서! 어째서! 어째서입니까! 어째서입니까!!

"네가 완전하지 않기 때문이겠지."

-어째서입니까! 메시아시여! 어째서 그 칼을 제게 돌린 것입니까. 흐흑…… 흐으으윽…… 아아아아! 어째서! 무엇이 부족하단 말입니까.

'이 새끼 확실히 미친 것 같기는 해.'

눈물이 폭포수처럼 쏟아져 내린다. 거대한 감정의 파도가 놈을 감싸는 것 같다.

"필멸자여 너는 아직 완전하지 않다. 그 힘을 제대로 소화하지 못했고 제대로 다루지도 못했지. 그대는 이제 겨우 두 쌍의 날개를 펼칠 수 있게 됐을 뿐이다."

-아아…… 아아아아아!! 그분께서 저를 죽이고자 합니다. 그분께서 이 세상을 죽이고자 하신단 말입니다. 어떻게 해야

합니까. 그분이 저를 거두어 간다 하시면 저는…… 저는 어떻게 해야 합니까.

'진짜 제정신 아닌 것처럼 보이잖니.'

-이제야 겨우 옆에 설 수 있게 되었는데 어째서 분노하고 계시는 것입니까.

'그걸 몰라서 물어?'

-내가 도대체…… 뭐가 부족하냔 말입니까…… 흐윽…… 흐으윽…….

광기에 먹혀 버린 것 같다. 아까부터 미친놈처럼 보이기는 했지만 자세히 보니 더 미친놈처럼 보인다.

녀석의 안에 들어가 있는 악마가 얼마나 속을 갉아먹었는지는 모르겠지만 아마 먹다 남아 썩어 비틀린 사과의 모습을 하고 있을 것이다.

동공은 힘을 잃는다. 아까와 같은 흥분과 기쁨은 온데간데 없다. 그 대신 얼굴에는 초조함이 감돈다.

"내가 그대와 함께할 것이다."

-아아…… 노을빛의 신이시여. 어째서 당신은…… 어째서…… 제가 무엇이…… 흐윽…… 흐윽…….

"그대에게 부족한 것은 바로 영혼이다."

-영혼…….

"그래. 빛의 아들의 혼이지."

-빛의 아들의 혼?

아마 마음에 들 것이다. 십자가에 못이 박힌 채로 힘없이 고개를 떨구고 있는 누더기영이 선물이었으니까.

물론 이건. 김현성에게 보내는 선물이기도 했다.

'진짜 아낌없이 주는 나무야.'

대륙을 위해 모든 걸 다 내주자너.

231장
마지막(13)

"이제…… 어떻게 되는 건가요? 언니."

"글…… 글쎄."

"글쎄라는 말로 대충 그렇게 얼버무릴 상황이 아니라는 거 알고 계시는 거 맞으시죠? 지금이라도 철회해야 되는 거 아닌 가요? 조금 늦기는 했지만 윗선에 상황을 보고 드리면 어떻게든 수습할 여지가 남아 있을지도 몰라요."

"나는 이기영 후배 믿어."

"그 새끼는 그냥 정신병자라구요! 그냥 제정신이 아니라니까요! 지금이라도 수습하고 노을빛의 신에게 따로 접선하는 게 가장 합리적이에요. 이대로 가면 정말로 대륙은 끝장이라고요. 지금 노을빛의 신 얼굴 보여요? 아예 우리를 적대시할 게 분명하다니까요. 우선 사정을 설명해야 돼요. 우리 때문이 아니라는 걸 해명해야죠."

"……."

"대륙 끝장내고 여기서 올라와서도 검 휘두르기 전에 어서요!"

"언니 말 들어야지. 로렌!"

"아니…… 언니……."

눈을 꽉 감을 수밖에 없는 상황이었다.

살짝 감은 눈을 뜨자 입꼬리를 실실 올리고 있는 놈의 얼굴이 시야에 비친다.

'정신병자 새끼…….'

도무지 무슨 생각을 하고 있는지 알 수가 없을 지경. 순진한 언니를 속여 먹은 걸 생각하니 속이 부글부글 끓는 것만 같았다.

'진짜로 끝장날 거야.'

정말로 언제 끝장나도 이상하지 않다는 생각이 든다.

'어차피 개입할 수도 없는 거 아니야? 완전히 끝난 거 아닌가?'

이미 대륙의 던전화가 진행된 상황이다. 시스템이 결정을 내렸으니 외부에서 간섭하는 것에도 한계가 있을지도 모른다.

계속해서 하늘로 퍼지고 있는 이질적인 빛, 이벤트 실패의 페널티는 멸망의 날의 재현이겠지만 저건 이전의 그 빛과 같은 빛이 아니다. 엄연히 시스템이 내린 페널티였으니 사실상 외부의 간섭으로 막아내는 것이 불가능하다고 판단하는 것이 옳다.

"제가 그렇게 오랫동안 이 대륙을 지켜봐 온 건 아니지만…… 이거 하나는 확신할 수 있어요. 이렇게 대륙이 개판 나는 걸 본 적이 없었다구요. 대전쟁도, 이종족 해방 전쟁이나 대기근으로 일어났던 전란도 지금보다는 나았단 말이에요."

말 그대로였다.

'완전히 개판 났어.'

인간의 이기심 때문에 일어난 전쟁이나, 이해관계 때문에 일어난 전쟁, 여러 가지 전쟁을 많이 봐오기도 했다. 몬스터나 마족, 혹은 공허에서 온 존재들을 막기 위한 대륙의 투쟁도 지켜봐 왔지만 그 모든 위기도 지금 일어나고 있는 일에 비하면 새발의 피라는 생각이 든다.

'진짜로 개판 났다구⋯⋯.'

이것보다 지금의 상황을 표현할 수 있는 말은 없으리라.

여기저기에서 몬스터들이 미쳐 날뛰며 전 대륙에서 전투가 벌어지고 있었고 이벤트가 떨어진 지역에서의 전쟁도 아직 끝나지 않았다. 그나마 믿고 있었던 노을빛의 신은 눈이 돌아가 있는 상황, 이 모든 걸 수습하기 위해 아래로 내려간 놈이 불난 집에 기름을 쏟아붓고 있으니⋯⋯.

"제가 안 불안하겠어요? 끝장이에요. 언, 언니 믿고 여기까지 왔는데⋯⋯ 물론 언니를 나무라는 건 아니지만⋯⋯ 그, 그래도 이건⋯⋯ 만약 이거 안 되면 저희 뭐 먹고 살아요?"

"이⋯⋯ 이기영 후배를 믿으라니까."

"저 새끼 그냥 사이코라고요! 그냥 자해 중독이라니까요. 아마 지가 뭔 생각을 하고 있는지도 모를 거예요. 뭣 때문에 눈이 돌아간 건지는 모르겠지만⋯⋯ 아니, 뭐가 마음에 안 드는지는 모르겠지만 그냥 대륙에 분탕질 칠 생각밖에 없어 보인다고요."

"……."

"그냥 자기 꼴리는 대로 하고 있는 거라고요. 그냥 양보하기 싫은 거예요. 저 미친 컨트롤 프릭은 남 손에 대륙이 망가질 바에 차라리 자기 손으로 망가뜨리는 게 낫다고 생각하고 있을 걸요? 지금 이미 그런 상태로 넘어간 거 아니에요?"

"어, 어차피 계약으로 묶여 있어서 지금에 와서 등 돌리는 건 불가능해. 그…… 그리고 이기영 후배가 그렇게 생각 없이 움직이지는 않, 않는다구."

목소리가 떨리고 있다. 베니고어 언니 역시 확신하지 못하는 것이다. 아니, 어느 정도 믿음을 보이는 것 같기는 하지만 흔들리고 있는 게 보인다.

아마 저 이기영을 가장 가까이에서 많이 봐왔으니 무슨 생각을 하는지 대충 알고 있지 않을까.

어쩌면 언니는 내 말에 공감하고 있는지도 모르겠다.

'틀린 말은 아니니까.'

"같이 계약서라도 한번 자세히 살펴볼까요? 어딘가 빠져나 갈 수 있는 구멍이 있는지도 모르니까…… 아. 지금 엘룬도 같이 불러서……."

"이기영 후배랑 나는 한날한시에 함께 매도하고 매수할 거란 말이야. 그, 그게 우리의 맹세였다구……."

"여기는 이미 침몰하는 배라구요. 지금 저걸 보세요. 저걸 어떻게 해결하겠어요? 저기서 지금 대륙을 구해야겠다고 생각하는 사람이 있기나 해요? 애초에 노을빛의 신부터가 글러 먹었는데…… 새로 태어난 신의 손에 멸망한 대륙이라니 다른 신들이 이거 들으면 거짓말인 줄 알 거예요. 평생의 웃음거리로 남을 거라고요."

"이기영 후배가 있잖아."

'틀렸어. 언니도 이미 완전히 세뇌당했나 봐.'

이렇게 된 이상 무력행사밖에 남은 게 없다는 생각이 든다. 저도 모르게 손을 꽉 쥐며 언니를 바라봤을 때였다.

"그렇게 멍청하지는 않지."

하는 기분 나쁜 목소리가 들려온 것은.

시선을 돌리자 손가락으로 안경을 올리며 재미있다는 듯이 웃고 있는 벨리알이 눈에 보인다. 이죽거리고 있는 얼굴을 할 버드로 짓이기고 싶었지만 그럴 수 없다는 게 천추의 한처럼 느껴진다.

"이미 한배를 탄 것이 아닌가. 조금은 즐기는 걸 추천하고 싶군."

"누가 함부로 말을 걸어도 된다고 했지? 언니 제 뒤에 서세요. 냄새나고 역겨운 악마 주제에."

"빛과 어둠의 아들이 정말로 생각이 없었다면 여기까지 올 수도 없었겠지. 지금 모습을 보면 네 말도 틀린 건 아닌 것 같다만 전부 뜻이 있을 것이다."

"……."

"너무 부족해."

"뭐가."

"로, 로렌…… 우린 더 많이 벌어야 돼. 언니 이해하지?"

"언니까지 무슨……."

"너무 부족하다 이 말이다. 어차피 던전의 클리어 조건은 두 가지다. 지금 일어나고 있는 이벤트는 그 조건들을 돕는 수단이지 목적이 아니야. 상황이 좋지 않다는 건 나도 알고 있지만 어차피 우리는 두 가지 조건 중 하나를 맞추면 그만이다. 초조해할 필요는 없어."

"모든 생명의 끝 혹은 이기영 후배의 부활이야. 로렌."

"저도 알고 있어요. 하지만 그게 지금 저 사이코가 벌이고 있는 일과 무슨 상관이 있는지 모르겠는데요. 전자의 경우는 어차피 불가능해요. 언니 설마 엘룬…… 진, 진심으로 갈아버리려고 하는 건 아니죠?"

"……."

'왜 시선을 피하고 그래요. 언니?'

"설, 설마. 내가 그러겠어? 엘룬도 소중한 우리 친구고 동료니까. 나도 여기서 끝을 보고 싶어. 아마 이기영 후배도 마찬가지일 거야. 3회차는 없어. 던전 클리어 조건은 이기영 후배가 부활하는 거라는 거지."

"말은 들었지만 그게 정말로 가능하기는 한 건가요?"

"가능하지 않았으면 이렇게 우리가 모일 일도 없었겠지. 그렇지 않은가. 베니고어."

들은 적은 있다. 루시퍼와의 계약. 이지혜라는 인간. 그리고…… 이기영 저 사이코패스가 아래로 내려가고 싶어 한다는 것까지.

'키는 루시퍼와 이지혜라는 인간이 쥐고 있다고 했지.'

보험을 들어야 한다는 것은 분명히 들은 적이 있다.

"보험은 신성이에요?"

"맞아, 로렌. 이기영 후배는 완전히 독립하고 싶어 해. 위뿐만이 아니라 루시퍼에게도 마찬가지야. 이벤트를 해결하거나 이기영 후배가 겪고 있는 문제를 해결하기 위해서 우리가 상정했던 것보다 더 많은 걸 소비했거든. 아마 이기영 후배도 느끼고 있을 거야."

"그래서 저러는 거고요?"

"갤러리들이 보고 싶어 하는 장면을 보여줄 필요가 있다는 것이다. 무대는 갖춰졌고 배역도 정해졌지만 임팩트가 없어."

"무슨 임팩트?"

"악이 어디 있나. 이 모든 짓을 꾸민 흑막이 없지 않은가."

'흑막 있잖아. 이지혜라는 인간이라며.'

"지금 무슨 말을 하는지 이해가 안 되거든?"

"지금 일어나고 있는 모든 일을 뒤집어쓸 흑막. 노을빛의 검사와 빛의 아들에 대척점에 서 있는 인물을 만들어야 하지 않겠나. 간단한 이야기다. 갤러리들은 그런 것에 흥분하고 신성을 소비해. 당연한 클리셰이기는 하지만 왕도는 패배하는 법이 없고 큰 위기가 큰 서사를 만드는 법이다. 당위성 역시 필요하다."

"……."

"빛과 어둠의 아들이 다시 내려오는 당위성. 빛과 어둠의 아들이 다시금 대륙에 내려오게 되는 과정에 필요한 이야깃거리. 필멸자들이 납득할 수 있는 서사. 일이 꼬이지 않았다고 하기에는 무리가 있지만 이야기는 끝을 향해 달려가고 있지. 부족한 것은 반대쪽이다. 그래서 만든 것이다."

"……."

"그래서 송수경이라는 인간에게 씨앗을 뿌렸다는 거다."

'미친 쓰레기 같은 악마. 쓰레기 같은 인간.'

언니가 슬며시 시선을 피하며 사이드로 빠지는 것이 눈에 보인다.

'언…… 언니는 죄 없어. 잠깐 휘말렸을 뿐이야.'

순간적으로 욱하기는 했지만 정말로 노리는 게 그것이라면 지금 일어나고 있는 일이 합당하다는 생각은 든다.

적을 만든다. 쉬운 발상이다. 언제부터였는지는 모르겠지만 적당한 희생양이 필요했을지도 모른다. 적당히 똑똑하고, 이용하기 쉽고, 제대로 된 배역을 연기해 줄 연기자가 필요했을 것이다.

악마와의 계약을 통해 인격을 마모시키고 빛의 아들의 유산을 건네 신성을 부여한다.

아마 이게 끝이 아닐 것이다. 내가 모르는 뭔가가 있었을 거라고 확신할 수 있다.

"그릇을 만드는 게 쉽지는 않은 과정이었다고 말해주고 싶군."

저 인간은 부족했으니까. 노을빛의 신과 빛의 아들의 대척점에 서기에는 가진 바 능력이 너무나 부족했으니까. 그는 초인도 아니고 특출난 천재도 아니다. 유능하다고 분류할 수 있는 인간이었지만 붉은 전신이나 마법의 신과는 완전히 다른 종류의 인간이었다. 애초 신성을 얻을 자격도 없었고, 자신만의 신화를 써 내려간다고 해도 한계에 닿을 것이다.

이기영과 비슷한 종류라고 표현해도 무리가 없겠지.

정신력은 오히려 더 유약하다. 약하고, 쉽게 흔들리고, 남에게 의지한다. 자신이 마음에 둘 곳을 찾고 싶어 해 결과적으로 자신만의 메시아를 만들었다.

위로 올라가고 싶어 하고 옆에 서고 싶어 하며 추악한 질투를 하며 자신에게 좌절하고 남에게 책임을 전가하는…… 어디에서나 볼 수 있는 인간이었다.

"어째서 그렇게까지."

"빛의 어둠의 아들은 자신의 것에 손대는 걸 끔찍하게 싫어하는 성격이 아닌가. 네가 그런 말을 한다는 것 자체가 새삼스럽군. 로렌. 신이나 악마, 초월적인 존재의 분노를 사 안 좋은 끝을 맞이한 인간이야 어디에든 있는 법이다."

"……."

"이유를 찾는 것 자체가 무의미하지. 아무튼 중요한 것은 아직도 부족하다는 것이지. 아마 곧 씨앗이 발아하겠지만 그것으로도 부족하다. 그래서일 것이다."

'그래서 지금 저 생쇼를 하고 있는 거라고? 갤러리들 보여주

려고?'

"그냥 자기를 내버려 두고 간 노을빛의 신에게 엿이나 처먹으라고 던진 게 아닐 거라 이 말이야? 언니 제 말 아닌 게 확실해요?"

"……."

"……."

'왜 다들 시선을 피해.'

"그럴 수도 있고…… 우, 우리는 지원조인 만큼 우리 할 일을 하면 돼. 엘룬한테 신성 좀 당겨오라고 한 건 어떻게 됐어?"

"그건 받아왔지만. 언니."

"시간이 얼마 안 남았을지도 모르지만 일단 다른 곳에서도 알아봐. 어차피 이제 위랑은 마주칠 일이 없을 테니까. 평소에 친하게 지내는 애들 좀 꼬드겨서 제대로……."

"제…… 제가 알아서 할게요. 언니."

"로, 로렌 내가 많이 믿고 있는 거 알지?"

"네. 물…… 론이죠."

"이번에는 진짜야. 로렌. 실수는 없을 거야. 이기영 후배는 감정적일 때 제일 똑똑해진다구."

틀린 말은 아닐 것이다. 저 인간이 저 쓰레기 같은 영혼으로 빛의 아들이 된 것만 봐도 언니의 말이 저절로 이해가 됐으니까.

하지면 여전히 의문점이 남는다. 크게 상관없을지도 모르겠지만 암묵적으로 이야기하지 않는 것으로 정해진 것만 같은 이야기.

일단은 조용히 입을 열 수밖에 없었다. 확실히 함께하기로 한 만큼 이런 종류의 궁금증은 해결해야 했으니까.

"언니, 그럼 뭐 하나 물어봐도 돼요?"

"응."

"노을빛의 신에 목에 걸려 있는 펜던트는 도대체 뭐예요."

"……."

"그리고."

"……."

"어째서 노을빛의 신과 빛의 아들 역시 모르고 있죠?"

"……."

"기억을 지운 건…… 누구죠?"

눈을 동그랗게 뜬 언니와 턱을 매만지고 있는 벨리알의 모습이 시야에 비쳤다.

암묵적으로 말하지 않기로 한 것에 대해 물어보는 게 쉽지는 않다. 하지만 이 궁금증이 해결되지 않고서는 아무것도 하지 못할 것만 같았다.

괜스레 시선을 돌리자 정신이 나간 것처럼 웃고 있는 이기영의 모습이 눈에 보인다.

'어째서 저런 놈이랑 엮여가지고…….'

이렇게 될 줄 알았다면 조금 더 놈을 예의 주시했으리라.

아직도 아무런 말도 해오지 않는 언니와 벨리알이 보였지만 이미 주사위를 던진 것이나 다름없는 상황, 다시 한번 입을 벌리자 이쪽을 바라보는 시선이 느껴진다.

'할 말은 해야지.'

"제가…… 빛의 아들을 계속해서 지켜본 것은 아니지만 이거 하나는 확신할 수 있어요. 거울 호수 안에 있었던 차원의 바다는 이스터 에그라고 말할 수도 없어요. 명백한 버그였어요. 애초에 인간이 만든 너덜너덜한 배로 차원의 바다에 들어갔다 나왔다는 것부터가 이상하다고요."

"버그라고 볼 수는 없어. 로렌. 그건……."

"네. 그래서 따로 픽스하거나 수습하지 않았던 거예요……. 아마 다들 그렇게 생각하고 있었을걸요."

"……."

"그게 시스템의 의지일 수도 있으니까."

"……."

"바깥 세계의 신은 명백히 이레귤러였기 때문에 시스템이 노을빛의 신과 빛의 아들에게 선물을 내린 거라고 생각했어요. 그들을 공짜로 스펙 업 시켜주기 위한 수단이라고 느꼈었다고요. 실제로 그렇게 될 수도 있었겠네요. 롱기누스의 창을 선택했다면 말이에요. 결과론적인 이야기라 의미는 없지만……."

"……."

"근데 그런 게 아니더라고요. 멸망의 날이나 외신 전쟁에서도 저 펜던트가 사용되는 걸 본 적이 없어요. 마치 처음부터 없었던 것처럼 감춰져 있더라고요. 애초에 그런 아이템을 얻은 적이 없었던 것처럼 처리되어 있었단 말이에요. 그때 거울 호수에 함께 갔었던 빛의 아들의 추종자는 물론이거니와 본인조차도 기억하지 못하고 있어요. 심지어 펜던트를 착용하고 있는 노을빛의 신 역시 마찬가지죠. 대륙 기록 보관소에도 기록되어 있지 않아요. 누군가 의도적으로 삭제했다고 보는 게 맞지 않아요?"

"제법 파헤쳤나 보군. 노력한 게 가상해."

"저도 이곳에 합류하는 게 도박이라고 생각했으니까. 알 건 알아야 되잖아요?"

"로, 로렌. 언니 못 믿은 거야?"

"그런 게 아니에요. 언니 기왕이면 확실하게 가고 싶었을 뿐이에요. 저보다는 언니를 위해서요."

확실히 이상한 점이 많아. 단순히 이상하다고 말로 부족할 정도로 상황이 오묘하다.

'애초에 저건 뭐야? 왜 보이지 않는 거야?'

아이템을 확인할 수 없다는 게 신기하게 느껴질 지경, 대륙 기록 보관소는 물론이거니와 육안으로도 확인할 수 없다. 누군가 의도적으로 막아놨다는 말로는 설명이 되지 않는다.

물론 누가 이런 짓을 했는지는 대충 예상이 간다. 다른 건 모르겠지만 저 아이템의 정보를 막아놓은 이가 누구인지는 뻔했다.

"저는 루시퍼라고 생각하고 있어요."

"……."

"아마 루시퍼 일 거예요. 제 말이 틀린가요?"

루시퍼 정도가 되는 악마가 아니라면 이런 일을 벌일 수 없을 테니까. 상위의 악마나 신이 아니라면 애초에 가능한 일이 아니다.

의문점은 어째서 루시퍼가 그런 일을 벌였냐는 것. 어째서 빛의 아들은 물론이거니와 그 추종자들에게까지 영향력을 끼쳤냐는 것이 아닐까.

'신화 등급의 아이템이야.'

무려 신화 등급의 아이템이라고. 신을 죽일 수 있는 롱기누스의 창을 버리고 선택한 아이템인데……. 저 극단적인 효율충이 저 아이템을 아직까지 썩히고 있었다고? 저 펜던트를 선택한 건 이기영 아니야? 어째서 쓰지도 않을 아이템을 루시퍼와 상호 협의하에 아직까지 묵히고 있었던 건데. 저건 도대체 뭐길래 기억까지 날린 건데?

"언니는 몰라도 저 쓰레기 같은 악마가 아무 이유 없이 합류했을 거라고 생각하지는 않아요. 뭔가 승산이 있기 때문에 합류하신 거 맞죠? 또 두 분은 저와는 다르게 빛의 아들이 계속해서 지켜보고 있을 거라고 생각했거든요. 누군가 저 아이템에 영향력을 끼치기 전에 두 분은 분명히 저 펜던트를 확인하셨을 거라고 장담할 수 있어요. 최소한 두 분 중 한 분은 알고 계시겠죠. 높은 확률로 둘 다 알고 있을 거고요. 그러니 알려주세요."

"……그건……."

"베니고어."

"언니, 말해주셔야 해요."

"그건 알려줄 수 없어."

"어째서예요?"

"이기영 후배가 말하지 말라고 했거든."

"네? 그건 무슨 소리예요?"

"말 그대로야. 이기영 후배는 알리고 싶어 하지 않아. 모르고 있어야 한다고 했어."

"지가 고른 아이템이잖아요?"

"나, 나도 자세히는 몰라. 하지만 기억을 잃기 전에 이기영 후배가 신신당부했단 말이야. 절대로 아무한테도 이야기하지 말라고. 자기 자신한테도 이야기하지 말라고, 무슨 일이 생겨도 절대로 먼저 말하지 말라고……. 그러면 된다고 이야기했어. 이기영 후배가 그렇게 초조해하는 걸 본 적이 없었거든. 아마 정말로 중요한 일일 거야."

"벨리알도 알고 있어요?"

눈치를 보면 알고 있는 것 같다.

'도대체 뭐냐고 제기랄.'

재미있다는 듯이 실실 웃고 있는 얼굴이 짜증 나게 느껴진다. 머리에 손을 올리는 게 도발하는 것처럼 보여 심사가 뒤틀린다.

'왜 나한테는 안 알려주는 건데. 저 악마도 알고 있는 걸 왜 나한테는 안 알려주는 거냐고.'

"물론 알고 있다."

할버드를 반사적으로 들어 올릴 수밖에 없었다.

"말해. 이 빌어먹을 악마."

"나는 계약으로 묶여 있어 말할 수 있는 입장이 아니야. 그리고 딱히 네가 알게 된다고 해서 무언가가 달라지지도 않을 것이다. 나도 정확히 빛과 어둠의 아들이 무슨 생각을 하는지는 모르겠지만 모든 건 그의 선택이며 의지다. 비밀이나 보안이라는 건 원래 변수를 줄이기 위해서가 아닌가."

"……."

책상에 살짝 걸터앉은 이후에는 사과를 한 입 베어 무는 것이 시야에 비친다.

"네가 변수를 만들 수 있을 거라고는 생각하지 않지만 그는 조심성이 많은 성격이야. 자신의 기억까지 지웠으니 설명이 필요 없겠지. 빛의 아들이 가진 패로 네가 다른 일을 벌이지 않을 거라는 보증이 어디에 있나."

"기억을 지운 건……."

"물론 루시퍼 님과의 내기에서 이기기 위해서다. 실제로는 그 내기를 편법으로 무효화시키기 위해서이기는 하다만. 아마 루시퍼가 부담스러웠을 것이다. 빛과 어둠의 아들로서는 미리 레일을 깔아놓는 게 가장 이상적이라고 판단했으니 할 일은 간단하지. 기억을 지우고 열차를 레일 위에 올려놓는다. 정말로 간단하지 않은가."

"정신병자 새끼."

"변수를 달가워할 이유는 어디에도 없지. 변수가 없다면 열차는 정해진 레일 위를 달리고 결국에는 목적지에 도착할 테니까."

"나는 변수가 되지 않을 거야. 이게 언니한테 해가 되는지 알아야 하니까…… 만약 해가 된다고 해도 다른 손을 쓰지는 않겠어. 그저 화가 닥칠 때를 대비하고 싶을 뿐이야."

"로…… 로렌."

"……"

"나는 아무렇지도 않아. 계획이 실패해도 이기영 후배가 뒤를 잘 봐준다고 했거든."

'그게 거짓말인지 어떻게 알겠어요?'

내가 지켜야 돼.

마치 물가에 내놓은 어린아이처럼 느껴진다. 감동했다는 듯이 손을 꽉 잡아오는 모습을 보니 정말로 사기라도 당한 건 아닌가 걱정이 될 지경, 왠지 모르게 억울하게 보이는 눈빛을 외면하기가 힘들다.

같이 지옥으로 굴러떨어지게 되더라도 이걸 아는 게 중요하다는 생각이 든다. 더 이상 발을 뺄 수 없게 되더라도 일단은 합류해야 했다. 어차피…….

'언니는 이미 탈출하기에는 틀렸어.'

적어도 옆에서 커다란 화가 닥쳐오는 걸 막아주는 게 최소한의 도리라는 생각이 들어와 꽂혔다.

벨리알이 싱긋 웃으며 계약서를 내미는 것이 시야에 비친다.

이럴 줄 알았지만 예상했던 것보다 참담한 기분. 괜히 일을 벌인 것은 아닌가 하는 생각이 머릿속을 스쳐 지나갔지만 반짝거리는 눈으로 사인할 곳을 짚어주는 언니를 보고 있으니 뺄 수가 없다.

기본적인 비밀 유지 조항과 더불어 비밀을 발설했을 시에 대한 페널티, 벨리알의 인장이 찍혀 있는 것만 제외하면 기본적으로 아무 문제는 없었지만 행위 자체가 치욕스럽게 느껴진다.

다시 한번 옆을 살펴본 이후에는 펜을 휘갈긴 상황.

조용히 상황을 지켜보던 언니가 입을 연 것은 바로 그때였다. 별거 아니라는 듯이 조용히 말을 이었다.

"알타누스의 유산이야."

"네?"

"신화 등급의 펜던트의 이름은 알타누스의 유산이야."

"……."

"소원을 이루어주는 펜던트."

"……."

"페널티는 사용자의 소멸."

"……."

"쉽게 설명하면 노을빛 검사의 소멸로 그의 소원을 이루어주는 펜던트야."

"왜…… 왜 그런 걸 고른 거예요?"

거기까지는 모르고 있을 것이다. 하지만 1차원적인 의문이 머릿속을 가득 채운다. 순식간에 머리가 복잡해진다.

"어째서 빛의 아들은 노을빛의 신의 죽음을 페널티로 하는 아이템을 선택한 거죠? 어째서 노을빛의 신은 빛의 아들이 자신에게 펜던트를 주는 것에 동의한 걸까요?"

대답을 바라고 던진 질문은 아니었다. 대신이라고 하기에는 뭣하지만 스스로 생각할 시간을 갖는다.

"어째서……."

빛의 아들과 그의 추종자들은 페널티에 대해서 완전히 모르고 있었을 것이다. 아이템의 선택을 받은 이후에 그 소유자만 확인할 수 있는 페널티일 가능성도 존재한다.

하지만 빛의 아들의 눈은 특별하잖아. 그의 추종자들이면 몰라도 빛의 아들이라면 페널티를 분명히 알고 있었어야 해. 모르고 있다는 건 말이 안 된다고.

이때부터 레일을 그리고 있었다는 건가. 아니면 그냥 노을빛의 검사가 미웠던 거야? 갑자기 복수라도 하고 싶어진 거야?

"루시퍼가 그때부터 개입하고 있었던 걸까요? 기억을 처음 지운 시점과 내기가 시작된 시점이 정확히 어떻게 되는 거죠? 어째서…… 어째서 노을빛의 신은 자신이 장착하고 있는 아이템을 확인할 수 없는 건가요. 이게 제일 이상하다고요. 어째서 자기 자신이 소유자로 등록되어 있는 아이템의 존재에 대해서 인지조차 할 수 없는 거냐고요. 추종자들에게 혼란을 주는 건 가능해도 소유자의 권리를 침해해서는 안 되는 거잖아요."

"……."

"물론 당시라면 가능했겠죠. 그때는 필멸자에 불과했으니까. 하지만 지금 노을빛의 신을 봐요. 그의 격을 생각해 보면 자신의 소유로 들어온 아이템을 인지할 수 없다는 것 자체가 이상하게 느껴지지 않아요? 루시퍼라고 해도 그런 건 불가능해요. 루시퍼가 내린 아이템이 아니라 알타누스의 유산이잖아요. 엄연히 시스템이 허락하지 않을 거라……."

회귀자 사용설명서.

"회귀자 사용설명서?"

"……."

"……."

빛의 아들의 권능이라면 가능할 것이다.

"회귀자 사용설명서……."

빛의 아들이 가지고 있는 권능이라면 가능할지도 모른다. 아니, 확실하게 조종할 수 있을 것이다. 노을빛의 신의 머릿속에서 펜던트를 아예 삭제시키는 것, 인지하지 못하게 만들고, 그 존재를 완전히 사라지게 만드는 것. 루시퍼는 할 수 없는 일이지만 빛의 아들이 가지고 있는 권능으로는 쉬운 일이다.

의문점은 남아 있다. 차고 넘친다. 하지만 이것 하나만은 확신할 수 있었다.

"내기의 내용은 노을빛의 신이 빛의 아들을 죽이느냐 마느냐가 아니었군요. 그가…… 그가 펜던트를 이용해 빛의 아들을 살릴지 살리지 않을지가 내기의 내용이었어요."

"맞을지도……."

"받기로 한 보상은 빛의 아들의 부활이 아니었군요."

"……."

"노을빛의 신의 부활이었어. 신성을 모으고 있는 이유는 빛의 아들을 살리기 위해서가 아니라 노을빛의 신을 살리기 위해서였어……."

"김현성…… 김현성…… 넌 뒤졌어, 진짜."
"……."
"용서가 안 돼. 시바. 아무리 생각해도 용서가 안 된다고. 이 나쁜 새끼."
선택에 대한 대가를 치러야 돼. 이 새끼는. 솔직히 개인적인 감정이 조금 섞여 있기는 한데. 아무튼 간에 필요한 일이기도 하니까. 그렇지? 다른 건 다 몰라도 나를 버리는 건 안 되지.
애초에 대륙이냐 이기영이냐의 선택지 중에서 이기영을 포기하는 게 말이나 돼. 일생을 바쳐서 내조해 줬는데 그렇게 홀랑 가버리면 내가 뭐가 되겠어? 금이야 옥이야 키워놨더니 뒤도 안 돌아보고 튀어나가? 이래서 잘해줘도 소용없어요.
그 말이 맞다. 스스로에게 질문을 던져봤지만 역시나 고개가 끄덕여진다. 사건을 겪을 김현성이 심적으로 많이 힘들어할 거라는 건 알고 있지만 동정심은 생기지 않았다.
'미리 길들여 놔야 돼.'
몇십 년 정도가 아니다. 앞으로 몇백 년, 몇천 년, 아니, 수만 년 동안 함께 지내야 하는 만큼 이 정도의 기선 제압은 필요하다는 생각이 든다. 그렇게 손이 많이 가는 것도 아니고 쇼

하나가 추가된 것뿐이니까. 그것도 꼭 필요한 쇼. 어차피 진행되어야 할 각본에 곁가지 이야기가 들어간다고 하더라도 달라지는 건 없다는 거지.

그리고 예상했던 것보다 신성을 많이 소비했잖아. 심지어 지금도 하고 있는 도중이고…… 이런 자극적인 장면이 있어야 흥행하는 거 아니겠어. 손익 분기점을 겨우 넘기는 것보다는 대박 치는 게 낫잖아. 마음속 깊은 곳에서 후회 한번 하면 다시는 이런 잘못을 되풀이하지 않을 것이다.

'송 빌런으로 그 정도는 할 수 있을 거야.'

벨리알도 준비하고 있을 거고.

녀석이 제대로 된 역할을 수행할 수 있을지 걱정이 되기는 했지만 아마 큰 무리는 없을 것이다. 멘탈이야 이미 말이 필요 없을 정도로 마모됐을 테고 정상적인 판단을 할 수 있는 상태가 아닐 것이다. 악마의 목소리에 의지하고 있는 것 같기도 하니 잘만 조종하면 공화국 결사단 같은 모습을 보여주지 않을까. 다운그레이드 버전의 눈도 가지고 있으니 현성이한테도 어느 정도는 저항할 여지가 있겠지.

적어도 번갯불에 콩 구워 먹듯이 목이 날아갈 거라는 생각이 들지 않았다.

'그리고 나도 있잖아.'

송수경이 부족하다면 내가 도움을 주면 돼.

아마 곧 배역들이 무대 위로 모일 것이다. 기왕이면 그전에 준비를 해놓고 싶은 심정, 일단은 조혜진에게 말을 이을 수밖에 없었다. 발등에 불똥이 떨어졌다면 떨어졌다고 할 수 있는 상황이었으니까.

애초 북부에서 일어난 메인 이벤트가 통째로 물거품이 된 순간부터 우리는 항로를 벗어난 것이나 다름이 없다. 시스템이 친절하게 안내해 준 정상적인 던전 공략 방법에서 벗어난 것이다.

조금 불안하기는 하지만 문제는 없다.

'어차피 한 가지가 아니잖아.'

모든 던전이 그렇다. 규모는 크지만 이 던전도 다르지 않다. 저주받은 신단의 저주를 연금술로 풀거나 균열 박물관에서 순수하며 재치 있고 재기발랄한 방법으로 던전을 클리어한 것처럼 이 던전 역시 다른 공략 루트가 존재할 것이다.

오히려 기존에 경험했던 던전들보다 간단하다. 명확한 목적이 있었으니까.

'요지는 부활만 하면 된다는 거 아니야.'

북부에서 일어나고 있는 일을 해결하기 위해 전 병력을 꼬라박는 것보다는……

"내가 내려가면 돼."

'내려가면 김현성부터 한 대 쳐야지.'

던전의 클리어 조건은 이기영의 부활이었으니까.

내가 아래로 내려갈 수 있다면 신화 등급의 던전 빛의 아들이 희생된 대륙은 던전화에서 벗어나게 될 것이다. 지금 개판나 있는 모든 것들이 정상으로 되돌아오니 굳이 다른 모험을 할 필요가 없다.

사소한 문제는 아직까지 이쪽의 부활에 대한 실마리를 찾기 어려웠다는 것.

'그래서 있는 거 아니겠어.'

그렇기 때문에 이지혜를 찾는 것이 중요했다. 그녀와 접촉하는 게 최우선 사항이었다.

"혜진아."

-네. 부길드마스터.

"찾았어?"

-네. 부길드마스터가 말씀하신 대로 단서가 있었습니다. 물론 이게 함정일지 아닐지에 대한 확신은 없지만…… 일단은 알프스와 함께 움직이는 중입니다.

'좋아. 나이스. 그럴 줄 알았어.'

-부길드마스터는 어떻게 알고 계셨던 겁니까?

"뭐 이유가 필요합니까. 메인 이벤트 하나를 클리어했는데 보상이 없겠어요? 이지혜가 철로를 깔아뒀다고 생각하면 될 것 같네요."

-지혜 씨가 말입니까?

"네."

누나가 나와 같은 생각을 하는지, 아니면 다른 생각을 하고 있는지 아직은 확인할 수가 없었다.

하지만 뻔한 이야기다. 메인 이벤트를 클리어하면 단서에 닿을 수 있다. 던전을 유지시키고 있는 시스템은 공평하다. 정상적인 공략 방법이라는 게 본래 이런 거지. 중간에 탈선하지만 않는다면 공략은 정해진 레일 위를 달리는 과정이다.

"당연히 함정 따위는 없을 거예요. 이건 누나가 내건 이벤트일 테니까. 우리가 깔 보상 역시 거짓이 아닙니다. 헤진 씨도 던전 한두 번 공략해 보는 거 아니잖아요. 오히려 나보다 더 많이 다녀봤으면서 새삼스럽게."

-…….

"던전의 규모나 상황의 특수성 때문에 걱정하시는 건 이해하지만 기존 던전과 별다를 게 없다고 생각하시면 됩니다. 아무튼 어디까지 갔어요?"

-알프스?

-아. 네. 이제 곧 도착할 것 같아요.

"다른 사람들한테는……."

-알리지 않았습니다.

"잘했네요."

-부길드마스터는 조금 어떻습니까? 북부에서 이상 현상이 발현됐다는 소식 들었습니다. 길드마스터와의 통신 채널 역시 끊겨 있고요. 만약 지원이 필요한 상황이라면 언제든지.

"아니요. 이쪽은 신경 쓰지 않으셔도 돼요. 어디 보자……한두 시간…… 정도. 남았겠네요."

-두 시간 말입니까?

"한 시간 안에는 도착할 수 있겠어요?"

-알프스?

마지막(13) 169

-네. 조혜진 님. 좌표가 가리키고 있는 곳은 이쪽이에요. 흰둥이도 이쪽이라고 말하고 있고요.

'시간상으로 꼬이지만 않으면 되는데…….'

자신만만하게 입을 열기는 했지만 메인 이벤트 역병군주로 얻은 특전이 누나의 위치가 아닐 가능성도 존재하니까. 준비해 놓은 보상이 뭔지 알 수 없는 만큼 여기에서는 운에 기댈 수밖에 없다.

아니, 운이 아니지. 누나라면 알고 있을 거야. 지금 일이 꼬여 있다는 것도 눈치챘을 거고……. 지금 그냥 빡쳐서 안 나오고 있는 거야. 애초에 내가 살아 있다는 것도 도중에 눈치챘을 거라고.

강림을 두 번이나 했는데 모를 수가 있어? 보상이 있는 장소가 아니라고 하더라도 분명히 기다리고 있을 거야. 그렇기 위한 메인 이벤트잖아. 물론 복수하겠다는 의지도 있었겠지만 누나라면 모든 가능성을 열어두고 있을 게 분명해.

열차가 다른 곳으로 향하고 있을지도 모른다. 하지만 이지혜라면 충분히 철로를 변경해 줬을 것이다.

시선을 돌리자 계속해서 안으로 진입하고 있는 알프스와 조혜진의 모습이 시야에 비쳤다.

흰둥이가 스카프 냄새를 한 번 더 맡은 이후에는 코를 킁킁거리며 몸을 움직이기 시작, 조혜진은 기본적으로 전투 준비 태세를 유지하고 있는 중, 아마 분위기 때문일 것이다.

-누군가 있었던 흔적이 있어요. 조혜진 님.

-…….

-네. 잘 지워져 있지만 흰둥이가 이 장소에 누군가가 있었다
고…….

일반적인 던전처럼 되어 있는 구조를 정신없이 뛰기 시작하
는 흰둥이를 따라 들어가는 이들이 눈에 보인다. 누군가 살았
던 흔적도 몬스터도 보이지 않았지만 정신없이 뛰어가고 있다.

마침내 작은 동공에 도착했지만…….

-아무것도…… 없어?

-함정?

이라고 말했던 바로 그때였다.

-전투 준비해요. 알프스.

-아…… 네…… 네! 흰둥아!

몇 명의 인형이 동공 안으로 빠르게 쇄도하기 시작한 것.

조혜진은 창을 들어 올리고 알프스는 조혜진의 뒤에서 진형
을 잡는다.

가면을 쓴 인원들은 각자의 무기를 들고 조혜진을 향해 무
기를 내질렀다. 하지만 미리 알고 있었다는 듯 무기를 흘린 이
후에는 침착하게 창을 내지르는 그녀의 모습이 보인다.

그녀의 창이 정체불명의 인형의 가면에 닿기 전에 콰앙! 하
는 소리와 함께 신성 보호 마법에 가로막힌다.

당황할 상황이기도 하건만 조혜진은 조용히 알프스를 향해
입을 열었다.

-사제가 있습니다. 알프스.

-네…… 네!

-일단은…….

-제가 다녀오겠습니다. 흰둥아!

-제길! 성녀급의 고위 사제…….

설명을 하려고 말을 내뱉었지만 비슷한 체형의 아이 두 명이 정신없이 위치를 바꾸어가며 조혜진을 압박하는 중, 심지어 화살이나 마법이 떨어지기도 한다.

하지만 현재 그녀를 제일 거슬리게 하는 건 위치를 알 수 없는 곳에서 날아들어 오는 신성 마법이지 않을까.

아마 이런 생각을 하고 있을 것이다. 수준이 높다고. 버프, 보호 마법을 외우는 타이밍, 회복 능력, 단순히 고위 사제라고 부를 수 없는 수준. 틈틈이 견제용 신성 마법을 쏘아 보내는 것은 물론이거니와 소규모 전투를 직접 지휘하고 있다.

초조해하는 얼굴이 보인다. 사제를 제압하러 간 알프스를 걱정하는 것이 틀림없으리라.

-비키지 않으면 죽이겠다.

조용히 창을 내밀며 읊조리는 소리에 싸우고 있던 놈들이 움찔거리기는 했지만…….

-네놈들은 누구지?

-우리는.

-달을 부수는 자.

-더 문 브레이…….

콰앙 하는 소리와 함께 개소리를 내뱉고 있던 녀석 한 명이 창을 맞고 나뒹군다.

가면이 튕겨 나가며 얼굴이 드러나고 그 모습을 본 동료 한 명이 목소리를 내질렀다.

-앗!

하는 당황하는 목소리가 들려왔다. 예상했던 그대로다.

'여단 쌍둥이들이자녀.'

"희영 씨예요."

-네?

"지금 쟤네 지휘하고 케어해 준 사람이 희영 씨라고요. 애초에 저 정도의 고위 사제가 대륙에 어디 붙어 있겠어요? 당연히 선희영이지. 잘 봐요. 신성 마법 패턴이랑 주문 종류 전부 익숙하지 않아요?"

-희영 씨?

어둠 속에서 목소리가 흘러들어온다.

-네. 오랜만입니다. 혜진 씨.

-…….

-일단 무기를 버려주세요.

-…….

-이…… 이거 놓아주세요! 이…… 이것 좀…….

검사가 사제한테 제압당하는 걸 보는 일은 쉽지가 않다.

알프스의 목에 단검을 겨눈 채로 모습을 드러낸 것은 오랜만에 보는 선희영.

눈치 없는 흰둥이는 그 옆에서 꼬리를 흔들고 있다. 아마 적의가 없다는 걸 눈치채서였겠지만 그래도 주인이 잡혀 있는데 꼬리 흔드는 건 아니지, 친화적인 것도 정도가 있는 건데.

그 옆에서 카스가노 유노도 조용히 목례를 건네며 모습을 드러냈다.

많이 달라졌다고 생각했지만 그렇지는 않다. 둘 다 가면은 벗고 있는 상태…… 차이점이라면 몸 전체를 두르고 있는 망토를 입고 있었다는 것.

선희영 재는 얼굴에 독기가 조금 들어선 것 같기는 하지만 그래도 알프스를 찌를 생각은 없는 모양이다.

아, 카스가노 유노는 또…….

'많이 수척해졌네.'

아마 능력을 많이 사용한 반등이라고 생각했다. 내가 죽었던 시점부터 지금까지 미래를 얼마나 많이 봤을지 예상하기 힘들다.

'당연하겠지.'

-여기 계셨군요. 그동안 어떻게 지내신 겁니까? 정말로…… 정말로 많이 찾아다녔습니다. 희영 씨. 다른 길드원들도 모두 보고 싶어 하십니다. 저…… 저는…… 아니, 그런데 지혜 씨는 어디에…… 그리고 달을 부수는 자라는 건 도대체…….

-그건 저 아이들이 마음대로 지껄인 것이니 신경 쓰실 필요 없어요. 가끔 이상한 소리를 하기도 하거든요. 혜진 씨. 그보다…… 무기를…….

-아니, 굳이 그럴 필요 없어요. 안으로 들어오셔도 돼요. 혜

진 씨. 이기영 그 나쁜 새끼는 잘 지낼 테고…….

저 멀리서 익숙한 목소리가 들려온다.

조용히 고개를 끄덕인 카스가노 유노가 주문을 외우고 아무것도 없었던 것처럼 비쳤던 벽면 사이에서 작은 공간이 그 모습을 드러냈다.

안에 누가 있을지는 뻔하지 않은가. 작은 인형은 조용히 가면을 벗으며 입을 열었다.

-스카프 돌려주러…… 오셨어요?

라고 말이다.

오랜만에 보는 이지혜의 모습은 놀라울 정도로 예전과 변함이 없는 모습이었다.

솔직히 반갑다는 생각이 가장 먼저 머릿속에 들어와 꽂힌다. 그렇게 찾아도 흔적조차 찾을 수 없었기도 했고, 누나가 있었으면…… 하고 생각해 본 게 한두 번이 아니었으니까.

아니, 이 경우에는 누나와 내가 따로 움직이고 있었다는 게 다행이지.

하지만 여전히 걱정거리가 남아 있다.

'이 누나 맛탱이 간 거면 어떻게 해.'

잠정적으로는 그녀가 내게 달릴 수 있는 길을 제시하고 있다는 생각은 든다. 여러 가지 변수를 고려해 계획을 짜냈을 것이고, 루시퍼에게 얻은 정보가 있다면 그 정보에 의거해 길을 닦아놨을 것이다.

정황상 누나가 내 뒤를 봐주고 있다고 느끼기는 하지만 그렇지 않을 가능성도 존재한다.

아마 이지혜는 선택지 A와 선택지 B를 둘 다 고려하고 있을 것이다. 손을 내밀어주는 선택지와 그렇지 않은 선택지.

김현성이야 애초에 누나에게는 고려 대상도 아닐 테니까. 말하자면 누나의 변덕에 달려 있다고 표현하는 게 어울릴지도 모르겠다.

누나는 이성적이고 합리적이다. 루시퍼와의 계약에서 얻을 수 있는 게 우리 쪽에서 제시할 수 있는 것보다 크다고 느껴진다면 등을 돌릴 가능성도 없지는 않다.

물론 누나가 나와 충돌하는 걸 바랄 거라고 생각하지는 않지만, 그것 이상으로 누나의 변덕이 어떤 식으로 작용할지 예상하기가 힘들다.

결론은 그거야.

'비위를 잘 맞춰줘야지.'

아마 처음 누나를 만났을 때였다면 상상도 하지 못했을 것이다.

"솔직히 누나가 없었으면 여기까지 오지도 못했을 거야."

1회차도 마찬가지였을 거고.

"혜진아. 비위 잘 맞춰주고 말 잘해. 괜히 막 이상한 무리수 던지지 말구."

무슨 말부터 이어야 하는지 고민하고 있는 조혜진의 모습이 보인다.

주변을 한번 둘러본 이후에는 조심스럽게 발걸음을 옮기는

176 회귀자
사용설명서 32

중, 선희영와 카스가노를 제외한 다른 이들이 잠깐 움찔하는 것 같기는 했지만 섣부르게 몸을 움직이거나 하지는 않았다. 다른 명령이 없었기 때문이지 않을까.

대신이라고 하기에는 뭣 하지만 이지혜의 옆에 있는 익숙한 얼굴이 입을 여는 모습이 들어온다.

-거기까지. 가까이 다가오지 마.

-연수야, 괜찮아.

-언니.

-어차피 네가 막고 싶다고 해서 막을 수 있는 것도 아니잖니. 상대방과 자신의 차이를 인정하는 것도 덕목이야.

-네? 그게 무슨 말씀이세요? 저는…… 저는 지지 않아요.

-…….

-지지 않는다구요…….

-말 들어야지?

악역 포스 오지자녀. 카리스마 그 자체자녀. 이게 빌런이자녀.

분한 얼굴로 한 발자국 뒤로 물러서는 하연수. 조심스럽게 고개를 끄덕인 조혜진이 조용히 스카프를 돌려주는 모습이 눈에 보인다.

이지혜는 작게 미소 지을 뿐이었지만 조혜진으로서는 그게 퍽이나 안심이 된 모양이다. 적어도 그녀가 적의가 없다는 사실을 눈치챘을 테니까. 분위기가 다소 무겁기는 했지만 대화를 해보겠다는 의사를 표현한 것이나 다름없다고 판단한 것 같았다.

어떻게 말을 꺼내야 할지 고민했던 조혜진이 고른 선택지
는…….

-지혜 씨. 지혜 씨를 조종하던 악마는…….

그다지 내 마음에 드는 선택지는 아니었다.

-……푸훗.

-…….

-푸하하핫. 우리 혜진 씨 너무 순진하시다. 정말로 악마가
그랬을 거라고 생각하셨어요?

'이거 별로 안 좋은데.'

"아니, 왜 그런 걸 물어봐요. 그냥 본론부터 말하지. 무슨 악
마니 뭐니 그런 이야기는 왜 해요. 그냥 도와달라고 말하지.
아니…….."

-정말로 내가 악마한테 조종당하고 있을 거라고 생각한 거
예요? 연수야, 언니 물 좀 가져다줘. 푸훗. 너무 재미있다.

'아, 이 누나 무서워지는데. 왠지 빠꾸 없이 가겠다는 의지의
표현 같은데. 이거…….'

조종당하고 있다는 설정이 태세 전환을 할 수 있는 방법이
었다. 군이 조혜진한테 이런 식으로 말을 한 의도가 뭐겠어.
그냥 불도저 하겠다는 거지.

-시작부터 끝까지 제가 저지른 게 맞아요. 여러 곳에서 도움
을 받기는 했지만 말 그대로 도움이었고 제 머릿속에서 나온
거예요. 크게는 에베리아를 지도에서 지운 일이나 대륙을 던
전화시킨 일부터, 엘리오스를 장기말로 만든 것도 제 작품이

네요. 군이 하나하나 열거하기 힘들 정도인데…… 뭐 여러 가지로 말이에요.

-어째서.

-교훈을 주려고요.

-어째서 그렇게까지…… 하셨던 겁니까.

-교훈이 필요했으니까. 사실 이유는 많지만 여기서 설명하기에는 무리가 있네요. 그냥 변덕이라고 생각해 주세요. 대게 소중한 사람을 잃으면 생각이 많아지는 법이잖아요? 제가 응당 해야 할 일을 한 것뿐이에요. 왜 조금 다시 보이나 봐요?

'아니, 진짜 이 누나 왜 이래. 왜 이렇게 거침이 없어.'

목소리에는 떨림이 없다. 천천히 가면을 쓰고 조용히 등받이에 몸을 받치는 모습이 눈에 보인다.

함께 있는 여단 멤버들 역시 조용히 조혜진을 바라보고 있다. 무슨 생각을 하는지 보여주기 싫은 의도였겠지만 저런 모습이 너무나도 잘 어울린다는 생각이 들 정도였다.

한쪽 다리를 꼰 채로 뭐라 말해보라는 듯 턱을 치켜들자 하연수가 조용히 앞으로 나와 조혜진의 앞을 가로막았다.

"혜진아. 그냥 커피나 한잔하면서 밀린 이야기나 하자고 그래."

너는 좀 닥치라는 듯 창을 바라보는 그녀의 모습이 눈에 보였다. 결심했다는 듯 고개를 끄덕이는 모습.

-아니요. 그렇지 않습니다. 조금도 다시 보이지 않습니다. 지혜 씨는 이전에 제가 봤던 지혜 씨 그대로예요.

-…….

-솔직히 말씀드리면 제 기준에서는 용납할 수 없지만……
제 잣대로 지혜 씨를 판단하고 싶지는 않습니다. 사람마다 생
각은 전부 다른 법이고…… 지혜 씨가 얼마나 슬퍼하셨을지
이해할 수 있으니까요. 아마 모든 사람들이 같은 심정이었을
겁니다.

-…….

-실수는 되돌릴 수 있습니다. 지혜 씨는 현명하신 분이니까요.

-나는 내가 한 행동에 아무런 감정도 느끼지 않아요.

-…….

-죗값을 치러야 하는 건 내가 아니라 대륙이고, 솔직히 말
하면 아직도 부족해. 나는 이기적인 사람이고 그렇게 착한 사
람도 아니거든.

-지혜 씨는 상냥한 사람입니다.

'상냥 나왔죠.'

"상냥 진짜 오랜만에 들어본다. 진짜루."

진짜 상냥한 단어네. 진짜 대단해. 우리 혜진이. 응. 이 상황
에 상냥이 나와.

-제가 생각하는 지혜 씨는 그 누구보다도 상냥한 사람입니
다. 어째서 여기서 저를 기다려 주셨던 겁니까?

-그게 보상이었으니까요. 던전의 히든 보스를 만나셨다고
생각하세요. 제대로 된 보상을 얻어갈 수 있는지의 여부는 당
신의 의지에 달려 있어.

-지혜 씨는 제 적이 아니에요. 이곳에 계신 분들 모두 마찬

가지입니다. 우리는 한 발자국 더 나아갈 수 있어요. 부길드마스터도 그렇게 말씀하셨습니다. 물론…… 물론 옳은 행동이라고 생각하지는 않습니다. 하지만…… 이해할 수 있어요. 진심으로 말씀하건대 지혜 씨를 이해할 수 있습니다. 그렇기 때문에 함께해 주셨으면 합니다. 함께 싸워주셨으면 합니다.

-…….

-제 실수를 만회할 기회를 한 번 만 더 주셨으면 합니다. 제가 지혜 씨의 실수를 주워 담을 수 있는 기회를 주셨으면 합니다.

솔직히 저 말이 이지혜에게 들어 먹힐 거라는 생각은 들지 않았다. 막무가내라면 막무가내였고 사실 무슨 의미인지도 제대로 이해할 수 없었으니까.

하지만 가면을 천천히 벗는 그녀의 모습이 보인다. 조용히 조혜진의 얼굴을 한번 살펴보고 있다.

조혜진은 고개를 숙인다. 뭘 의미하는 건지는 모르겠지만 진심을 담은 얼굴로 그녀를 바라보고 있었다.

어처구니없어서 말도 안 나오는 듯한 표정. 이지혜는 조용히 입을 열었다.

-이렇게 나오네.

-네?

-설마 설마 했는데…… 진짜로…… 이렇게 나오네요. 괜히 내가 더 부끄러워진다니까.

-…….

-진짜 사람 할 말 없게 만들어. 오빠랑 이야기하는 게 더 편

할 뻔했어. 얘들아, 문 좀 닫아. 연수는 차 한잔 내오고. 희영 씨도 그 머리에 피도 안 마른 꼬맹이 놔주세요. 어차피 오빠도 대충 예상하고 있는 것 같으니까. 대충이 아니라 거의 확신하고 있을 수도 있겠네요.

-네…… 네?

-여기는 루시퍼의 눈이 닿지 않는 곳이에요. 던전의 시스템이 보상으로 내린 공간이니까. 격이 높은 이들도 볼 수 없는 곳이라 이거죠. 합법적인 버그라고 생각하시면 편하실 거예요. 뭐 조금 이쪽의 낌새가 이상하다고 느낄지는 몰라도 제가 여기서 뭘 하고 있는지는 아마 모르고 있을 것 같네요. 아, 그 창은 제가 만질 수 있을까요? 그나저나 잘 찾아왔네요. 솔직히 힌트를 찾지 못할 거라고 생각했었는데. 물론 저 머리에 피도 안 마른 꼬맹이와 같이 온 게 조금 의외이기는 했지만…… 아무튼 찾아와 줘서 기뻐요.

-저…… 지금 도대체 일이 어떻게 되어 가고 있는지 제가……잘…….

-제대로 찾아오셨다는 거예요. 혜진 씨. 후훗. 우리는…….

-달을 부수는 자…… 더 문…….

-너희 입 안 다물어?

-…….

-우리는 아주 오래전부터 이 일을 예견하고 있었어요. 외신 전쟁, 이기영의 죽음과 그 이후에 일어날 사태들……. 에베리아 소멸 사태나 대륙의 던전화 같은 것들도 전부 말이에요. 모

두 실리아의 카스가노 유노 님 덕분이죠.

조용히 상황을 지켜보던 카스가노가 고개를 살짝 끄덕였다.

-모든 것을 완전히 본 것은 아니옵니다. 제가 볼 수 있었던 것은 극히 일부였지만…… 좋은 결과로 향하는 미래에 닿았다고 확신할 수 있습니다. 지금까지는 말입니다.

-네. 카스가노 님의 말이 맞아요.

-그건 지혜 씨가…….

-에이, 설마 제가 정말로 그랬겠어요?

-…….

-상냥한 제가 정말로 그런 무시무시한 짓을 저지를 수 있다고 생각하시는 거…… 아니죠?

-네…… 지혜 씨가 그럴 리가…… 없겠죠. 네…….

-누군가는 이 일을 악마의 눈에 닿지 않게 수습해야 한다고 생각했어요. 외부에 모습을 드러내지 않고 음지에서 활동해야 했죠. 어려웠어요. 결코 쉬운 일은 아니었지만 저희는 한 가지 목적을 향해 여기까지 달려올 수 있었죠.

-그게…….

-빛의 아들의 부활.

-가능한 일입니까?

-네. 가능하다마다요. 설계도를 넘겨준 건 카스가노 유노와 오빠예요. 저와 저희 멤버들은 열차가 달릴 수 있는 레일을 마련한 거죠. 목적지도 확신하지 못하는 상황이고…… 확인한 것이라고는 단편적인 기억의 조각이었지만 여러분들의 도움

을 받아 여기까지 닿을 수 있었답니다. 대륙은 지금 철도 위를 달리고 있어요. 여러 가지를 설명해 드리고 싶지만 아쉽게도 전부 설명드리기에는 시간이 부족하네요.

-다행입니다.

-네?

-지혜 씨가…….

-제 성격 잘 아시잖아요?

진짜 입에 침도 안 바르고 거짓말하는 솜씨가 일품이야. 어떻게 눈 한 번도 안 깜빡이고 거짓말을 저렇게 해.

혜진이도 조금 이상하다는 거 눈치챈 것 같은데 누나가 워낙 당당하니까 헷갈려 하잖아.

'대단해 진짜.'

당장에라도 누나에게 한마디 하고 싶었지만 그럴 수 있을 리 만무했다. 일이 잘 풀리는 것 같기는 했지만 아무래도 누나 눈치를 봐야 하는 상황이었으니까.

마음 바뀌기 전에 빨리빨리 도장 찍는 게 좋지 않을까.

"남은 시간이 그렇게 많지는 않은 것 같은데. 잠깐 오빠랑 이야기 좀 해도 될까요?"

"아…… 네."

조용히 창을 넘기는 조혜진이 눈에 보인다. 이지혜는 조심스럽게 창을 받아든다.

커다랗게 숨을 몰아쉰 그녀는 욕을 퍼붓고 싶어 하는 것 같았지만 조용히 눈을 감은 이후에 다시 한번 숨을 가다듬었다.

어울리지 않게 무슨 말을 꺼내야 할지 고민하고 있는 모양, 아무래도 내가 먼저 말을 걸어야 할 것 같다.

"잘 있었어? 누나? 내 사랑. 내 영혼의 단짝."

-물론 잘 있었죠. 오빠. 내 사랑. 내 소울 메이트.

히죽거리는 얼굴이 그 어느 때보다도 쓰레기처럼 보였다.

"그동안 어떻게 지냈어?"

-내가 오빠한테 묻고 싶은 말인데. 잘 지내고 있었던 건 맞죠? 아니, 굳이 물어볼 필요도 없겠네요. 잘 지내고 있었을 텐데. 재미있었겠네요. 아주 재미있었겠어요.

'말 속에 뼈가 있자너.'

좋은 분위기에서 대화가 시작될 것 같지는 않았다.

"누나 왜 그래……."

-내가 왜 그러는지 말로 설명해야 하나 봐.

나름 감동적이었던 재회, 오랫동안 만나지 못했던 두 사람의 만남이라는 따뜻한 이야기로 대화를 이끌어 나가려고 했지만 아무래도 이지혜 쪽에서 보여주는 반응에 조금은 조심스러워질 수밖에 없었다.

어차피 조혜진에게 말했던 것으로 상황이 처리되겠지만 이 누나가 또 마음을 바꿀 수도 있었으니까. 기왕이면 비위를 맞춰주는 게 가장 좋은 선택이라고 느껴진다.

항상 그랬던 것처럼 달콤한 목소리를 입에 담은 이후에 조용히 말을 꺼내는 것이 맞다. 모두한테 먹히는 것은 아니지만 조신하게 나가서 나쁠 건 없었으니까.

"내가 누나 없이 어떻게 잘 지냈겠어. 매일매일 얼마나 보고 싶었는데…… 밥이 제대로 넘어갔겠어? 잠을 제대로 잘 수 있었겠어? 하루하루가 지옥 같더라. 누나 없는 내 삶은 아무 의미 없다는 걸…… 새삼스레 깨달았지 뭐야."

—…….

"나도 이렇게 될 줄은 몰랐다니까. 사람이 곁에 없으니까 얼마나 소중한지 깨닫게 되더라. 다른 사람들도 전부 보고 싶었지만 정말로……."

—…….

"이지혜. 얼마나 보고 싶었는지 몰라."

-지랄하지 마요. 진짜.

"정말이라니까. 누나 목소리도 너무 그리웠고……. 누나 미소도. 누나 웃음소리. 누나랑 나누는 대화들도 얼마나 그리웠는데. 우리 영혼으로 이어져 있잖아. 그렇지? 누나도 알고 있잖아. 내 소울 메이트."

-글쎄요. 나랑은 말만 영혼으로 이어진 거지, 어디 영혼으로 묶인 새끼는 따로 있는 거 아니었어요? 오빠 배 찌른 그 새끼랑 영혼으로 이어져 있잖아. 눈도 공유하고 좋으시겠네. 이제 와서 약 팔지 마요.

"아니, 왜 그래. 누나. 응? 왜 여기서 걔 이야기가 나와. 걔 이야기가 나오면 안 되지. 누나가 상심하고 화가 났다는 건 나도 당연히 이해해. 내가 미안하고 잘못했다는 거 알아. 그래도 지금 상황이 상황이니까. 전부 설명 못 하지만…… 내가 누나 얼마나 생각하는지 알잖아……."

-참나. 누가 누굴 생각한대.

"지혜야아아."

-집어치워요. 진짜 징그럽게.

"응? 지혜야아아아."

-왜 이래? 진짜?

"내 영혼의 단짝. 내 사랑. 나 안 볼 거야? 나 안 볼 거 아니지? 이지혜. 나 용서해 줄 거지? 우리 변하지 않는 거지?"

-…….

솔직히 안 먹힐 줄 알았는데, 효과가 있는 것 같기는 한 것 같았다.

그럼 그렇지. 효과 있어야지. 희라 누나 때처럼 격정적인 반응은 아니었지만 그래도 이 정도면…….

'성공한 거라고 봐도 돼?'

사실 확신할 수는 없다. 아무리 이쪽에서 애교와 교태 섞인 목소리로 그녀의 비위를 맞춰준다고 한들, 그녀의 마음이 풀리는 건 또 다른 이야기였으니까. 기분이 좋아지는 것과 내게 협력하는 것은 아예 다른 문제라는 거다.

물론 협력할 가능성이 높고 이미 그렇게 이야기가 되어 있기는 하지만 그녀가 능동적으로 움직여 주는 것과 마지못해 움직이는 것은 큰 차이가 있을 수밖에 없다.

처음에는 어처구니없다는 것처럼 피식거리며 콧방귀를 뀌고 있었지만 원래 이런 종류의 작업은 반복과 정성, 일관성이 중요하다.

누군가는 겨우 그딴 거 가지고 되냐고 묻겠지만 이는 역사가 증명하는 방법이 아닌가. 아첨은 패배하는 법이 없다.

-짜증 나네.

"왜."

-다 아는 수법이라서 짜증 난다고요. 어차피 협력하기로 되어 있는 거니까. 그만하고 오빠가 줄 수 있는 것부터 이야기해 봐요. 아니, 그냥 내가 말 할래. 설마하니 꽁으로 먹으려고 하는 건 아니죠?

"설마."

물론 예외는 존재하는 법이다.

-이지후. 이기연.

"어?"

-그냥 가볍게 그걸로 해요. 쿨하고 섹시하게.

"그게 무슨 뜻인데……."

-그걸 설명하는 것 자체가 섹시하지 않아요.

"아……."

-부족하지만 만족스러운 거래가 될 것 같네. 기연아.

"……."

-……아무튼 오빠 말대로 시간 없으니까. 쓸데없는 잡담은 여기까지 하는 거로 해요. 궁금한 것도 많고 묻고 싶은 것도 많을 텐데. 그렇게 꿀 떨어지는 목소리로 계속 속삭일 거예요? 나중에 데이트할 때나 그렇게 해요. 괜히 지금 힘 빼지 말고.

자존심 상하기는 하는데 나도 집중 안 될 것 같으니까.

"……"

-아! 사실 제가 여기까지 상황을 그린 게 맞는지도 잘 모르 겠네요. 카스가노 유노를 통해 확인하기는 했지만 모든 일에 절대라는 건 없는 거 알잖아요.

"그게 무슨 소리야?"

-말 그대로예요. 혜진이한테 해준 말이 전부 거짓말이겠어 요? 오빠가 죽은 이후에 카스가노 유노를 찾아가고 계획을 세 우고 여기까지 온 게 전부 우연이겠어요? 오빠가 저를 찾은 이 유가 루시퍼와의 내기 때문인 거 맞죠? 나라면 그 사실을 전부 알고 있을 거라고 생각했으니까. 확신은 없었겠지만 제가 오빠 를 도와주고 있다고 느끼고 있었을 거 아니에요. 크게 한탕 해 야 하니까.

'누나 입 풀렸네.'

속사포처럼 쏟아지는 목소리가 반갑다. 이런 대화가 필요한 사람이 나뿐만은 아니었던 모양, 오히려 누나도 나만큼이나 더 기다려 왔던 것 같다.

누나답지 않게 무작정 말을 내뱉고 있으니 이해하기가 어려 울 지경. 잠깐 천천히 정리해서 말해달라고 입을 열자 커다랗 게 숨을 들이마신 이지혜가 다시금 말을 이었다.

-결론부터 이야기하면 저도 내기의 내용은 몰라요.

"뭐?"

-저도 확신할 수 없다 이 말이에요. 예상이 가는 건 있지만

제가 이걸 오빠한테 이야기하는 게 맞는지 아닌지 확신할 수가 없어요. 그래서 더 말 못 하겠네요.

"누나 아직도……."

-아니라니까. 물론 화가 나기야 났었죠. 감히 내 걸 건드린 대가를 치르게 하고 싶어서 움직인 것도 맞지만, 그것 이상으로 저는 오빠가 다시 돌아오는 거에 대해서 관심이 많거든요. 오빠와 루시퍼 사이에 어떤 계약이 있었던 건 알아요. 또 그 계약 때문에 오빠가 스스로 기억을 지워야 했다는 것도 알고 있고요. 편법이 필요하기 때문에 신성 벌이가 필요하다는 것도 예상하고 있었죠.

"……."

-그걸 위해서 이 던전을 만든 거예요. 빛의 아들이 희생된 대륙은 허투루 만들어진 던전이 아니에요. 투자 비용 대비해서 가장 효율적으로 이득을 챙길 수 있게 설계한 던전이지. 단순히 오빠의 이야기를 따라가는 것처럼 비추어지겠지만 작은 비용을 투자해서 높은 흑자를 남기는 구조를 남기는 과정은 결코 쉽지 않았다고요.

"그건 고맙기는 한데…… 정말로 그것뿐이었어?"

-뭘 당연한 걸 묻고 그래요? 수틀리면 날려 버리려고 했었던 건 맞다니까.

'그렇게 안 돼서 다행이네. 진심으로.'

타이밍이 아슬아슬한 것 같았지만 결과는 나쁘지 않았다.

다른 것 다 제치고 그녀가 많이 벌고 있다는 건에 대해서 충분히 안심할 수 있었다. 전체적인 계획이 틀어지지 않았으니까. 아마 이지혜가 이쪽의 손을 들어준 것 역시 내가 움직여 주고 있다는 사실을 알고 있기 때문이 아니었을까.

"말해주지 못하겠다는 건 어떤 의미야?"

-말 그대로의 의미예요. 제가 오빠한테 말을 한순간 미래가 바뀔 수도 있으니까. 그걸 경계하고 있는 거라고요. 변수잖아요?

'변수기는 하지.'

-라파엘을 괜히 저희 쪽으로 데려온 게 아니에요.

"걔 누나가 데리고 있었어?"

-네. 개인적인 생각으로는 걔도 변수였거든요. 얘가 기운은 넘치는데 너무 감정적이고 잘 휩쓸리는 성격이라. 가만히 내버려 두면 안 되겠다 싶더라고요. 앞서서 일을 망칠 것 같아서……

잠깐 동안 생각해 봤지만 누나의 선택이 옳았을 거라는 생각이 든다.

'걔는 좀…… 그렇기는 해……'

저 표현보다 어울리는 말을 더 찾을 수가 없다. 아마 그냥 내버려 뒀다면 이지혜의 말처럼 분명히 어딘가에서 사고를 쳐도 단단히 쳤으리라.

조용히 이지혜를 바라보자 책상에 걸터앉은 채로 이야기를 꺼내는 모습이 눈에 비쳤다.

조혜진은 선희영이나 카스가노와 이야기를 나누는 중, 그 와중에도 둘은 창을 힐끔힐끔 바라보고 있었는데 아마 이쪽과 대화를 나누고 싶다는 의사를 표현하고 있는 것이리라.

기회가 된다면 이야기를 나누어보고 싶지만 그게 가능할지 확신할 수가 없었다. 이야기가 언제 끝날지 알 수 없었으니 말이다.

'거짓말은 아닌 것 같은데.'

당연하지만 누나 입장에서는 최대한 진실을 말하고 있을 거라는 생각이 든다. 지금에 와서 저런 거로 거짓말을 할 이유가 없을 테니까.

아마 누나의 모든 행동이 변수를 최대한 지양하는 것에 초점이 맞추어져 있었을 것이다. 본인이 설계한 대로, 아니, 정확히는 우리가 설계한 대로 내버려 둔다면 결과적으로 좋은 결과를 얻을 거라는 확신이 있었기 때문이리라.

'그래. 그것도 이해할 수는 있어.'

근데 도대체 언제까지 내가 모르고 있어야 하냐 이거야.

이미 끝을 향해 달려가고 있는 이야기다. 중간 과정에서라면 참을 수 있더라도 현시점에서는……

'알아야 돼.'

"알고 있어야 될 것 같아. 누나."

-그렇게 이야기할 줄 알았네요. 그 성격 어디 가겠어.

"누나가 걱정된다면 전부 말하지 않아도 되지만 누나가 어떤 그림을 그리고 왔는지는 알아야 될 것 같아. 정확히는 카스가노 유노가 뭘 보고 있는지."

-다른 게 있겠어요? 오빠가 부활하는 장면이지.

"내가 살아나기는 한다는 거네."

-그런 게 안 보였으면 제가 이 고생을 하고 있을 이유가 없었 겠죠.

"근데 그것뿐만이 아닐 거 아니야. 누나가 말해줄 수 있는 게 더 있잖아."

어떻게 살아나는지가 더 중요하지. 어떤 방법으로 다시 땅 을 밟는지가 더 중요해.

굳이 변수를 만드는 게 걱정이 되냐고 묻는다면 당연히 걱 정이 된다고 말할 것이다. 하지만 그것 이상으로 아무것도 모 른다는 것에 대한 공포심이 더 크다.

누나 말대로 내가 컨트롤 프릭이라서 그런 것이 아니라 이 이야기의 끝이 어떤 식으로 맺어질지 모른다는 것에 대한 불 안감이었다.

이지혜는 조용히 스카프를 목에 감으며 입을 열었다.

-동요하지 마세요.

"뭐?"

-솔직히 나도 내가 맞는 행동을 하는지 모르겠어. 근데. 오 빠라면 지금 이 시점까지 왔다면 무슨 수를 써서라도 알고 싶 어 할 것 같거든. 내가 아니더라도 어차피 알게 됐을 것 같아.

"……."

-그러니까. 이 이야기를 듣고 괜한 짓 하지 말라 이 말이에요.

"그러니까 그게."

-김현성은 죽을 거예요.

"뭐?"

-김현성은 오빠를 대신해서 죽을 거예요.

"……."

-제가 말해줄 수 있는 건 딱 여기까지예요. 나머지는 오빠가 알고 있을 거예요. 다시 한번 말하지만 다른 미래는 없어요. 김현성은 죽을 거예요.

'왜…… 세 번이나 이야기해.'

무의식적으로 시선을 돌리자 김현성이 시야에 비친다. 노을 빛의 날개를 꺼내 든 채로, 만신창이가 된 내 시신을 붙잡고 오열하고 있는 녀석의 모습이 눈에 보였다.

주위에는 목이 날아간 엑스트라들의 모습이 보인다. 아마 갑작스럽게 쳐들어온 녀석에게 당한 것이리라.

콰앙 하는 소리와 함께 공간에 폭음이 들리며 사방에서 공격들이 쏟아진다.

김현성은 몸으로 시신을 막으며 울음을 삼켰다.

화살과 마법의 세례 속에서 조용히 날개를 펼치며 검을 휘두른다. 소란스러운 소리가 들려오며 주변이 터져 나간다.

그렇게 김현성은, 인류를 향해 검을 들어 올렸다.

아마 그렇게 결심했을 것이다.

'얘가 왜 죽어?'

"현성이가 왜 죽냐구……."

가장 처음에 든 생각은 이지혜가 김현성을 제거하고 싶어 할지도 모른다는 것이었다. 이지혜는 지금까지 지속적으로 김현성을 견제해 왔었고 알게 모르게 그것을 표현해 왔었으니까.

김현성이 우리의 적이 됐을 경우를 가정한 것도…….

'누나였지.'

그녀가 김현성을 마음에 들어 하지 않은 요소는 많다. 대체 불가능한 무력을 가지고 있다는 것도 그렇고, 애초에 나를 넝마로 만들어 죽인 책임을 묻지 않을 수 없었을 테니까.

누나나 나나 은혜는 잊어도 원한은 잊지 않는 성격이잖아.

이유야 어찌 됐든 자신에 행동에 대한 대가를 치러야 한다고 생각한다면 이런 종류의 빌드를 준비해 놓은 것도 이해가 된다 이거야.

합리적이다 아니다를 따지기 전에 일단은 계속해서 그런 생각들이 머릿속에 감돈다.

지혜 누나의 목소리가 들려온 것은 바로 그때였다.

-혹시나 해서 물어보는 건데 제가 작업 치고 있다고 생각하는 거 아니죠?

"……."

-물론 나쁘지 않은 상황이라고 느끼고는 있지만 구태여 오빠를 적으로 돌리면서까지 그럴 이유는 없다는 것만 알아주세요. 제가 뭐 대단한 사람이라고 여러 가지 수에 전부 대응하겠어요? 물론 김현성이 중요한 사람이라는 건 인지하고 있지만 저는 그것 이상으로 이기영이 중요해요. 오빠를 1순위에 놓고 설계할 수밖에 없었다 이 말이에요.

"……."

-저는 상황을 이끌어갈 능력은 있지만 상황을 바꿀 능력은 없어요. 물론 시도해 보지 않은 건 아니지만 크게 의미는 없었 네요. 몇 번을 봐도, 수십, 수백 번을 봐도 미래는 똑같았으니까. 한 가지 결론에 도착할 수 있었다는 건 너무나도 당연한 이야기겠죠.

'이게 맞는 미래라는 결론?'

-이게 정답이에요. 오빠는 이 미래를 바꾸기 싫었기 때문에 기억을 지운 거라고요. 다른 미래로 향하는 가능성을 차단하기 위해서예요.

설득력이 있기는 하다. 누나가 그렇게 생각하게 되는 정황도 충분히 이해가 간다.

사실 그렇게 생각할 수밖에 없었을 것이다. 내가 이지혜의 입장이었어도 그녀와 같은 생각을 하고 같은 결단을 내렸을 테니까. 누나는 내가 변수를 배제하고 싶어 할 거라고 생각하고 게임에 임했다. 모든 불순물이 제거된 상태의 미래가 김현성의 죽음이라면 그게 정답이라고 판단할 여지는 있다.

아마······.

'실제로도 그렇겠지.'

물론 이게 정답이라고 도장을 찍기 전까지는 시간이 조금 남아 있겠지만 보여지는 정황상 가능성이 크다는 생각이 든다. 어느 정도 개연성도 들어맞지. 만약 내가 기억을 가지고 있다면 절대로 김현성이 돼지는 것에 주사위를 던질 리가 없을 테니까.

녀석이 한 번 세라핌의 검에 넝마가 되었을 때 약간 동요했던 것을 떠올려 보면…….

'더욱더 그래.'

이기영은 스스로 기억을 지웠다.

-오빠 스스로도 오빠가 변수라고 생각했었던 거예요.

"그럴지도……."

-오빠 스스로도 오빠를 믿지 못했던 거예요. 평정심을 유지할 자신이 없었던 거겠죠. 저도 그렇게 판단했어요. 자기가 설계한 미래를 망칠까 봐 결단을 내렸다고. 제 말이 틀려요? 저는 제 판단에 확신할 수 있는데.

"근데 누나는 왜 나한테 이걸 말해준 거야?"

-아까 말했잖아요. 오빠야 언젠가 알게 될 거고…… 괜한 원망의 대상이 되기는 싫었거든요. 또 하나. 발버둥 쳐봤자 바뀌지 않을 미래라고 확신하고 있어서인지도 모르겠네요. 이미 너무 멀리 왔거든요. 지금 와서 브레이크를 밟거나 핸들을 돌린다고 해서 피할 수 있는 게 아니에요.

'이미 코앞까지 왔다 이거지.'

-근데 오빠 반응을 보니까 괜히 이야기해 줬나 봐.

조용히 창을 쓰다듬으며 계속해서 말을 잇고 있는 누나의 모습이 시야에 비쳤다.

무슨 생각을 하는지 모를 정도로 아무 감정 없는 표정으로 창을 바라보고 있다.

당연하지만 김현성을 걱정하는 얼굴은 아니다.

'자기 사람 아니라고 너무하네.'

아마 김현성의 포지션에 하연수가 있었다면 얼굴 벌겋게 붉히고 난리를 피우지 않았을까.

-너무 냉정하다고 생각하지 마요. 다 방법이 있지 않겠어요? 정말로 오빠가 김현성을 죽이는 데 주사위를 던질 리는 없잖아요. 사실 저는 오빠가 보험을 들어놨을 거라고 생각해요. 물론 오빠가 김현성한테 몹쓸 짓을 하고는 있지만 목숨까지 내놓으라고 할 정도는 아니라고 생각하거든요. 자신감 있게 주사위를 던진 걸 보면 뭐가 있기는 있는 거예요.

"그것도 맞아. 누나 말이 맞아. 내가 그걸 모르고 있어서 문제지. 보험이 뭔지 아무것도 아는 게 없어서 문제라고."

물론 생각나는 것이 아예 없는 것이 아니다. 사실 이지혜의 말을 듣자마자 떠오른 게 있을 정도로 가능성 높은 가설이 존재한다.

'내기의 보상이 이기영의 부활이 아닐 수도 있어.'

김현성의 부활일 가능성이 존재한다. 내기의 내용도 내가 생각하는 것과 다를지도 모르지.

애초에 그렇잖아.

"김현성이 나를 대신해서 죽는다는 건 스스로를 희생한다는 소리야?"

-네. 카스가노 유노가 본 광경은 김현성이 흩어지고 오빠가 눈을 뜨는 거였어요. 정황상 김현성이 오빠를 살렸다고 보는 게 맞겠죠?

198 회귀자
사용설명서 32

내기의 내용은 김현성이 자신을 희생해 나를 살리느냐 살리지 않느냐일 수도 있지.

"지금 우리가 신성을 모으고 있는 이유는 이기영의 부활이 아니라 김현성의 부활일 수도 있겠네."

-저는 섣부르게 판단하지 않겠어요. 그냥 오빠한테 맡길래. 이것저것 생각하기에는 너무 머리 아프거든요.

"아니야. 아마 맞을 거야. 그게 맞아. 그래야 말이 돼. 몇 가지 걸리는 게 있기는 하지만…… 그나마 확률이 높아. 만약 내 계획이 실패해도 루시퍼를 통해 김현성을 살릴 수 있는 방법이 있을지도 모르고."

-보험이라고 하기에는 위험하지만요. 어찌 됐건 간에 우리가 할 수 있는 일은 하나예요.

"최대한 많이 땡기는 거?"

-네. 최대한 많이 땡기는 거.

불안하지 않은 것은 아니다. 사실 억지웃음을 짓고 있는 상황이라고 말하는 게 가장 적절하지 않을까 싶다. 계속해서 행복 회로를 돌리고 있지 않으면 초조함 때문에 침이 마른다.

'이게 맞아.'

아마 그렇게 될 것 같아. 노을빛의 신이 빛의 아들을 위해 자신을 희생하고, 빛의 아들은 눈물 좀 흘려주면서 절망하고 좌절하는 거지. 어차피 노을빛의 신은 돌아올 테니까.

그런 기적이 또 어디 있겠어. 서사적으로도 완벽한 그림이고 어디 나무랄 데가 없잖아. 보험도 확실하게 준비되어 있고…….

근데, 시바 불안해. 이거 안 될 것 같은데. 정말로 안 될 것 같은데.

'지금에 와서?'

방법은 떠올리면 돼. 일이 터진 이후에 수습해도 늦지 않아.

조금만 더 심호흡하면서 다시 한번 점검해 보자. 천천히 하나하나 경우의 수를 떠올려 보는 거야.

손이 덜덜 떨리는 것처럼 느껴진다. 호흡이 계속해서 가빠지고 심장이 쿵쾅쿵쾅 뛰는 것만 같다. 식은땀이 흐르고 기절할 것 같은 느낌에 정신을 부여잡기 힘들었지만, 천천히 눈을 매만지자 마음이 안정되는 것처럼 느껴졌다.

'내가 버릴 리가 없어.'

옥이야 금이야 키워온 회귀자를 이렇게 버릴 리가 없다. 이렇게 내다 버릴 거였다면 애초부터 쓰지도 않았을 것이다. 신화 등급의 회귀자 사용설명서까지 얻은 마당에 무슨 말이 더 필요하겠는가.

대륙에 온 이래로 얻은 것 중 절반, 그 이상을 버린다고 해도 과언이 아니다. 김현성의 안전이 아니라 이기영 자신을 위해서라도 분명히 보험을 들어놨을 거라고 생각할 수밖에 없었다.

호흡이 안정되는 것은 물론 천천히 미소가 지어진다. 평소처럼 이성적인 판단을 할 수 있는 상태가 된 것처럼 느껴진다.

위험 신호를 보내고 있는 뇌 안을 뭐라고 설명할 수 없는 쾌

감이 헤집고 지나간다. 잠깐 동안 몽롱해질 정도로 말이다.

'이제 조금 안정되자녀.'

"준비된 것 같은데? 누나?"

-아, 그리고 아까 조건에 하나만 더 붙일게요. 아무래도 오빠는 나랑 같이 상담 한번 받으러 가는 게 좋겠네요.

"누나가 좀 필요한 것 같기는 해. 혼자 가기 부끄럽다고 생각할 수는 있는데…… 전혀 부끄러워할 게 아니니까. 당연히 같이 가줄 수 있어. 누나."

-…….

다시 한번 김현성에게 시선을 돌린다.

-그럼 일할 시간이네.

눈에서 계속해서 눈물을 흘리며 무감각하게 검을 휘두르고 있는 모습이 시야에 비쳤다.

언뜻 보면 오해를 불러올 수 있는 장면이기는 하다. 우리 현성이가 인류의 적이 돼서 검을 휘두르고 있다니. 누가 봐도 조금 그렇잖아.

하지만 전후 사정이 있다고요. 대륙 여러분들. 이것 좀 보세요.

사실 여러 가지로 편집이 필요하기는 하다.

-아아아아아아아악!

-노을빛의 검사. 지금 이게 무슨 짓…… 입니까…….

-살…… 살려…… 살려…… 괴물…… 괴물이…….

-으아아아아아아악!

-잘못했습니다. 저희가…… 저희가 잘못…… 죄송합…….

-맞서 싸워라. 그래 봤자 인간이다! 우리와 같은 인간이란 말이다.

'웅, 아니야. 걔는 이제 인간이라고 하기에도 좀 그래.'

그 방법이 지나칠 정도로 잔혹하다는 느낌은 있었으니까. 이것과 연루된 이들 모두에게 최악의 고통을 안겨주겠다는 듯한 모습이라 묘사하기가 힘들다.

계속해서 사방으로 붉은색들이 튀어나가고 비명이 끊이지 않는다. 내가 봐도 지옥도처럼 보일 지경.

그 와중에 녀석은 노을빛은 사그라지지 않는다. 녀석이 루시퍼에게서 완전히 벗어났다는 것을 말해주는 것이기도 하겠지만 아마 이 선택이 노을빛의 신으로서의 선택이라는 것을 말해주는 것 같기도 했다.

아마 내 생각이 맞을 것이다.

'근데 괜찮아. 이해할 수 있어.'

아마 대륙인들도 충분히 이해할 수 있지 않을까.

만신창이가 되어 있는 이기영의 시신을 본다면 아마 노을빛의 검사가 왜 저렇게 분노하고 있는지 알게 될 것이다.

'라이오스 빼고 띄워야겠네.'

하얀이가 알면 안 되니까. 이지혜 감독과 로노베 카메라 감독에게는 굳이 일일이 설명하지 않아도 될 것이다.

아니나 다를까 대륙 전체에 커다란 여신의 거울이 떠 있는 것이 시야에 비쳤다. 완전히 넝마가 되어버린 명예추기경의 시신이 신대륙 보호 위원회에 있다. 노을빛의 검사는 이를 악물고 눈물을 뚝뚝 떨어뜨리며 검을 휘두른다.

-어째서…….

-…….

-어째서 이렇게까지 하는 거야. 도대체. 왜.

-…….

-그 사람은 너희들을 사랑했어.

-…….

-그 어떤 것보다 너희들을 사랑했다고.

-…….

-너희들은 도대체 뭐가 문제길래…… 이 사람을 내버려 두지 않는 거야. 어째서 이렇게까지 만들어야 했었던 거야. 안 그래도 모든 걸 희생한 사람이야. 죽는 그 순간까지도 너희들을 위해서 자신을 아끼지 않았던 사람이었는데…… 어째서…… 어째서 이렇게까지 했어야 했어? 그렇게 모든 걸 빼앗고 가져가야 했어? 이 개자식들아. 이 쓰레기 같은 새끼들아.

-제발…… 살려…… 줘.

-그 사람은 너희들을 용서할 수 있다고 말할 거야. 괜찮다고, 자신은 아무렇지도 않다고 이건 의미 없는 짓이고, 나는 모든 걸 다 내어줄 수 있다고…… 그렇게 이야기하겠지. 근데 나는 용서할 수가 없어. 도저히 너희들을 용서할 수 없어. 이게 기영 씨를 슬프게 할 거라는 건 알아. 내가 용서받지 못할 짓을 저지르고 있다는 것도 알지만 나는 도저히 너희들을 용

서할 수가 없을 것 같아.

-…….

-몇 번을 생각해도 도저히…….

아까부터 느껴지기는 했지만 반쯤은 실성한 사람처럼 보인다. 이게 긍정적으로 작용할지에 대해 제대로 알 수 없을 정도의 장면이기는 했다.

아마 이걸 보고 두려움을 느끼는 이들도 많을 것이다. 전후 사정이 어찌 됐든 간에 지금 김현성이 보여주는 비인간적인 모습에 의아함을 느끼는 이들도 분명히 존재할 것이다.

하지만…….

'두려움도 신앙이야.'

신에 대한 경외뿐만이 아니라 신에 대한 두려움 역시 신앙이 될 수 있다. 어쩌면 경외심보다도 더 효과적일지도 모르지. 솔직히 종이 한 장 차이라고 생각해도 되지 않나. 그렇지?

아마 지금 발걸음을 옮기고 있는 녀석이 가장 잘 알고 있지 않을까.

-왜 몰라주시는 겁니까. 노을빛의 신이시여.

-…….

-왜 이해하지 못하시는 겁니까. 나의 신이시여.

한쪽 눈을 붙잡으며 놈은 발을 내디뎠다.

무대 위로 말이다.

모든 빌런들은 본래 어떻게 대중 앞에 모습을 드러내느냐가 가장 중요한 법이다.

개인적으로 과정이나 결과보다 첫인상을 어떻게 남기느냐가 더 중요하다는 생각이 든다. 캐릭터의 아이덴티티를 확실히 알릴 수 있고 이 새끼가 얼마나 악독하고 나쁘고, 위험하고 잔혹한 놈인지 알릴 수 있자너.

특히나 우리 송 빌런 같은 경우에는 더욱더 중요하다고 여겨질 수밖에 없었다. 녀석의 이중성을 드러낼 수 있는 장면이거든.

솔직히 겉모습에서 나오는 압도적인 모습은 없지만 이중성이야말로 놈의 아이덴티티다.

말로는 대륙과 약자를 위한 세상을 만든다고 울부짖으며 온갖 성자인 척을 하고 있었지만, 실상은 자신의 이기심과 욕심을 채우기 위한 것이라는 게 포인트.

쉽게 말하면 흑막이라 이거야.

아마 모두가 녀석을 빛의 아들의 후예라고 생각하고 있지 않았을까. 녀석을 따르는 많은 이들이 아마 송수경을 그렇게 여기고 있었을 것이다.

'빛의 아들의 후예.'

대륙의 새로운 희망.

'빛의 아들이 남긴 유산.'

노을빛의 신의 새로운 파트너라고 생각했을지도 모르겠다. 굳이 놈의 언론 플레이가 아니더라도 실제로 많은 이들이 그렇게 말하고는 했으니까.

물론 이 작업은 그런 불경한 생각을 하는 이들을 부정하기 위해서가 아니다. 본래 대중들은 갑작스러운 변화를 달가워하지 않으니까. 당연히 이해할 수 있지.

노을빛의 검사와 명예추기경이 있어 대륙을 지킬 수 있었다. 노을빛의 신과 빛의 아들이 있었기 때문에 인류는 커다란 위기를 헤쳐 나갈 수 있었다. 사라진 빛의 아들의 자리를 녀석으로 대신하고자 했던 것은 어떻게 생각하면 본능이나 다름없는 행위나 마찬가지였겠지.

왜, 적절한 예는 아니지만 애들도 부모님 두 명이 있어야 조금 더 안심하자녀.

그만큼 송수경에게서 내 모습을 많이 찾았을 것이다. 신대륙 보호 관리 위원회의 송수경이 빛의 아들의 후예라는 생각은 대중들 스스로가 본인들이 안전하다고 느끼기 위한 자기세뇌와 다름이 없었다는 거다.

그렇기 때문에 지금 보여주고 있는 비디오 클립이 중요한 거지. 대중들의 기대감을 증폭시키잖아.

녀석이 빛의 아들을 헤집는 장면.

-신이시여…….

라고 말하는 이들이 보인다.

-빛의 아들이시여…… 이게 도대체…….

말문이 막힌 듯 조용히 하늘을 바라보는 이들, 사제들은 눈물을 쏟아 내리며 오열하고 있다.

본인이 본 것이 믿기지 않는다는 듯 두 눈을 만지작거리고 있는 상황, 공포에 떨거나 구토를 하는 반응은 양반이다. 얼굴을 붉히며 계속해서 붉은 물감을 칠하고 있는 송수경의 모습은 내가 보기에도 충분히 충격적이었으니까.

-신성 모독이다.

녀석이 빛나는 구를 들어 올렸을 때 대중들이 절망하는 모습이 보인다.

-천벌을 받을 것이다. 네, 네놈은 천벌을 받을 것이야. 빛의 아들이시여. 빛의 아들이시여…….

-베니고어시여. 제발 저 악마를 벌하소서…….

심장을 꺼내는 것은 물론 알뜰살뜰히 자신의 욕심을 챙기고 있는 모습은 가관, 마침내 엉망진창 더럽혀진 채로 땅바닥에 떨어진 빛의 아들의 모습에서 이전의 명예추기경의 모습을 발견하기 힘들었을 것이다.

이미 김현성으로 인해 빛의 아들이 어떤 상태인지는 다들 알고 있었겠지만 그 과정은 그들이 생각했던 것보다 더욱더 참혹하고 절망적인 장면이지 않았을까. 바젤교황마저 비틀거리며 침음성을 삼킬 정도였으니 무슨 말이 더 필요하겠는가.

교국의 지도자는 믿을 수 없다는 듯이 눈물을 뚝뚝 떨어뜨리고 있다. 빛의 성자의 미소와 그의 순수함과 선함을 기억하던 수많은 사람들은 본인이 눈으로 확인한 것들을 부정하고 있다.

-하…… 하하…….

진실만을 밝혀주는 여신의 거울 앞에 선 송수경은 어색한 웃음을 흘린다.

그 와중에도 놈의 눈은 빛나고 있었다. 하지만 언제나 세상을 밝혀주던 그 빛이 이제는 더 이상 대륙을 비추지 않는다.

'이거 진짜 대박이기는 해.'

녀석이 발걸음을 옮기고 있다.

'확실하기는 해.'

현성이가 보여주는 그림이 조금 아쉽기는 했지만 뭐 어쩌겠어. 어쩔 수 없는 거지.

사실 조금 더 주저하고 막 이런 걸 보여줬으면 더 좋았을 텐데. 그래도 지금 보여주고 있는 장면에 실드를 쳐줄 여지는 있잖아.

대륙인들 중에 노을빛의 신과 빛의 아들이 얼마나 가까운 관계였는지 모르는 사람이 어디 있겠어. 당연히 화낼 만하지. 유대감으로 쌓아 올려 얻은 눈알이 홀라당 도둑 맞았는데.

물론 대사 중에 몇몇 가지는 필터를 거쳐야 하기는 하는데 그래도 이해해 줄 수 있을 거야. 대중은 빛의 편이거든.

송수경은 계속해서 발걸음을 옮긴다.

로 감독은 계속해서 송수경을 비추고 있다. 한쪽 눈을 빛낸 채로 두 쌍의 날개를 꺼내 드는 모습.

-어째서…… 어째서 이해해 주지 못하는 겁니까.

광기 어린 목소리로 계속해서 중얼거리는 놈의 뒤에 붉은색 날개가 피어난다.

벨 이사. 효과 좋아. 이렇게 천천히 걸어가면서 변신하는 거 참 괜찮아. 누구 아이디어야?

-아악…… 아아아악!

고통스러운지 자신의 몸을 부여잡고 한 차례 몸을 흔드는 모습. 한쪽 눈에서는 핏물이 흐른다.

'적혈 감성이기는 해. 근데 멋있어. 역시 좀 저런 게 있어야 한다니까.'

등 뒤에서 붉은 물감을 뚝뚝 떨어뜨리는 와중에도 놈은 발걸음을 멈추지 않는다. 그 장면은 무언가 기괴하고, 뭐라 설명하지 못할 원초적인 공포를 불러일으키는 모습이었다.

많은 이들이 절로 인상을 찌푸리는 것도 무리가 아니리라.

-제가 무엇이 부족했던 겁니까. 도대체 저의 무엇이 부족해 이렇게 저를…… 배척하신단 말입니까. 흐윽…… 흐으으윽…….

'아니, 진짜 소름 돋기는 해.'

아마 김현성도 녀석을 느끼고 있을 것이다. 놈 안에서 뿜어져 나오는 기운은 단순한 인간이라고 하기에는 너무나도 불길했으니까. 이제는 완전히 폐허가 되어버린 건축물의 잔해 위에서 두 명이 마주치는 그림은 꼭…….

담아야지 생각했던 바로 그때였다.

-콰아아아아아아아앙!!!

커다란 소리와 함께 김현성이 외벽을 뚫고 모습을 드러내는 것이 시야에 비친다.

"아!"

하기도 전에 송수경의 목을 그대로 부여잡은 김현성은 놈을 들고 그대로 날아가 놈을 벽에 처박는다.

-이…… 이 개자식! 이…… 이 쓰레기 같은 새끼!

-하흐윽…… 흐으윽…….

두 명이 뒤엉켜 날아가는 그 와중에도 김현성은 욕을 내뱉었고 송수경은 참을 수 없다는 듯 눈물을 터뜨린다.

-쾅! 쾅! 쾅!!! 콰아아아아앙!!!

하는 소리와 함께 계속해서 벽에 부딪힌 송수경과 녀석의 목을 부여잡고 있는 김현성이 도착한 곳은 신전.

방금의 충격 때문에 무너져 내린 곳곳에서 빛이 쏟아져 내린다.

-이 인간 같지도 않은 새끼야! 이 개자식아!!!

김현성은 검을 휘두르지 않았다. 계속해서 주먹을 휘두른다.

이전에 봤던 모습과도 다르다. 형식에서 벗어난 주먹질. 상대방을 쓰러뜨리기 위한 것이 아니라 단순히 자신 안에 있는 분노와 울분을 토해내는 듯한 폭력이었다.

-흐윽…… 흐으으으윽…….

-그 입 닥쳐! 입 다물어. 이 개새끼!!

-콰아아아아아아아앙!!

-이 역겨운 개자식아!!

편하게 죽이려는 것 같지는 않자녀.

-콰직! 콰드득!

그 와중에도 한쪽 눈은 건드리지 않고 패고 있는 걸 보면 이성이 있기는 한 모양, 오히려 저 무차별적인 폭력에 그대로 노출된 송수경의 안위가 걱정이 되기야 한다.

'벨 이사. 송수경 강화 성공한 거 맞지? 지금 너무 맥없이 맞고 있는 것 같은데. 강화 성공한 거 맞는 거지?'

점점 얼굴의 형태가 뒤바뀌고 있는 것처럼 보인다.

'이렇게 허무하게 끝나면 안 되는데.'

적어도 치고받고 하기는 해야 하잖아. 기껏 날개도 달아줬는데 저게 뭐야.

-하아…… 하아…….

어느 정도 이성을 차린 김현성이 녀석의 눈에 손을 뻗었을 때였다. 송수경의 손이 김현성의 손목을 탁 하고 잡는 것이 시야에 들어온다.

머리가 완전히 으스러진 것처럼 보이지만 놈은 여전히 몸을 움직이고 있다. 본래의 형태로 되돌아가는 과정마저 그로테스크하게 보였지만 그것 역시 찰나. 놈은 금방 멀쩡한 얼굴로 입을 열었다.

-그건 제…… 것입니다.

-뭐?

-그건 이제 제 것입니다. 노을빛의 신이시여.

-이 개새끼!

-어째서 이해해 주지 못하시는 겁니까…… 어째서…….

콰아앙 하는 소리와 함께 붉은 날개가 김현성을 밀쳐낸다.

-대륙을 구원하고자 하는 저의 뜻을, 당신의 옆에 서고자 하는 저의 뜻을 어째서 몰라주시는 겁니까…… 흐윽…….

-그딴 거 관심 없어. 개자식.

-저는 이곳을 지키고 싶었을 뿐입니다. 이 대륙에 닥친 위기를. 당신이 지키고자 하는 대륙의 던전을 클리어하고 싶었을 뿐이란 말입니다. 빛의 아들의 부활입니다. 빛의 아들이 희생된 대륙의 클리어 조건…… 저는 그것을 실현시키고자 했던 겁니다.

-…….

-이 모든 것은 당신을 위해서이기도 했습니다. 노을빛의 신이시여. 당신을 더 완전하게 만들기 위해서, 오롯이 당신만을 위한 일이었습니다. 흐윽…… 어째서 저를 배척하시는 겁니까. 저의 순수한 믿음과 신앙을 어째서 외면하시는 겁니까. 저를 죽이면서까지 빛의 아들을 대신하고자 하는 제 마음을…… 왜…… 흐윽…… 흐으윽…… 무엇 때문에 저를 해하려고 하시는 겁니까.

-미친 자식…….

김현성의 말 그대로다.

'이 새끼 진짜 미쳤어.'

하긴, 악마가 작정하고 멘탈을 조지려고 작정하고 달려드는데 어떻게 멀쩡히 제정신을 차릴 수 있을까.

그래도 너무 잘 동화되고, 한 치의 망설임도 없었던 걸 보면 이게 애 천직인 것 같기는 하지만 그 모든 걸 감안해도 완전히 맛이 가버렸다는 생각이 든다.

본인이 지금 무슨 말을 하고 있는지 제대로 알기는 하는 걸까. 기본적인 논리 자체가 머릿속에서 완전히 말소되고 자기 자신의 목소리밖에 들리지 않는 모양. 자기 자신의 틀에 완전히 갇혀 버린 듯한 모습이었다.

안 그래도 빙글빙글 돌아가는 것처럼 보였던 눈은 이제 초점조차 제대로 보이지 않는다.

-그것이 노을빛의 신께서 원하시는 거라면 기꺼이 받아들이겠습니다. 그것이 당신께서 원하시는 것이라면…… 제게 원망과 분노를 쏟아내는 것이라면 기꺼이…… 평생토록 감내할 수 있습니다. 기쁘게 말입니다. 하지만…… 하지만 당신을 위한 제 신앙과 믿음을 부정하게 하지…….

-이 미친 새끼!! 그 입 닥쳐!!! 이 개새끼야!!! 도대체 나한테 왜 그러는 거야. 이 개새끼! 노을빛의 신은 뭐고! 신앙의 대상이니 믿음이니 하는 건 무슨 개소리야! 이 개새끼야!

김현성은 녀석의 머리카락을 부여잡은 채로 바닥에 처박는다.

-아아. 당신은 아직 완전하지 않아요…… 하지만 걱정하지 마십시오…… 제가 당신의 부족함을 채워드릴 수 있습니다. 네. 이것으로 당신의 부족함이 채워진다면 저는 기꺼이…….

-제기랄! 제기랄!! 무슨 개소리인지…….

김현성이 초조해 보인다. 당연히 나는 저 초조함의 정체에 대해서 알 수 있을 것 같았다.

아마 이번 일도 자신 때문에 벌어지지 않았을까에 대한 불안감이 아니었을까. 구태여 김현성이 송 빌런의 개소리에 귀를 기울이는 것 역시 저 미친놈이 자신에게 이상한 종류의 집착을 하고 있다는 걸 눈치채고 있어서일지도 모르겠다.

-도대체…….

송수경은 입을 열었다.

그리고 뭐라고 설명하기 힘든 기괴한 얼굴로 입꼬리를 올리며 그 미소를 내보이며 입을 열었다.

-저를 구해주시지 않으셨습니까.

'시발. 소름 끼쳐. 진짜.'

-예전에 메시아께서 저를 구해주시지 않으셨습니까.

'으아, 이 새끼 진짜 소름 끼쳐.'

-기억하지 못하시는…… 겁니까?

어떻게 해. 이 미친 스토커 새끼. 그걸 어떻게 기억해.

'그걸 어떻게 기억하냐고, 이 미친놈아.'

현성이가 지금까지 구한 애들이 몇 명인데 너를 기억하고 있겠어? 한 트럭도 아니고 몇천 트럭은 나올 텐데. 상식적으로 네가 몇 년 전에 뭐했냐고 물어보면 대답할 수 있겠냐고 이 사이코 새끼야. 쟤한테는 그게 일상이었어.

'그렇지.'

"그게 일상이었다고……."

결코 과장된 표현이 아니다. 말 그대로 김현성에게 누군가를 구하는 것은 일상이었을 것이다. 자의든, 타의든, 아니면 무의식적으로 나온 행동이든 간에 그 사실은 변하지 않는다.

튜토리얼 때는 물론이거니와…… 그 이후에도 녀석은 여러 사람을 구해왔었다. 나와 떨어져 지냈을 때도 있었으니 내가 본 것 이외에도 여러 가지 일들이 있지 않았을까. 위기에 빠진 사람들을 못 본 척할 정도로 냉정한 사람은 아니었으니까.

아무도 부여하지 않은 책임감을 가지고 있다는 걸 생각해 보면 더욱더 그래. 어쩌면 1회차에서 만났던 은인의 영향을 받은 거일 수도 있고, 사실 그 당시 김현성이 다른 이들에게 도움의 손길을 줬던 정확한 심리를 알 수가 없으니 내가 뭐라 판단을 내릴 수는 없지만……. 그래서 더욱더 일상이라는 말이 어울릴지도 모르겠다. 선의에서 우러나오는 행동은 아니었을지도 모르겠지만 결과는 변하지 않는다.

물론 녀석은 딱히 자신의 행동에 많은 의미를 부여하지 않았을 것이다. 그렇기 때문에 지금 혼란스러워하는 것인지도 모르겠다. 본인이 끼쳤던 행동의 결과가 최악으로 되돌아온 거라고 생각하고 있을 테니까.

-아…….

-저를 구해주셨잖습니까. 노을빛의 신께서는 제 목숨을, 삶을, 영혼을 구원해 주셨습니다. 그 날 이후로 제 삶은…… 제 인생은 이전과 완전히 달라졌습니다. 당신이 내민 구원의 손길로 인해 저는 여기까지 올 수 있었습니다. 노을빛의 신이시여. 모두가 당신 덕분입니다. 기억하고 계십니까?

'그러니까 그걸 어떻게 기억하냐고. 이 새끼야. 괜한 연결 고리 만들어서 친한 척하지 마. 네가 그렇게 기억에 남는 관상은 아니야. 안 그래도 재 사람 얼굴이랑 이름 같은 거 기억 잘 못한다구.'

계속해서 영문 모를 말을 지껄이고 있는 송수경도 송수경이었지만 사실 빌런보다는 현성이가 걱정된다. 녀석이 무슨 생각을 하고 있는지 대충 예상이 됐으니까.

보나 마나 또 자기 때문이라고 생각하고 있을 것이다. 이번에도 자신 때문이었다고, 내가 쓸데없는 짓을 한 거라고 여기고 있을 게 뻔했다. 딱히 생각해 본 적 없는 누군가를 돕는다는 행위 자체에 환멸감을 느낄지도 모르겠다. 녀석은 지금 자신과 타인과, 세상의 악의에 대한 분노를 느끼고 있었다.

-웃…… 웃기지 마!

-진실입니다. 제가 당신께 거짓을 고할 리가 없잖습니까.

-웃기지 마! 이 새끼야! 개 같은 소리 집어치워.

-그때의 당신은 정말로…….

-개새끼!!

검을 들어 올린 김현성이 놈을 향해 휘두르는 것이 보인다.

육안으로 구별하기 힘든 속도로 빠른 참격의 붉은빛은 놈의 팔을 잘라내기는 했지만 그렇게 의미 있는 행동처럼 보이지는 않았다.

팔이 땅에 떨어지기도 전에 단면들에 나온 기괴한 붉은 선들이 서로를 붙잡고 놓아주지 않는다. 이미 녀석도 인간이라고 부를 수 없는 상태가 된 것이다.

-넌…… 넌 뭐야. 도대체…….

-…….

-넌 도대체 뭐냔 말이야! 이 새끼야! 도대체 뭔데…… 갑자기 나타나서…….

-말씀드리지 않았습니까. 제 이름은 송수경입니다. 그 날 노을빛의 신께서 저를 구해주신 이후부터 당신을 섬기기로 결심한 당신의 첫 번째 신도입니다. 지금 보고 계시는 모든 것은 당신을 위해서 준비된 것입니다.

-미친 새끼…… 미친 새끼!!

-쾅! 쾅!!! 콰아아앙!! 콰과아아아아아아아앙!!!

김현성은 녀석의 존재를 부정하려는 듯이 빠르게 검을 휘두르지만 놈의 몸을 떠다니는 붉은색의 마력이 김현성의 검을 막아낸다.

순식간에 놈의 뒤로 나타난 김현성이 다시 한번 놈의 머리를 치려고 하지만 어느새 나타난 붉은색의 마력이 김현성의 검을 쳐낸다.

둘의 마력이 부딪치는 충격만으로 사방에서 거대한 굉음이 들려왔다. 실제 눈으로 보는 것도 박진감 넘치지만 로 감독의 카메라 워킹으로 보는 것이 더욱더 생동감이 넘친다.

김현성과 송수경을 중심으로 카메라로 원을 그리는 모습, 김현성의 검과 녀석의 마력이 부딪칠 때는 줌 인, 악마라 그런지 이런 거 캐치도 참 잘해.

사랑스러운 회귀자의 훤칠한 외모 한번 보여주고 눈물이 흐르는 것도 한번 보여줘. 눈물이 땅바닥에 떨어지기도 전에 공중에 반쯤 떠서 발차기하는 모습은 슬로우 모션으로 보여주고. 화려하지는 않지만 절도 있는 검술도 계속 보여줘야지.

그래 저거. 저건 놓치면 안 되자너. 표정 잘 캐치해야 돼.

'맵시 있기는 해. 진짜.'

절박해지고 있는 김현성의 심정과는 반대로 지금 김현성이 보여주는 모습은 저절로 입을 벌리며 보게 된다.

'주인공이야.'

제대로 된 배우가 카메라를 잘 만나면 어떤 일이 벌어지는지 알 수 있을 것 같다.

현성이한테는 미안하지만 절박하고 절망적인 얼굴이 극의 분위기와 너무나도 잘 어울려. 시작한 지 얼마 되지도 않았는데 벌써 손익 분기점 넘었자녀. 내가 이렇게 손에 땀을 쥐고 보는데 다른 사람들은 어떻게 생각하겠어.

뻔하지 뭐. 손에 땀을 흘리는 정도가 아니라 막 오열하고 소리치면서 보고 있을 거야. 행동 하나하나에 가슴 졸이면서 기도하고 있겠지. 그게 아니라면 지금 들어오고 있는 신성이 설명되지 않아.

-죽어! 이 개새끼야!!

숨도 제대로 쉬지 못할 정도로 몰입하게 된다.

-콰드드드드득! 콰아아아아앙!!

-당신은 완벽하지 않습니다.

인정하기는 싫지만 적절한 빌런의 등장과 연출 역시 이 몰입감의 원인 중의 하나다.

어느새 형태를 갖추기 시작한 붉은색의 마력은 여러 가지 몬스터의 모습을 띠고 있다. 아니, 저게 몬스터라고 말해야 할지 모르겠다. 기존의 우리가 아는 몬스터의 모습이라기보다는 정체불명의 괴물들처럼 보인다.

팔다리가 뒤죽박죽 붙어 있는 짐승이라든가. 수천 개의 눈을 달고 있는 얼굴이라든가. 크기도 모양도 제각각인 괴물들은 분열하거나 모양을 바꾸어가며 신전의 폐허 위에 자리 잡았다.

개인적으로는 좋은 선택이라 박수를 쳐주고 싶었을 정도, 어차피 송수경의 신체 능력이야 아무리 강화를 해도 한계가 있을 테니 저런 방향으로 노선을 트는 게 최선의 선택지였을 것이다.

어림잡아 수백, 아니, 수천 개체로 불어나고 있는 괴물들. 그중 일부는 뿌리를 내린다. 말 그대로 뿌리를 내리고 신전을 덮는다.

마치 지옥처럼 보인다. 붉은색의 점액질과 촉수, 이상한 형태를 띠고 있는 것들이 서로에게 쌓이고 쌓여 기괴한 모양의 건축물을 만든다.

폐허가 된 신전 위에 송수경은 자신만의 신전을 덮어씌웠다.

'시바…… 비주얼……'

그 가운데 붉은 날개를 달고 있는 송수경의 모습은 솔직히…….

'진짜 흑막처럼 보여.'

-어서! 어서 보여주십시오! 당신의 힘을! 당신의 위대함을!

'대사도 진짜 제대로 적혈이야. 누가 제정신으로 저런 대사를 치겠어?'

오직 송수경만이 가능한 행동이야.

-당신이 얼마나 강하고 완벽한 존재인지, 당신이 얼마나 고귀하고 성스러운 존재인지, 당신의 안에 있는 빛이 얼마나 숭고한지 말입니다. 네. 그때처럼! 그때처럼 말입니다. 저는…….

-이 개새끼야…… 이 개새끼야!! 나는 네가 뭐라 지껄이는지 관심도 없어.

쩌억 하는 소리와 함께 짐승들이 수십 갈래로 쪼개지는 것이 시야에 들어왔다.

김현성의 등 뒤를 잡고 거대한 팔을 휘둘렀던 녀석의 몸이 네 개로 쪼개지며 뒤로 처박한다. 거대한 꼬리가 김현성의 옆으로 스쳐 지나가는 게 보인다.

녀석은 그 꼬리를 밟고 올라가기 시작, 곧바로 작은 개체 수십 마리가 김현성을 둘러싸지만 녀석이 검을 휘두르자 노을빛이 반짝이며 놈들이 조각조각 휩쓸려 나간다.

-퀘에에에에에에엑!!

-키에에에에에에엑!

'신기술이다.'

짧게 짧게도 쓸 수 있게 됐나 봐. 원래는 충전한 이후에 큰 거 한 방이었잖아.

-콰아아아아아앙!!

노을빛이 비칠 때마다 크고 작은 소리와 함께 짐승들이 흩어진다. 신전을 잠식한 기괴한 건축물들에서 거대한 촉수들이 튀어나와 김현성에게 쇄도한다.

아파트 단지들이 현성이에게 떨어지는 것처럼 보였지만…….

'저거 어떻게 피하는 거야.'

"진짜 대단하다."

피할 공간조차 없어 보였지만 녀석에게는 길이 보였던 모양, 날개를 펼친 이후에 빈 공간을 향해 질주하는 모습이 눈에 들어왔다.

피할 수 없는 것들도 있었는지 간혹 검을 내지르기도 했지만 기본적으로는 전부 피해내는 모습, 날개를 펼쳐 공중에서 선회하는 것으로 모자라 내리 떨어지는 것들을 밟고 위로 올라선다.

-콰아아아아아아앙!!

-케에에에에에에엑!!!

-노을빛의 신이시여…….

여러 가지 시점에서 이걸 볼 수 있다는 것도 행운이라는 생각이 든다.

대륙인들도 입을 벌리고 보고 있을 것이다. 어디 가서 이런 걸 공짜로 볼 수 있겠는가. 아마 실상을 알면 더 놀랄 거라고 확신할 수 있다.

송수경이 내 눈을 가지고 있는 걸 아는 내 입장에서는 지금 저 장면이 더욱더 이해가 가지 않는다.

'진짜 미쳤어.'

송 빌런은 아마 김현성이 보는 시야를 보고 있을 것이다. 완벽하지는 않을지도 모르겠지만 아마 김현성이 어떤 생각을 하는지, 어디로 향할지에 대해서도 미리 알고 있을지도 모른다.

전략 시뮬레이션 게임에서 맵을 밝히고 싸움에 임하는 것이나 다름없는데도 불구하고 김현성을 저지하지 못하고 있다는 것부터가 놀랍다.

일반적인 상식으로는 이해가 되지 않는 수준의 모습을 보여주고 있으니 입이 다물어지지 않을 지경. 단순한 신체 능력으로 저 악마의 수를 전부 파훼하고 있으니 무슨 말이 더 필요하겠는가.

-역시 당신은 대단합니다. 하하…… 메시아시여!

-입 닥쳐! 이 새끼야. 내놔. 내놓으라고!

다른 방향으로는 영향력을 끼치지 못하고 있는 건가. 행동을 제한하거나 하는 건 아직 숙련도가 부족해서 못하는 거야?

-콰아아아아아아아아앙!!!

-당신은 더 완전해질 수 있습니다. 제가 당신을 완성시키겠어요. 그 추악하고 더러운 빛의 아들을 대신해서 제가 당신을 완전하게 만들겠습니다. 이기영 말입니다. 그는 당신의 장애물이었습니다만 저는 다릅니다. 저는 당신의 길을 가로막지 않을 겁니다.

'지금 가로막고 있어.'

-입에 담지 마! 이 역겨운 새끼!

-어째서입니까.

-그 사람을 입에 담지 마! 네가 뭘 안다고 지껄여. 개자식. 네가 뭘 안다고 말 같지도 않은 소리를 지껄여.

-지금 당신의 모습이 보이십니까?

-…….

-약하고 추하고 부질없어요. 그는 당신을 약하게 만들었습니다. 완전해질 수 있는 당신을 가두고 억압했습니다. 그가 겉으로 보여주는 모습은 어땠을지 몰라도 결과적으로 그는 잘못된 선택을 하고 있었습니다. 당신은 신앙의 대상입니다. 당신은…….

-네 헛소리를 나한테 강요하지 마. 나한테 그딴 걸 강요하지 말라고. 난 신이 아니라 인간이야. 나는 인간으로 살아갈 거야.

-불가능하다는 걸 알고 계시지 않습니까. 제 눈에는 보여요.

-…….

-이전과는 다르게 느낄 수 있다 이 말입니다. 당신은 신성을 머금고 있어요. 저 어리석은 필멸자들과는 다르게 노을빛의 신께서 얼마나 거대하고 위대한 존재인지 보이고 있습니다. 본래도 당신에 대한 제 믿음에는 거짓이 없었지만 이제는 더 잘 느낄 수 있습니다.

-네 눈이 아니야.

-이제는…….

-네 눈이 아니라고. 개새끼야. 내놔. 그 사람한테 돌려줘.

-…….

-나한테 남은 건 이제…….

-…….

김현성은 떨리는 손을 붙잡고, 얼굴을 이상하게 일그러뜨리며 말을 이었다.

-이제는…… 그것밖에 남은 게 없어.

그 모습은 비참해 보이기까지 했다.

-남은 게 그것밖에 없다고.

'아니, 너한테 왜 남은 게 그것밖에 없어. 남은 게 얼마나 많은데 그래.'

-그러니까 내놔.

-…….

-내놔! 이 역겨운 새끼야!

'그리고 아까부터 왜 이렇게 욕을 많이 해. 바른 말 고운 말 써야지.'

-나한테 남은 건…….

'근데 얘 어떻게 해. 진짜 그렇게 생각하나 봐.'

물론, 어째서 김현성이 저런 말을 꺼냈는지 알 수 있을 것 같았다.

'진짜로 3회차야?'

진짜로 마음먹었나 봐.

녀석은 내게 자신의 계획을 말하지 않았지만 놈이 무슨 생각을 하는지는 뻔했다.

아마 빛의 성자가 무거운 짐을 지게 하지 않겠다는 의미일 것이다. 더 이상 빛의 아들과 짐을 공유하지 않겠다는 의미일지도 모른다.

정말로 김현성의 생각대로 3회차가 시작된다면 아마 나는 녀석과 만나지 못하게 되지 않을까.

내 기억이 온전할 것인지 온전하지 않을 것인지는 모르겠지만 그것과는 별개로 김현성은 나를 피해 다닐 것이다. 처음부터 끝까지 모든 짐을 혼자 들어 올리겠다고 생각하고 있는 것 같았다. 녀석의 어처구니없는 3회차 계획은 처음부터 나를 만나지 않는다는 게 기본 전제로 깔려 있었다.

튜토리얼도.

'정말?'

던전 탐험도 마찬가지네.

'혼자 가게?'

3회차의 김현성은 파란 길드에도 입단하지 않을 것이다.

'파란 길드도 버릴 생각이야. 우습네. 세력도 없이 싸우겠다고. 그게 가능할 것 같아? 혼자서 다 하시겠다고.'

교국 혁명이랑……

'공화국 전쟁도 혼자 처리해? 27군단 소환 사태는 어떻게 할 건데. 달라진 미래는 어떤 식으로 대응할 거야? 세세하게 대응할 수 있겠어?'

에베리아 문제랑 균열 박물관도. 외신 전쟁도. 처음부터 끝까지 혼자 처리하겠다 이거네.

당황스러워 말도 제대로 나오지 않았다. 김현성의 생각이 너무 비현실적이라 웃음이 나온다.

불가능한 일이다. 아무리 김현성이 1회차보다 성장했다고 한들, 지금의 격을 가지고 1회차로 돌아갈 수 있다고 한들, 그 모든 일을 혼자, 숨어서 처리할 수는 없을 테니까.

하지만 저 멍청한 새끼는 그게 가능할 거라고 생각하는 모양이다.

'욕심 많은 새끼. 그림자의 영웅까지 지가 먹으시겠다.'

기어코 진청이 설 자리까지 빼앗으시겠다.

'말이 되는 소리를 해.'

빛의 성자가 받은 고통과 이 대륙에서 일어난 모든 일의 원인이 자신 때문이라 생각하는 녀석다웠다. 아예 대륙의 자신의 존재가 처음부터 없었던 것처럼 혼자서 지금까지 일어났던 모든 일들에 대한 책임을 지겠다는 것이다.

당연히 이는 쉬운 일이 아니다.

김현성은 내가 판단하기로는 이상적인 영웅상이기는 했지만. 잘 흔들리고, 외로움을 많이 타고, 겁이 많고, 우유부단했으니까.

어디 그것뿐이랴. 뒤통수는 무방비에 멘탈도 약하다. 꽂히는 게 있으면 앞뒤 안 보고 달려들고, 금전 감각조차 없다. 어차피 사회생활과는 담을 쌓은 놈이었지만 기본적으로 사회성도 너무 떨어지지.

물론 이 새끼가 그림자의 영웅 행세를 하겠다면 다른 사람과 마주칠 일도 없겠지만 그래도 사람이 정도라는 게 있어야 되잖아.

김현성도 알고 있을 것이다. 자신의 정신력으로 3회차라는 지옥을, 그림자의 영웅으로 버틴다는 건 불가능하다는 걸 알고 있을 것이다. 본인이 원하는 미래와 멀어진다는 것과, 본인은 결코 행복해질 수 없다는 것, 싸움은 길고 힘들 것이고, 지금까지 가지고 있었던 모든 걸 포기해야 한다는 걸 분명히 알고 있을 것이다.

그렇기 때문에…….

'회귀자 사용설명서. 하나는 들고 가겠다. 이거지.'

그게 3회차를 버틸 수 있게 해줄 유일한 원동력이라고 생각하는지도 모르겠다. 아니, 원동력이라기보다는 유일한 위안으로 삼을 작정인 것 같았다.

다시 한번 싸움이 시작돼도 자신은 혼자가 아니라는 위안, 자신이 가장 신뢰하는 사람과 유대감으로 연결되어 있다는 안도감, 그나마 기댈 구석이 생긴다는 게 자신의 원동력과 안식처가 되어줄 것이라 판단하고 있다는 거다.

'아니, 어차피 회사설로 연결되어 있을 텐데…… 내가 못 찾을 거라고 생각하는 건 뭐야. 지가 그런 거 처리할 깜냥은 돼? 회귀자 사용설명서는 네 거가 아니라 내 거야. 무슨 방법이 있을 거라고 생각하는 것 자체가 무리수라고. 빛의 성자는 모든 걸 알고 있어요. 그대로 3회차 가도 내가 모를 줄 아나 봐. 처음에는 어떨지 몰라도…… 결국 언젠가는 알게 될 거야. 이건 내 거니까.'

어디 그것뿐이랴.

'저게 빠진 상태로 회귀한다고 해도 연결 안 끊겨요.'

물론 송수경이 내 것을 가지고 있는 상태에서 회귀가 시작된다면 회귀자 사용설명서를 잃게 되겠다는 불안감은 충분히 이해할 수 있다.

하지만 그게 쓸데없는 생각이라는 것은 부정할 수 없다.

몸이 아니라 영혼에 새겨진 특성이었고, 지금도 계속해서 연결되어 있잖아. 저건 그냥 아이템이라고.

'아니, 송수경한테 달린 채로 회귀할 수도 있는 건가? 그건 아닐 텐데.'

가능성은 이루 말할 수 없을 정도로 희박하다. 오류나 버그라도 끼지 않는 이상 불가능하다는 거지.

"아주 괘씸해. 3회차는 개뿔."

내가 분명히 3회차는 없다고 말했는데. 아주 괘씸하다고.

저것도 병이다. 회귀자 사용설명서가 자신을 채워줄 거라고 착각하고 있는 거겠지만 알콜 중독자처럼 술에 의지하는 것이나 다름이 없다.

결국에는 근본적인 해결책이 된다는 걸 인지하지 못하는 것도 웃기지만 저것밖에 남은 게 없다고 생각하는 김현성이 조금 서글퍼지기도 했다.

녀석이 저렇게 필사적인 모습을 보이는 이유에는 아마 그런 생각이 바탕에 깔려 있기 때문이리라.

-내놔!! 돌려…… 줘!!!

-콰아아아아아아아앙!!!

다시 한번 이형의 짐승들에게 검을 뻗는 김현성의 모습이 보인다.

아까보다 더 필사적이지만 적은 죽지 않고 분열하거나 계속해서 김현성이 나아가는 길을 가로막는다. 송수경의 신전은 점점 범위를 넓혀가고 있었고 이윽고 한 도시마저 완전히 삼킬 정도가 됐을 때에는 군단에 가까운 악마들이 녀석을 가로막는 게 보였다.

흔하고 진부한 표현이지만 그 모습은 마치 세상의 종말을 막기 위해 싸우는 이상적인 영웅의 서사를 그린 예술 작품처럼 보였다.

영웅은 눈물을 흘리며 검을 휘두른다. 입술을 꽉 깨물며 몸을 쉬지 않는다. 으스러지고 넘어지고 지쳐도 녀석은 다시 한 번 일어나 끝끝내 노을빛으로 어두워진 장내를 비춘다.

환하게. 더 환하게 계속해서 비춘다. 놈의 목적 자체는 다소 불경하기는 했지만 그 겉모습만큼은 이 순간 힘들어하고 있는 모두를 비추고 있을 것이다.

모두가 녀석을 바라보고 있을 것이다. 숨을 쉬는 것도 잊게 만들 정도로 너무나도 소름 돋는 광경이었다.

김현성은 손을 멈추지 않는다.

북부에서 희미한 빛이 점점 더 쏟아진다.

이벤트가 실패한 페널티를 받고 있는 대륙 때문인지 김현성은 전보다 더 초조한 얼굴을 하기 시작했다. 이제는 정말로 시간이 없다는 걸 깨달았기 때문이리라.

계속해서 괴물들을 베어 넘기면서도 시선은 돌리지 않는다. 목적은 명확했고, 다른 건 전혀 상관하지 않았으니까.

조금씩 조금씩 김현성이 머리를 부여잡고 흔드는 것이 보인다.

-네 거 아니라고 말했잖아!

송수경이 녀석의 정신에 침입하기 시작한 것이다.

-아니요. 분명히 이제는 제 것이라 말씀드렸습니다.

-아니, 그건 네 힘이 아니야. 네가 얻은 것도 아니고, 네게 허락된 것도 아니야. 그러니 내놔. 꺼져. 나가라고. 개자식. 너를 위해 준비된 게 아니야. 내 머릿속에서 나가! 이 개새끼야!

-이제는 제 것입니다. 아니, 제 것이 아니어도 상관없습니다. 하지만 이 힘은 올바른 곳에 사용되어야 합니다. 느껴지십니까. 이 힘이야말로 당신을 완전하게 만드는 열쇠입니다. 이 힘이 있으므로 인해 당신은 완전해질 수 있는 겁니다. 말씀드리지 않았습니까. 이기영은 이 힘으로 당신을 약해지게 만들었지만 저는 다르다고요.

-이 추악한 괴물 새끼.

'계속되는 명대사 퍼레이드.'

정신 혼미해지겠다. 갤러리들 절박해지는 거 봐. 우리 관객들 눈물 흘리는 것 좀 보라고. 현성아.

-대신 할 수 있을 겁니다. 저는 그가 될 수 있어요. 그가 하지 못하는 일도 할 수 있습니다.

-너는 절대로 기영 씨가 될 수 없어.

-아니요. 될 수 있습니다. 저를 죽인다면 말입니다. 저 자신을 죽일 수 있다면 저는 충분히 이기영이 될 수 있습니다.

-어차피 넌 죽게 될 거다. 쓰레기 같은 놈.

-의미 있는 죽음이 될 겁니다. 네. 아주 의미 있는 죽음 말입니다. 영광스럽고 숭고하고, 이 대륙을 위한 죽음이! 그의 육신과 영혼을 모두 취하고 저는 저를 죽이겠습니다. 노을빛의 신이시여.

-미친······.

녀석이 천천히 날개를 펼치고 하늘로 한쪽 손을 뻗는 것이 시야에 들어왔다. 녀석의 손짓으로 기괴한 모양의 탑이 계속해서 뻗어 나간다.

송수경은 위를 바라보며 황홀한 미소를 짓는다.

김현성 역시 촉수와 이형의 물체들로 이루어진, 마치 녀석이 신전의 상징처럼 자리 잡은 이형의 탑을 바라보는 중.

그 꼭대기에 무엇이 있는지는 이미 확인했을 것이다. 안 그래도 울상이었던 얼굴이 더 일그러졌으니까. 녀석의 비참했던 얼굴이 더 절망적인 모습으로 변했으니까.

"당신뿐만이 아닙니다. 저 역시 완전해질 수 있어요. 빛의 아들의 영혼을 제 것으로 만들 겁니다. 그의 영혼을 취하고 그도 저도 아닌 존재로 새로 태어날 겁니다. 제가 부족하다는 건 알고 있습니다. 하지만 달라요. 이제는 정말로 완전해질 겁니다."

"······."

"당신도 저를 인정할 수밖에 없을 겁니다. 결국에는 제가 옳았다는 사실을 이해해 주실 거란 말입니다."

일단은 정신 못 차리는 게 나을 것 같다. 구질구질한 신파극을 찍기에는 상황이 적절하지 않다.

'전체적으로 상황이 과하기는 해.'

연출이 조금 자극적이라는 생각도 든다. 하지만 원래 자극적이고 과한 게 극단적으로 땡기기 좋다는 건 부정할 수 없다.

역겨운 이물질로 이루어진 탑의 꼭대기 위에 묶인 빛의 아들의 영혼, 그 영혼을 취하기 위해 자신이 만든 신전 위에서 웃음치고 있는 빌런, 어떻게든 빛의 아들을 구하기 위해 발버둥치는 영웅.

물론 내 영혼이 실제로 빼앗기지 않겠지만 이런 장면은 충분히 자극적이다.

사람들의 반응만 봐도 알 수 있다. 안 그래도 모든 걸 희생하고 그 시신까지 욕보여진 베니고어의 아들, 그 아들의 영혼마저 위협받고 있는 상황. 적은 너무 강하고 인류들에게 희망은 보이지 않는 것 같은 상황이다.

유일한 희망이라고 생각하고 있는 노을빛의 검사의 얼굴은 일그러져 있다. 기도를 보내지 않을 이유가 없다. 여기저기에서 울부짖고 있는 사람들이 시야에 비친다. 절박한 얼굴로 응원을 보내고 있는 이들의 목소리가 곧바로 귀에 들어오는 것 같다.

'제발……'

제발 노을빛의 영웅이 승리하기를.

'제발.'

제발 빛의 아들의 몸과 영혼에 아무런 일도 일어나지 않기를.

'우리의 믿음으로 대륙과 노을빛의 신과, 빛의 아들이 구원

받을 수 있기를.'

우리의 작은 기도가 제발 그들에게 닿기를. 제발 그들에게 커다란 힘이 되기를⋯⋯ 그들에게 닿기를.

'닿고 있어요. 여러분.'

닿고 있답니다. 너무나도 확실하고 크게 닿고 있어요. 여러분들이 주신 응원과 성원 절대로 잊지 않겠습니다.

그러니까 빛 줘.

'빛 줘!'

김현성이 입을 열었다.

"기⋯⋯ 기영 씨."

"⋯⋯."

"기영 씨? 기영⋯⋯ 기영 씨⋯⋯"

나도 장단을 맞춰줘야지.

나는 천천히 눈을 뜨며 조용히 말을 이었다.

"저는⋯⋯ 신경 쓰지 마세요. 제발⋯⋯."

라고.

그렇게, 몸이 성스러운 것으로 채워지는 것이 느껴졌다. 계속해서, 계속해서, 쏟아지는 것이 느껴진다.

'여러분의 큰 성원 절대로 잊지 않을게욧!'

그것은 마치 세계의 종말을 놓고 싸우는 신화 속의 전쟁처럼 보였다. 서로가 가지고 있는 신념을 위해 싸우기보다는 한계에 내몰린 이들의 싸움처럼 느껴지기도 했지만 눈에 보이는 광경은 그것보다 더 숭고하고, 뭐라 설명하지 못할 감정을 느끼게 했다.

아마 모두가 그런 생각을 하고 있을 것이다. 위를 올려다보는 모두가 그렇게 느끼고 있을 것이다.

여기저기서 숨을 멈추고 하늘을 바라보는 이들의 모습이 시야에 비쳤다. 노을빛의 검사를 응원하는 이들과 기도를 드리는 사제들, 거리에는 사람들의 모습이 꽉 차 있었다.

-당신뿐만이 아닙니다. 저 역시 완전해질 수 있어요. 빛의 아들의 영혼을 제 것으로 만들 겁니다. 그의 영혼을 취하고 그도 저도 아닌 존재로 새로 태어날 겁니다. 제가 부족하다는 건 알고 있습니다. 하지만 달라요. 이제는 정말로 완전해질 겁니다.

-…….

-당신도 저를 인정할 수밖에 없을 겁니다. 결국에는 제가 옳았다는 사실을 이해해 주실 거란 말입니다.

마침내 빛의 아들이 그 모습을 드러냈을 때 조용히 하늘을 바라보는 이의 목소리가 들려왔다.

"형……."

빛의 아들의 모습은 너무나도 참혹했다.

그의 육신을 욕보이는 것으로 모자라 영혼까지 취하려고 하는 붉은빛의 악마는 지금까지 대륙이 상대했던 그 어떤 적보다 잔인하고 비열하고 기괴했으며 정체 모를 두려움까지 느끼게 했다. 저 자리에 자신이 없어 다행이라는 생각이 들 정도였으니 무슨 말이 더 필요할까.

"빛의 아들이시여."

"제발 신이시여. 저희의 목소리가 닿는다면 빛의 아들과 노을빛의 검사를 구원해 주소서."

"제발…… 부탁드립니다. 빛의 아들을 지키지 못한 저희에게 이런 말씀을 드릴 자격이 없다는 것은 압니다. 염치없이 다시 한번 기도드리건대 제발 그들에게 다시 한번의 기회를 주십시오."

"빛의 아들을 구원해 주세요. 신님. 평생을 대륙을 위해 희생하신 그분을 또다시 희생시킬 수는 없습니다."

"베니고어시여……."

"엘룬이시여. 저들에게 작은 힘을 보태주십시오. 제발……."

여기저기에서 목소리가 들려온다. 대륙의 최남단에 속해 있는 이곳에서도 그들을 신전에 모여 자신들이 할 수 있는 마지막 기도를 올리고 있었다.

그리고 자신의 옆에선 한 인형 역시 조용히 손을 모으고 있는 게 눈이 들어왔다. 다른 이들과 뒤섞여 손을 모으고 있지만 입술을 꽉 깨문 모습은 이곳에 있는 그 누구보다 더 진지해 보인다.

"제발 형에게 아무 일도 생기지 않기를…… 제발……."

"……."

결국에는 조용히 입을 열 수밖에 없었다. 가만히 그 모습을 지켜볼 수가 없었으니까.

"라파엘 괜찮아?"

"……응. 마리엔. 괜찮아."

"역시…… 걱정되는 거지?"

성검의 선택을 받은 용사는 대답하지 않는다. 하지만 미세하게 고개를 끄덕이는 것이 눈에 들어온다.

어떻게 걱정이 되지 않을 수가 있을까. 그 누구보다 빛의 아들을, 교국의 명예추기경을 따르던 것이 바로 라파엘이었는데.

"괜찮을 리가 없지."

말을 받은 것은 같은 파티로 활동하는 이주혁이었다.

"주혁아."

"의미 없는 질문이다. 마리엔. 정말로…… 의미 없는 질문이야."

그 말이 맞다.

친형처럼 따르는 사람, 유일하게 믿을 수 있는 사람, 지금의 자신을 있게 해준 사람. 교국의 명예추기경은 파티의 리더인 라파엘에게는 말로 표현할 수 없는 의미를 지닌 사람이었다. 살아 있는 신앙 그 자체였으며 평생을 대륙을 위해 희생한 성인. 그것 이상의 의미를 느끼고 있을 게 분명했다.

"지금 당장 저곳으로 가고 싶겠지."

"주혁아."

"지금 당장 달려가고 싶을 거다. 녀석은 그런 놈이니까."

'얘는 가끔 이상하게…… 분위기 잡으면서…… 부끄러워지

는 말을 한다니까.'

벽에 팔짱을 낀 채로 말하는 모양새가 작위적으로 느껴지기는 했지만 이주혁이 이런 사람이라는 건 처음 만났을 때부터 알고 있었다.

"빛의 아들은 녀석을 구원한 사람이다. 놈은 아무것도 할수 없었지. 매번 말이다. 명예추기경이 고통을 받고 있을 때도, 그의 정신이 무너졌을 때도, 그가 자신을 내버리고 스스로를 희생했을 때도, 자신의 희생을 받아들이기로 결정했을 때도, 라파엘은 아무것도 할 수 없었어. 그러니 쓸데없는 질문이라는 거다. 마리엔. 상상이 가나. 녀석이 어떤 심정일지. 얼마나 비참하고 자괴감을 느끼고 있을지."

"……."

"최소한 저 노을빛의 검사는 그를 구하려고 발버둥이라도 치고 있으니 상황이 나은 편이다. 라파엘은 이곳에서……."

"주혁아. 말이 조금……."

"나는 틀린 말을 한 게 아니야. 있는 그대로를 말한 것뿐이다. 아마 자기가 생각해도 우스울 거야. 여기서 기도나 하고 있어야 한다는 게. 차라리 물어보지 않는 편이 좋을 뻔했군."

"우리는 기도드리기 위해서 이곳에 있는 게 아니야. 알고 있잖아. 우리가 맡은 임무가 뭔지. 카스가노 님은 이곳을……."

"그래. 예상하지 못한 적이 침입한다는 건 알고 있다. 매번 귀 아프게 듣던 이야기였으니까. 이 사태를 막을 파티가 기껏해야 우리밖에 없다는 사실도 이미 알고 있는 이야기야. 하지만 그렇다고 해서 녀석이 느낄 공허함이 사라지는 건 아니야. 라파엘. 너는 정말로 여기 있어도 괜찮은 거냐."

"그만해! 이주혁!"

조용히 하늘을 올려다보는 라파엘이 입을 연 것은 바로 그때였다.

"나는 괜찮아. 마리엘. 그렇게 소리치지 않아도 돼."

"이주혁. 무슨 말이 하고 싶은 거야? 상황이 여의치 않다는 거 알고 있잖아. 우리가 간다고 해서 변하는 게 없을 거라는 것도 이미 전해 듣지 않았어? 우리는 변수에 대응하기 위해 만들어진 파티야. 이지혜 님께서도……."

"어차피 노을빛의 검사가 무너진다면 대륙에 희망은 없어. 저 악마가 정말로 빛의 아들의 영혼을 먹어치운다면 아마 가장 상상하기 싫은 사태가 벌어질 거다."

"그렇게 부정적으로 말할 필요가 있어?"

"있는 그대로를 이야기할 뿐이다."

"무슨 말이 하고 싶은 거야."

"그건 내가 아니라 멍청하게 기도나 하고 있는 녀석에게 물어봐라."

자연스럽게 시선을 돌리자 어색한 표정을 짓고 있는 라파엘의 모습이 시야에 들어왔다.

괜찮다는 듯이 고개를 끄덕이고 있었지만 떨리는 팔이 보인다. 왜 자신을 바라보냐는 얼굴로 반문하고 있었지만 꽉 깨문 입술에서는 피가 흘러내리고 있었다.

이주혁은 조용히 한숨을 내쉰다.

부자연스러운 침묵이 장내를 뒤덮은 이후, 이윽고 라파엘은 파티원들을 바라보며 입을 열었다.

"나는……."

"……."

"가고 싶어."

"……."

"내가 아무런 도움이 되지 않을지도 몰라. 방해가 될지도 모르고 또 멍청한 짓을 하게 될지도 모르지만 형을 구하고 싶어. 하지만……."

"그럼 가."

"……."

"그럼 가면 돼."

"하지만."

"이곳은 내게 맡겨라."

"이주혁."

순간 거대한 소리가 들려온다.

콰아아아아아아아아아아아앙!!!

기다렸다는 듯이 커다란 소리와 함께, 붉은빛의 날개를 달고 있는 천사들이 모습을 드러낸다.

"전투 준비!"

"……."

"전투를 준비하라!!"

기도를 드리던 사제들과 인파들이 순식간에 혼비백산 비명을 지르며 사방으로 흩어지는 것이 보인다.

마법사들과 사제들이 주문을 외우는 소리와 함께 전란에 휩싸인 도시에 붉은 날개를 달고 있는 천사들이 쏟아져 내린다.

"움직이자……."

"넌 아니야. 라파엘."

"……"

"이곳은 내가 맡는다."

'얘 도대체 왜 이러는 거야.'

"카스가노 유노 님의 연락입니다. 라파엘 님. 이곳에서."

"아니. 이곳은 내가 맡는다고 말했다."

"네임드 개체. 출현. 네임드 개체 출현! 전원 전투 준비!"

거대한 붉은 식물을 다루고 있는 천사가 눈에 띈다. 라파엘이 검을 들기도 전에 사냥개가 몸을 날렸다.

무모한 싸움일 것이다. 이주혁이 강하다는 사실은 알고 있었지만, 파티의 사냥개는 가끔 상상 이상의 힘을 보여준다는 건 알고 있었지만 그는 벽을 뛰어넘었다고 보기에는 무리가 있었으니까.

이를 악물며 달려드는 모습에 파티원들이 호응한다. 유효타를 맞고 벽에 처박히는 모습이 보였지만 손으로 이곳은 신경 쓰지 말라는 듯 제스처를 취하는 것이 눈에 들어왔다.

처절한 싸움이다. 언제나 이주혁의 전투는 외줄을 타는 것처럼 처절했지만 항상 보던 것보다 더 처절하게 느껴졌다.

쓰러져 발목을 붙잡고 몸을 일으킨다. 날개에 매달려 목에 검을 쑤셔 박으며 피투성이가 된다. 검을 놓치자 그대로 목을 물어뜯는 것이 시야에 비친다.

"마리엔 움직여야겠어. 지원을……."

"아니야. 라파엘."

"뭐?"

"네가 싸워야 할 장소는 이곳이 아니야…… 가서 싸워. 빛의 아들을 구해줘. 여기에 있는 사람들의 기도를 네가 들어줘. 너는 성검의 선택을 받은 용사잖아. 사람들의 염원을 들어주는 것도 용사가 해야 할 일이야. 우리 파티는 그렇게 만들어졌잖아. 여기는 우리들만으로 어떻게든 해볼 거야."

"하지만."

쿠웅 하는 소리와 함께 네임드 개체가 바닥에 떨어진다.

"어……."

라파엘은 검을 들어 올렸지만 천사는 그대로 허물어졌다.

넝마가 된 네임드 개체의 뒤로 사냥개가 모습을 드러냈다.

"나는 약하지 않아."

"……."

"나는 약하지 않다고. 라파엘."

"……."

몸이 성하지 않다. 이주혁의 몸에 생긴 상처는 차마 제대로 바라볼 수 없을 정도로 참혹하다.

하지만 여전히 눈에는 독기가 서려 있었다. 계속해서 싸울 수 있다는 듯, 정말로 네 도움은 필요하지 않다고 말하는 얼굴이었다.

"하지만 시간이……."

"라이오스로 가면 돼. 라파엘."

"……."

"라이오스에 정하얀 님이 계실 거야. 사정을 설명드리고 같이 향한다면 충분히 시간 안에 도착할 수 있어. 아직까지는 메인 이벤트를 막는 중이시겠지만 네가 갈 때 즈음에는 아마 이벤트를 클리어하실 거야. 시간이 없어. 지금 가야 돼."

"……."

"정말로 괜찮겠어? 모두들."

"나는 네놈이 걱정할 정도로 멍청하지 않다. 라파엘. 나는 네가 걱정해야 될 사람이 아니라 네 라이벌이다."

'라…… 라이벌…….'

아마 이주혁 혼자만 그렇게 생각하고 있을 것이다.

파티원들이 저마다 한마디씩 건네는 게 보인다.

이윽고 내 차례가 다가왔을 때는 조용히 입을 열 수밖에 없었다.

"물론이야. 라파엘. 나는 기적의 사제잖아. 기적의 사제 마리엔. 여기서도 분명히 기적이 일어날 거야. 분명히 말이야."

파티의 리더가 없이 커다란 전투를 이끌어 나가야 한다는 것은 무섭다. 아마 모두 자신과 같은 불안감을 느끼고 있을지도 모른다. 하지만 애써 웃음을 지어 보일 수밖에 없었다.

'할 수 있어.'

나는 기적의 사제니까.

'지켜낼 거야.'

라파엘 없이도 할 수 있어.

"라파엘…… 만약 이번 일이 끝나면…… 우리."

"……그래. 마리엔. 같이 형을 만나러 가자."

"아…… 응……."

괜찮아. 나는 기적의 사제니까.

"모두들 고마워."

회색빛의 용사는 자신의 날개를 펼치며 적을 뚫어낸다.

"길을 뚫는 것은 내가 도와주지."

파티의 마법사는 파티의 리더를 위해 주문을 외우고, 이주혁도 계속해서 천사들의 목을 베어낸다.

천천히 주문을 외운다. 몸 안에 있는 신성력을 최대한 끌어내며 되새긴다. 기적의 사제라고 불리게 된 순간을.

'나는 기적의 사제야.'

온몸이 신성력으로 충만해진다. 평소보다 더 찬란하고 신성한 빛, 처음 기적을 일으켰을 때보다 더 강하고 따뜻한 빛. 신의 힘이 몸 안에 넘치는 것으로 모자라 그녀의 목소리가 들려오는 것처럼 느껴진다.

'강신…… 강림이야. 기적이…… 기적이 일어난 거야.'

목소리가 들린다. 아주 선명한 목소리가.

[너희 진짜 제발 지랄 좀 하지 마.]

"네?"

[라고 빛의 아들께서 전언을 보내셨습니다. 나의 딸이여.]

"네?"

[너희 진짜 제발 지랄 좀 하지 말라고 전언을 보내셨습니다. 나의 사랑스러운 딸이여.]

-라파엘…… 만약 이번 일이 끝나면…… 우리.
-……그래. 마리엔. 같이 형을 만나러 가자.
-…….
-모두들 고마워.
-길을 뚫는 것은 내가 도와주지.
"……연수야. 언니 손 좀 펴줄래?"
"넷. 언니."
"진짜로 펴달라는 의미는 아니었는데."
"아! 죄…… 죄송해요. 제가……."
"아니야. 사과받으려고 말한 것도 아닌데. 아니, 안 그래도 정신없어 죽겠는데 쟤네는 왜 또 저기서 유아용 모험 활극을 찍고 자빠졌다니? 어떻게 저런 대사를 제정신으로 칠 수 있는 건지 모르겠네. 특히 이주혁 쟤. 쟤는 컨셉이 아니라 진짜야. 네 눈에도 그렇게 보이지?"

"아…… 네. 확실히 저건……."

"쌍둥이들이 묘하게 좋아할 때부터 알아봤다니까. 진짜는 진짜를 알아보는 거야. 쟤도 그 뭐야. 달을 부수는 자에 가입되어 있는 거 아니야?"

"……아. 그나저나 라파엘은 어떻게 하는 게 좋을까요? 언니?"

"글쎄. 일단 최대한 막아보기는 하는데. 저거 막을 수 있나 몰라. 굳이 이쪽에서 뭐 할 필요는 없을 거야. 지금 똥줄 타는 건 내가 아니라 오빠잖니. 아마 알아서……."

-누나. 저 미친놈들 봤어?

"그게 아닌 모양이네…… 얘도 참 손이 많이 간다니까."

아니나 다를까 곧바로 여신의 거울을 통해 입을 여는 빛의 아들의 모습이 시야에 들어왔다.

언니를 향해 다급하게 목소리를 보내고 있는 모습이 왠지 모르게 가식적으로 보인다.

"알고 있어요. 그러니까 너무 과민 반응하지 마요. 예상하지 못한 것도 아니잖아요."

-웬만하면 못 오게 해. 현성이 정신 사나워져. 안 그래도 얘 지금 심란한데 왜 더 심란하게 만들고 그래. 걔까지 오면 안 돼. 아니, 걔는 걘데. 라이오스로 간다는 건 봤어? 하얀이. 하

얀이는 제발 어떻게……

"네, 네. 그래요. 오빠 마음 충분히 알겠네요. 저도 그 미친 년은 무서우니까. 진짜로 대륙 멸망에 한 발자국 들어서고 싶은 마음은 없네요."

-나 감정 잡아야 돼서 다른 데 집중 못 하는 거 알지? 지금 여기 일로도 너무 바빠서…… 누나가 좀 처리해 줄 거라고 믿어. 아, 누나 혹시 신성은……

"굳이 지금 정산하는 게 의미가 없을 정도로 모여들고 있으니 걱정하지 않으셔도 된답니다. 실시간이라고요. 초 단위로 앞자리가 바뀌고 있으니까. 일단 이것 좀 정리해 놓는 게 좋겠네요. 혹시라도 쓸 일 있으면 쓸 수 있게 정리 좀 해놔야겠죠? 위쪽에서도 준비하고 있는 것 같기는 한데. 벨 씨는 바쁠 테고 베 씨는 조금…… 그러니까 제가 처리할게요."

-좋네. 아무튼 누나만 믿을게.

"너무 믿지 마세요. 상황을 컨트롤 하는 것도 한계가 있으니까. 의자에 앉아 있는 상태면 더 무리가 있다고요."

-그래도.

"보고 계시겠지만 지금 진행되고 있는 쇼에 대한 각국과 여러 집단에 대한 반응 보내 드렸어요. 교국은 굳이 보실 필요 없지만 공화국 쪽에서 수금되는 속도가 조금 느리네요."

-그림자 영웅 투입해서 좀 감정에 호소하는 게 좋겠네. 채널 연결해 놓을 테니까.

"홍보 영상 짧게 하나 제작해서 송출할게요. 로노베에게 부탁하는 것도 방법이 될 수 있겠고요. 예상했던 범위 내에서 오차는 있지만 대부분의 반응이 긍정적이에요. 사방팔방에서 모여들고 있으니까. 라이오스 쪽이 아쉽기는 하지만 이건 어쩔 수 없는 거고⋯⋯ 아무튼 그렇네요. 잘해봐요. 오빠."

　-응, 누나. 항상 고마워.

　"저도요. 사랑하고 고마워요."

　조용히 여신의 거울을 바라보는 언니의 모습이 눈에 들어왔다. 화면 속에 있는 회색빛의 용사는 붉은 날개를 달고 있는 악마들을 떨쳐내고 빠른 속도로 질주하고 있었다.

　계속해서 검으로 적들을 베어 넘기는, 그 모습은 뭐라 설명할 수 없을 만큼 필사적으로 보여 자신도 모르게 응원을 하게 될 정도였다.

　"이거 막기 어렵겠는데⋯⋯ 잘 안 되네. 따지고 보면 이 회색 병아리도 엄연히 벽을 넘은 사람인데⋯⋯ 이게 쉬울 리가 있겠어. 이미 통신 채널도 끊어서 연락할 방법이 없어. 마리엔이랑 이주혁도 마찬가지지?"

　"네."

　하지만 그 장면은 수많은 거울의 단면에 불과했다.

　방 안을 빼곡히 채우고 있는 거울에 각 도시는 물론이거니와 대륙 전체의 모습이 담겨 있었다.

　라이오스에서는 아직도 마법의 신과 마법의 천사가 거대한 마력을 막아내고 있었고 전선 곳곳에서는 쉬지 않고 전투가 벌어지고 있었다.

-성스러운 전투다! 성전이다! 신은 우리를 버리지 않을 것이다. 절대로 악마에게 굴복하지 마라. 대륙의 우리 기사단이 살아 있음을 알리자. 우리가 할 수 있는 일을 하자. 나의 형제자매들아.

-빛의 아들과 베니고어 여신님을 위해 싸워!

-절대로 물러서지 마라.

-공화국을 위하여! 그림자의 영웅을 위해 싸우자!

-로렌이시여. 가호를 내려주시옵소서. 전장으로 향하는 우리의 아들딸들을 위해. 힘을 보내주시옵소서.

전투에 참여하지 않은 이들은 필사적으로 기도를 올린다. 아니, 이미 전투에 휩쓸려 폐허가 된 도시에 남은 이들도, 지하실이나 건물 안에 들어가 서로의 손을 부여잡고 있었다.

작은 석상을 올려놓고 눈물을 흘리며 무릎을 꿇거나, 목에 걸린 로자리오를 움켜쥔 이들도 결코 적지 않다.

전쟁터에는 한 번도 나가본 적이 없는 시민들 역시 떨리는 손으로 검과 방패를 들어 올린다. 신앙을 지키기 위해, 스스로를 지키기 위해, 대륙을 지키기 위해. 그들 역시 소중한 이들과 마지막일지도 모르는 인사를 나눈다.

'이게……'

조금만 이성적으로 생각해도 너무 당황스러워 말이 제대로 나오지 않는다.

'이게 저 사람들이 만든 무대고 연극인 거야.'

이기영과 이지혜가 대륙이라는 무대 위에 각각의 인물들에게 배역을 만들어 집어넣은 연극이다.

지금 일어나고 있는 저 처절하고 숭고하고 아름답기까지 한 상황들이…… 저 두 사람이 만든 엔터테인먼트 쇼라는 게 도저히 믿기지 않는다.

쏟아지는 빛들과 천사들, 몬스터와 뒤엉켜 싸우는 모험가들, 도시를 지키기 위해 전쟁터로 나가는 용병들과 어떻게든 살아남으려고 발버둥 치는 이들까지. 이 모든 것이 잘 짜여진 각본을 따라 흘러가는 희극이었다.

대륙에 믿겨지지 않는 일들을 일으키는 이들이 간혹 존재한다. 지금 계속해서 붉은색 악마들을 베어 넘기고 있는 회색빛의 용사, 고개를 숙인 채 웃음을 참고 있는 대마법사, 조용히 하늘을 바라보며 얼굴을 구기고 있는 용병여왕이나, 눈물을 흘리고 있는 교국의 지도자, 엘프들을 이끌고 전선의 한쪽을 책임지고 있는 엘프 공주도 있다.

이들만큼은 아니지만 대륙에 영향력을 끼칠 수 있는 이들은 수없이 많다. 교국 8좌, 공화국의 대장군들, 연방과 연합의 무력 집단.

하지만 이 모든 이들 역시 저 두 사람에 비하면 너무나도 보잘것없어 보인다.

'두 명이서……'

대륙을 가지고 놀고 있는 거야.

놀이터로 생각하고 주사위를 던지고 있는 것처럼 느껴진다. 아니면 말고 하는 심정으로 장기말을 옮기고, 장기말이 자신들의 영향력 바깥으로 넘어가는 것을 용서하지 않는다.

적이 될 사람들까지 자신들이 선택하고 손바닥 위에서 조종하고 종국에는 그들을 파멸로 이끈다. 처음부터 끝까지 말이다.

언니가 이런 사람이라는 건 애초에 알고 있었다. 자신이 따르기로 한 여자가 본래부터 이런 사람이라는 것은 알고 있었지만, 아니…… 심지어 일이 이렇게 될 거라는 것도 알고 있었지만 그럼에도 불구하고 적응하기가 쉽지 않다.

대륙이 무대가 되어버린 이 상황을 한눈에 담고 있다는 건 평범한 자신에게는 이해하기도 어려운 것으로 모자라 여러 가지 종류의 혼란을 느끼게 했다.

너무 생각이 많아졌던 탓이었을까. 턱을 괴고 조용히 이쪽을 바라보는 이지혜의 얼굴이 시야에 들어왔다.

"연수야. 보고 있으니까 어때?"

"네?"

"저거 보고 있으니까 어떠냐고."

"글쎄요. 그냥…… 안심되는 것 같아요."

"왜?"

"저는 언니 옆에 있으니까요. 저곳이 아니라. 이곳에서 일어난 모든 일들을 알고 있으니까요. 최소한 저는……."

'장기말이 아니니까요.'

극단적으로 말해 하연수라는 인간은 저 무대를 떠받치고 있는 부품일지도 모른다. 이기영과 이지혜 밑에서 그들이 만들어놓은 철로에 있는 쇳덩어리 정도일지도 모르지. 언니는 나를 아낀다고 말해줬지만 그냥 아끼는 부품이라고 판단할지도 몰라.

하지만 장기말이 아니라는 것은, 다른 어떠한 사실보다 안도감을 느끼게 만들었다.

"그래. 네가 그렇게 느끼는 게 중요한 거야. 너무 깊게 생각하는 건 가끔 안 좋더라고. 아! 내 정신 좀 봐. 공화국 쪽에 병력 좀 더 투입해야겠네. 메인 이벤트도 사실상 끝났고⋯⋯ 으음⋯⋯ 혹시 카스가노 유노 님 좀 불러다 줄래?"

"네."

천천히 문을 열자 문 앞에서 기다리고 있는 그녀의 모습이 보인다.

'이미 알고 있었나 봐.'

"아. 유노 님."

"네."

"안내해 드릴게요. 혹시 조혜진 님은⋯⋯."

"선희영 님과 함께 아직도 대화를 나누시는 중입니다. 현재 노을빛의 검사가 계신 곳으로 향하고 싶어 하셔서⋯⋯ 안 그래도 그 부분에 대해 여쭙고자 하시는 것 같더군요. 다른 이들도 마찬가지였습니다."

"그⋯⋯ 그나저나⋯⋯ 어떻게 알고 찾아와 주셨네요."

"⋯⋯."

'대화하기 불편해.'

사실 이 여자가 가장 소름 끼친다.

'도무지 무슨 생각을 하는지 모르겠어.'

"찾으셨습니까. 이지혜 님."

"네. 카스가노 님."

슬쩍 이쪽을 바라보는 카스가노 유노의 모습이 눈에 들어왔다.

"저…… 저는 나가 있는 게 좋을까요?"

"아니야. 연수야. 여기 앉아 있어도 돼."

이상한 부분에서 입꼬리가 올라간다. 미래를 보는 무녀는 알겠다는 듯 고개를 끄덕인 이후에는 별 관심을 두지 않았다.

"아마 뒤바뀐 것에 대해서 궁금하시겠지요."

"네. 맞아요. 어느 정도까지의 변수가 허용되는지, 과정에 변화가 온다고 해서 미래가 변하지 않는 건지가 궁금하네요. 솔직히 막을 수 있을 것 같지 않거든요. 회색 쪽은 어떻게든 처리가 될 것 같은데. 린델이 자랑하는 우리 붉은 여왕님께서도 달리고 계신 것 같아서요."

"……변하지 않을 것입니다."

"근거는?"

"끝에 다다랐기 때문입니다. 지금으로써 제가 말씀드릴 수 있는 건 그것뿐입니다. 이지혜 님. 모든 건 주인님께서 원하시는 대로 흘러가실 것입니다."

테이블을 툭툭 두드리는 모습이 눈에 들어왔다. 조금 고민하는 것처럼 보인다.

조용히 시선을 여신의 거울 쪽을 바라본 이후에는 몸을 일으켜 같은 자리를 빙글빙글 맴돌았다.

어떤 계산을 하고 있는 건지는 모르겠지만 카스가노 유노
는 뻥 뚫린 동공으로 그녀를 바라본다.

'으…….'

"그리고 조혜진 님께서……."

"우리도 가죠."

"네? 언니?"

"우리도 가요. 어차피 막을 수 없다면 이것도 나쁘지 않을
것 같으니까. 뭐가 정답인지는 모르겠지만 이게 맞는 것 같아.
어차피 여기서 할 수 있는 것도 한계가 있고, 슬슬 우리도 세
탁기에 들어가야지. 다른 건 몰라도 에베리아 사건은 조금 그
렇잖니. 대륙의 멸망을 예견하고 먼저 움직이고 있었던 수호
자들이라는 걸로."

"이유는 그것뿐인가요?"

"항상 그렇듯."

"……."

"조금 더 효율적인 방법을 찾았을 뿐이야. 오빠 말처럼. 주사
위를 던져야 하는데 던지지 않는 건 바보나 하는 일이잖니. 이
기는 내기니까 당연할 뿐이야. 아. 가기 전에 정하얀한테……
아니, 한소라한테 채널 연결해. 상황 설명하고 바로 들어갈 테
니까."

'저기로 간다고?'

붉은 신전의 위에서 발버둥 치고 있는 노을빛의 신과 영혼

이 뜯겨져 나가고 있는 빛의 아들의 모습이 눈에 들어왔다.

-기영 씨…… 기영 씨!!!

-아아아아악……!

공허한 얼굴로 그 장면을 바라보는 카스가노 유노가 몸을 일으키는 모습이 보였다.

"주인님께서 원하시는 대로……."

언제나 그랬지만 이상하게 소름 끼치는 모습이었다.

"기영 씨…… 기영 씨!!!"

"아아아아악……."

갤러리들의 어마어마한 성원에 소리를 내질렀던 것도 잠시였다.

'시바, 난리도 이런 난리가 없네. 얘들 도대체 왜 이래?'

라파엘 이 새끼 내가 이럴 줄 알았어. 진작 손절했어야 했는데.

초조함에 손가락을 움직였지만 현시점에서 내가 할 수 있는 일은 제한적이다. 그나마 누나가 있어서…….

'다행이지. 시바. 다행이야.'

굳이 내가 여러 가지를 설명하지 않아도 누나라면 일을 잘 처리해 줄 거라고 생각했다. 이미 언질을 주기도 했으니까.

기왕이면 직접 해결하고 싶었지만 아무래도 모든 상황을 통제하기에는 무리가 있을 수밖에 없다. 현장에 나가 있는 사람이 어떻게 세세한 변수에 모두 대응할 수 있겠는가.

다른 경우라면 그렇게 할 수도 있었겠지만 이번 경우에는 이곳에 집중하는 게 맞다는 판단이 선다.

현재 대륙에서 일어나고 있는 일들, 실시간으로 벌리는 신성, 갤러리들의 어마어마한 성원, 여기에 당도하기까지 투자한 게 많았다는 것도 물릴 수 없는 이유 중에 하나.

카스가노 유노와도 소통하고 있을 테니 각본이 바뀌더라도 충분히 대응할 수 있겠지. 만약에 라파엘이 도착하더라도……미래는 바뀌지 않도록 조치를 해줄 가능성이 높아. 그러니까 초조해하지 않아도 돼. 여기 집중하는 게 맞아.

사실 다른 무엇보다 김현성의 상태를 계속해서 체크해야 하는 이유가 크다. 안 그래도 한계에 내몰린 녀석을 계속해서 밑바닥으로 처박고 있으니…….

나 역시 놈에게 포커스를 맞출 수밖에 없었다. 솔직히 말해 평범한 사람이었으면 이미 미치고 팔짝 뛸 상황이었으니까. 굳이 표현하자면 고층 건물 위에서 외줄 타기를 하듯 아슬아슬하게 움직이고 있다는 표현이 맞는 것 같다.

끊어지기 직전의 실처럼 보이기도 했지만 본래 능력 있는 감독은 배우를 한계까지 내모는 법이 아니겠는가.

'그래, 이게 맞아. 여기 집중하자.'

녀석에게서 가장 강하게 느껴지는 감정은 역시나 죄책감, 어차피 3회차로 향하기로 마음먹은 김현성이었지만 녀석이 2회차를 완전히 버릴 수 있는 것은 아니다.

새롭게 시작한다고 한들, 지금 실시간으로 빛의 아들이 고통받는 모습을 보고 있다는 건 녀석에게는 견디기 힘든 장면일 것이다. 육체마저 모자라 영혼까지 고통받는 친우의 모습을 어떻게 마음 약한 김현성이 모른 체할 수 있을까.

악에 받친 듯이 계속해서 소리치는 모습.

"너 이 개새끼!!!!"

조용히 이름을 부르자 곧바로 반응해 오는 게 보였다.

"현성…… 씨."

"기영 씨…… 기영 씨! 제 목소리가 들리십니까?"

"네…… 네…… 들립니다."

시선을 돌리기가 무섭게. 정신없이 커다란 탑을 향해 몸을 내지르는 녀석이 시야에 비쳤다.

군단이나 다름없는 이형의 괴물들에게 정신없이 검을 휘두르면서도 시선을 계속해서 내게 고정시키고 있다.

커다란 죄책감이 녀석의 머릿속을 한번 스쳐 지나간 이후에는 머리가 하얗게 변한 것 같이 느껴졌다.

군이 설명할 필요도 없겠지만 놈은 지금 극도로 불안감을 느끼고 있었다. 혹여나 정말로 영혼을 빼앗길까 봐. 또 아무것도 하지 못하고 무기력하게 빛의 아들이 무너지는 모습을 바라보게 될까 봐. 숨을 멈추고 필사적으로 검을 휘두르고 악에 받친 듯이 날개를 펼친다.

사실 이 모든 과정이 조금 감동적으로 느껴지기도 한다. 그래도 내가 사람 하나는 잘 봤다는 걸 말해주는 장면처럼 느껴졌으니까.

하지만 그 모습은 뭐라 말할 수 없을 정도로 비참하게 보이기도 했다.

"놔줘! 이 개새끼야!!"

"죄송합니다만 거절하겠습니다."

"기영 씨를…… 놔줘."

"죄송합니다. 노을빛의 신이시여. 이건 당신을 위한 일입니다."

"놔달라고! 제기랄!!"

송수경은 내게 손을 뻗는다. 내 몸을 꽉 붙들고 있는 촉수들이 울렁이며 희미한 빛을 뿜어내고 그 빛은 천천히 탁한 색으로 변해가며 놈에게 빨려 들어간다.

"하아…… 하아……."

거친 숨소리 일발 장전. 김현성뿐만이 아니라 대륙 전체가 들썩일 거라고 장담할 수 있는 명장면이었다.

여러분들의 뜨거운 성원이 다시 한번 쏟아지는 걸 느끼기도 전에 다음 성원이 도착하고 있자녀.

숨소리가 계속해서 거칠어질수록 김현성은 점점 더 급해진다. 무척 멀게 느껴질 것이다. 지금 자신이 있는 곳에서 내가 있는 곳까지의 거리가 무척이나 멀게 느껴질 것이다.

계속해서 다가오려고 하고 있지만 거리는 좁혀지지 않는다. 끝없이 재생성되고 있는 짐승들은 끊임없이 김현성의 발목을 붙잡는다. 계속해서 베어 넘기고 있지만 끝없이 모습을 만들어내며 녀석의 앞길을 막는다.

"조금만 기다리세요. 기…… 기영 씨……."

"하아…… 하아……."

"조금만…… 기다려 주세요. 조금만요."

"아아악……."

"죄송합니다. 죄…… 죄송해요. 전부 다 죄송합니다. 제가……
제가 또……."

"현성 씨…… 잘못이…… 아니에요."

"제길…… 제길……."

"그러니 책임감…… 느끼실 필요…… 없어요."

"흐윽…… 흐으윽…… 제길! 제기랄!!"

"……."

"어째서…… 어째서 매번 이런 일이 일어나는 거야. 어째서
당신만 이렇게……."

"하아…… 하아……."

"아주 잠깐만 기다려 주세요. 네…… 아주 잠깐이면 됩니다.
기영 씨. 제가…… 제가 구해 드릴 수 있어요. 네…… 흐……
흐윽…… 그러니까 버텨주세요."

"하윽……."

"안 돼! 안 돼!!"

녀석의 몸이 빛나는 것이 보인다. 생명력을 갉아먹고 있는
것이 아닌가 하는 생각이 들 정도의 찬란한 빛에 짐승들이 허
물어진다.

거대한 촉수의 기둥 역시 반으로 갈라진 이후에는 날개를 활짝 펼친 녀석이 순식간에 이곳으로 쇄도한다. 바닥에서 생성된 줄기들이 놈의 발목을 잡았지만 김현성은 시선을 돌리지 않는다.

'아니, 왜 이렇게 빨라.'

좀 전까지만 해도 저 멀리 있었던 녀석이 코앞까지 다가온 것을 뭐라고 설명해야 할까.

'아니, 벨 이사 뭐해. 이대로 끝나게 내버려 둘 거야?'

어떻게든 이쪽을 붙잡으려 손을 뻗는 모습.

"손을 잡⋯⋯."

하지만 내 쪽에서 손을 뻗을 리가 없지 않은가. 살짝 웃어주는 게 한계자너.

아슬아슬하게 이쪽에 닿지 못한 김현성이 다시 한번 밀려나는 것이 시야에 들어왔다. 아주 잠깐 봤을 뿐이었지만 눈물범벅이 된 놈의 얼굴이 멀어지고 있었다.

'너무 필사적인데.'

좀 미안해질 정도로 너무 필사적이야.

콰앙!! 콰드드득!

거대한 굉음과 함께 거대한 기둥이 놈의 몸을 두드리는 게 눈에 들어왔다.

발목을 잡은 줄기들과 짐승들이 계속해서 녀석의 몸을 옭아맨다. 김현성은 비명도 내지르지 않는다. 여전히 나를 바라보며 끊임없이 검을 휘두른다. 넘어지면 다시 일어나고 패대기

쳐지면 다시 한번 검을 들어 올린다. 녀석답지 않은 기합을 내지르며 계속해서, 계속해서 몸을 움직인다.

시간이 얼마나 남았는지 판단하고 있는 모습, 꾸물거리는 촉수가 내 몸을 타고 올라가 점점 몸을 집어삼킨다.

마치 뱀한테 잡아먹히는 것만 같은 느낌이다. 고통스럽지는 않지만 속이 답답하기는 해 거친 숨을 토해내자.

다시 한번 발작하듯 소리를 지르는 김현성이 보였다.

"그만둬…… 이 개새끼야…… 그만두라고…… 더 이상 그 사람을 괴롭게 하지 마. 놔 줘. 이미 많은 걸 희생한 사람이야. 여기에 오기까지 자신의 모든 걸 버리고 간 사람이라고……."

"……."

"네 목적이 나라면 그 사람은 필요 없잖아. 그렇지? 그렇잖아."

"……."

"뭘…… 뭘 원해."

"……."

"뭘 원하는 거야. 네가 원하는 게 도대체 뭔데 이러는 거야. 내가…… 내가 무릎 꿇고 비는 걸 원해? 제발…… 제발 놓아 줘. 영혼까지 고통받을 사람이 아니야…… 흐윽……."

심지어 송 빌런과 타협하는 듯한 모습을 보이는 건 김현성답지 않다. 그만큼 궁지에 몰려 있다는 반증이리라.

회귀자 사용설명서가 아니라 그냥 눈으로 보기에도 위태로워 보인다. 몸에 커다란 상처는 없지만 녀석의 갑옷은 으스러지거나 갈라져 있다. 처참하기까지 할 정도로 겉모습은 엉망이었다.

　"이러지 마. 제발…… 제발 그러지 마. 부탁할게."

　"……"

　"나는 솔직히 네가 누군지…… 잘 기억은 안 나지만 만약 정말로 내가 너를 구해준 적이 있는 게 맞다면…… 그 사람을 놔줘. 제발……"

　"추하고 약한 모습입니다."

　"제발 놓아줘. 부탁이야……"

　"거리가 멀어요. 제가 생각하는 당신은 부러지지 않은 사람이었는데. 너무 약하고…… 별 볼 일 없어 보입니다."

　"제발……"

　"제가 원하는 건 완전한 노을빛의 신이에요. 이자 때문입니다."

　"……"

　"당신이 약해진 것은 이자 때문이에요."

　"하지 마! 하…… 하지 마!"

　'이 새끼 내 머리 잡아당기지 마.'

　"이 멍청이는 운이 좋았을 뿐이에요. 노을빛의 신이시여."

　"……"

　"그래서 당신의 옆에 있을 수 있었던 겁니다. 사실 아무것도 아니에요. 그렇지 않습니까? 그렇지 않아요?"

　"하아…… 하아……"

　"그…… 그래, 네 말이 맞아. 그러니 놓아줘."

'이 이중적인 빌런 새끼. 드디어 맛탱이가 갔나 보다. 이 새끼는 지가 무슨 소리 하는지도 모를 거야.'

"운이 좋아서 남들보다 조금 특별한 능력을 얻은 것뿐입니다. 운이 좋아서 말입니다. 그저 운이 좋아서…… 신이 되고…… 남들에게 추앙받고……."

'네가 빛기영의 성장 과정에 대해서 뭘 알겠어.'

사실 제3자의 시선으로 보면 그렇게 비칠 여지는 있다. 겉으로 보기에 빛의 아들의 모습은 화려하게 보이기도 하니까. 은근히 엘리트 코스를 밟은 것처럼 느껴지기도 하겠지. 고생은 한 번도 안 해본 것처럼 느껴지고 말이야.

김현성에게 빌붙어 파란 길드에 들어가서 귀족들과 연을 맺고 교황의 총애를 받은 것으로도 모자라 매번 파티에 불려 다니면서 말이야. 와인 한잔하고 수다나 떨면서 하하 호호 행복한 삶을 만끽했겠지.

용병여왕의 정부고 대마법사의 애인이고, 지원 빵빵한 곳에서 연금술이나 연구하면서 책이나 읽고…… 온 세상의 이쁨을 독차지하는 걸로 비칠 수도 있어. 어. 그거 인정해.

말하자면 전형적인 주인공 같은 인생을 살았다고 여길지도 모르겠다. 모두에게 사랑받고 그래서 자신을 희생할 수 있는 투명한 인간.

빛의 아들이 정말로 순수한 마음을 가지고 있기에 송수경이 저런 식의 열등감을 표출하는 걸지도 모른다.

종국에는 대륙을 보살펴 주는 신이 되기까지 했으니, 바닥부터 올라온 놈의 입장에서는 화가 날 만도 하지 않은가.

하지만 김현성은 알고 있을 것이다. 대중에게 비치는 이기영의 모습이 실상과는 조금 다르다는 것. 이기영이 밑바닥에서부터 기어왔다는 걸 놈이 모를 리가 없다.

"겨우 그것뿐입니다……."

김현성의 얼굴은 일그러져 있었다. 2회차의 이기영을 부정하는 것 같은 놈의 목소리에 김현성의 마음도 일그러지고 있었다.

하지만 그것보다 더 눈에 띄는 것은 초조함과 불안감.

"그러니까…… 놓아줘."

'포기하면 안 되지.'

"현성 씨……."

"……."

굳이 목소리로 내 감정을 표현하지는 않았지만 눈빛을 쏘아 보낸다. 포기하지 말라고. 나는 괜찮다고. 언제나 그렇듯 이겨 낼 수 있을 거라고.

만약 내가 사라져도 변하는 건 아무것도 없을 거라고.

그러니…… 싸워 이기라고.

물러서지 말고 싸워서 이기라고.

"부탁이야. 더 이상 그 사람을 괴롭게 하지 마……."

뭐해 이 새끼야. 싸워 이기라고.

"제발…… 이렇게 빌게. 제발……."

'뭐야.'

"놓아줘. 아무것도 묻지 않을게. 제발……."

'뭐 해, 너.'

"이미 충분히 고통받은 사람이야. 괴롭힐 만큼 괴롭혔잖아. 네가 원하는 걸 전부 가져갔잖아. 그, 그렇지? 이렇게까지 할 필요는 없잖아……."

'왜 테러리스트랑 협상을 하려고 그래. 인질이 잡혀 있어도 이러면 안 되지.'

"여기까지만 해줘. 더 이상은……."

'애초에 협상이 될 리도 없는데.'

무릎을 꿇은 건 추진력을 얻기 위함이 아닐까 싶기도 했지만 아무리 봐도 추진력을 얻기 위함은 아니다.

'싸워야지.'

저 미친놈이랑 대화가 될 거라고 생각하는 것부터가 넌센스.

송수경이 원하는 것은 아마 노을빛의 신을 완전하게 만드는 것이다. 녀석의 옆자리를 차지한다는 원대한 목표도 있겠지만…… 후자는 부수적인 목표일 가능성이 높다.

녀석에게서 노을빛의 신이라는 건 더욱더 커다란 의미로 다가오는 것처럼 느껴졌으니 분명히 전자에 더 힘을 쏟아붓고 있을 것이다.

당연히 김현성이 지금 보여주고 있는 모습이 놈의 마음을 움직일 리가 없다.

이미 완전히 악마에게 잠식당한 것으로 모자라 악마 그 자체가 되어버린 송수경이 정상적으로 상황을 판단한다는 것 자체가 불가능하다.

아마 지금의 김현성에게 분노를 느끼고 있지 않을까. 어쩌면 이기영에게 분노를 느끼고 있을 수도 있지. 자신이 이상으로 생각하던 존재의 민낯이 드러나는 순간이었을 테니까.

그만큼 김현성의 지금 보여주는 모습은 노을빛의 신과는 거리가 멀게 느껴진다. 모시고 떠받들어야 되는 존재가 아닌 약하고 무너질 것처럼 보이는 모습, 얼굴에는 공포와 두려움과 불안감이 들어서 있었고 으스러진 갑옷은 빈약해 보이기 그지없다.

검을 잡고 있는 손은 힘을 주고 있는지 의심이 될 정도로 힘이 없어 보인다. 이미 전투 의지를 상실한 것이다.

'조금만 생각해도 알 거 아니야. 네가 그런 행동을 하는 게. 이 사이코를 더 자극할 거라는 거 알고 있잖아. 김현성 이 새끼 지금 사리분별이 안 되나 봐.'

정말로 빛의 아들이 영혼을 빼앗기는 경우에 대해서만 생각하고 있다.

'지푸라기라도 잡아보겠다는 거겠지.'

그냥 이 모든 상황이 무서웠을 테니까. 자신이 고통받는 것은 상관없었지만 이기영이 다시 한번 고통받는 것은 두려웠을지도 모른다.

계속해서 녀석과 검을 맞대는 것이 결국에는 참상으로 이어질 가능성에 대해서 떠올리고 있다.

이기영이 영혼을 먹히고 3회차에 함께할 수 없게 될 가능성. 회귀자 사용설명서뿐만이 아니라 빛의 아들의 존재가 영원히 사라지게 될 가능성. 여러 가지 불안 요소들은 실타래처럼 꼬여 거미줄마냥 김현성을 꽁꽁 묶고 있을 것이다.

김현성답지 않은 행동이지만, 놈의 무의식은 감정에 호소하는 선택지가 가장 합리적이라 결정한 것이다.

그런 김현성에게 송 빌런이 보낼 반응은 뻔하지 않은가.

"제발⋯⋯ 제⋯⋯ 제발⋯⋯."

"쓸데없는 짓입니다."

"부탁⋯⋯."

"쓸데없는 짓이라고 말씀드렸습니다. 노을빛의 신이시여."

최대한 침착하게 김현성을 내려다보고 있었지만 놈이 동요하는 모습이 눈에 보일 정도.

"당신답지 않습니다. 지금 뭘 하고 계시는 겁니까."

"⋯⋯."

"저는 당신이 쓰러뜨려야 할 적이 아닙니까. 적에게 구걸하다니요. 제가 당신의 말을 들어줄 것이라 생각하시는 겁니까?"

"기영 씨를 놔줘. 네가 원하는 게 무엇이든지⋯⋯ 네가 정말로 나를 은인으로 생각하고 있다면⋯⋯ 내 부탁을 들어줘. 제발⋯⋯."

송수경이 나를 바라보는 것이 시야에 비쳤다.

'이 사이코패스 새끼. 절대로 빛은 너한테 굴복하지 않아.'

라는 눈빛을 담아 놈을 노려본다. 아주 작은 빛이라도 어둠을 밝힐 수 있다는 걸 온몸으로 표현하는 거지. 지금 나라도 이런 포지선을 취해야 하잖아.

대륙인들이 이거 보면 뭐라고 생각하겠어. 적당히 희망찬 상황이 벌이가 잘 되는 거지. 너무 절망적이면 보이는 그림이 조금 그래.

솔직히 현성이도 선 많이 넘었어. 노을빛의 신이, 시바, 저런다는 게 말이나 돼. 나는 이해해 줄 수 있는데. 평범한 사람들은 받아들이기 힘들 수도 있다고.

"네가. 네가 정말로 구원자를 바라고 있다면 구원자가 되어 줄 수 있어…… 그러니까……."

"……."

"그 사람은 상관없는 사람이잖아. 이미…… 이미 모든 걸 잃은 사람이잖아. 굳이…… 네가 신경 쓸 만한 사람은 아니잖아. 정말로 기영…… 아니, 저 사람이 나를 망친 거라고 생각한다면 다시는……."

'뭐 이 새끼야. 끝까지 말해. 시바. 손절 선언한 거 실화야?'

"제발……."

송수경의 얼굴이 일그러진 것은 바로 그때였다. 내 머리채를 붙잡은 손아귀에 힘이 들어간다.

"그만! 그…… 그만해! 제발…… 제발!"

다소 거칠게 행동한 것과는 다르게 놈의 눈동자가 혼란스러워하는 것이 시야에 들어온다.

'뭐야. 이 새끼는 또 왜 이래.'

"제길……."

낮은 목소리를 내뱉으며 나와 김현성을 번갈아 보는 놈의 얼굴에 혼란이 들어서기 시작했다.

도대체 어떤 포인트에 꽂힌 건지는 모르겠지만…….

'아니, 고민할 껀덕지가 뭐가 있어. 그냥 먹어버리면 되지. 시바. 뭐가 문제야.'

녀석은 빛의 아들의 영혼을 취하는 것을 주저하고 있는 것처럼 보였다.

아무리 생각해도 어째서 녀석이 저런 모습을 보이고 있는지 모르겠다. 비참해진 김현성을 보고 마음이 바뀌었다고 하기에는 너무 멀리 왔으니까.

이미 상황은 돌이킬 수 없을 정도로 치달은 상태잖아. 여기까지 온 이상 무라도 썰어야지. 너한테 다른 선택지가 있어? 열 받을 거 아니야. 완전해진 김현성 대신 네 눈앞에 있는 건 너무나도 허약한 인간인데. 화가 나지도 않아? 네가 지금 동정심을 느낄 수 있는 상태는 아니지. 느끼려면 진작 느꼈어야지.

솔직히 송수경이 김현성을 동정하고 있다는 생각은 들지 않는다. 이 사이코패스가 그런 생각을 할 리가 없으니까.

하지만…… 자꾸만 주변을 둘러보는 게 보인다. 본인이 만든 참상을 바라보며 뭔가 마음에 들지 않는다는 듯이 고개를 돌린다.

'아…….'

시바. 이 사이코패스 빌런한테도 한 줌의 인간성이 남아 있었던 것인가. 송수경 안에 자리해 있던, 이미 꺼져 버렸다고 생각한 아주 작은 빛이 어둠을 몰아내려 시동을 걸려고 하는 것인가.

악마의 목소리에 귀를 기울인 자신의 선택에 대한 후회. 지금 일어나고 있는 상황이 조금은 이상하다는 걸 깨달은 것인지도 모른다. 놈에게 남아 있었던 아주 자그마한 반딧불이 힘찬 날갯짓을 시작하려고 하는 것이다.

'이 씨발 새끼. 어림도 없지.'

이미 어둠에 먹힌 새끼가 갑자기 여기서 깨어나지 마. 아주 작은 희망의 등불, 그런 거 움직이지 말라고.

'벨 이사 뭐 해! 핏덩이한테 발릴 거야?'

겨우 이 정도밖에 안 돼?

한 손으로 내 얼굴을 움켜쥔 놈의 손이 보인다.

최대한 얼굴을 비틀어 놈의 손을 꽉 깨물었다.

'정신 차려! 빛한테 지지 말라고 새끼야.'

"이 개새끼!!"

퍼억하는 소리와 함께 얼굴이 돌아간다.

"이 개 같은 새끼가!"

'돌아왔구나. 송수경이. 이겨낸 거구나. 웃으면서 맞아줄 수 있다.'

"이 추악하고 무능력한 새끼! 네가 망친 거야. 네가 망친 거라고! 모든 걸! 봐. 저기 노을빛의 신의 모습을 보라고. 고개를 들어. 이 개자식. 저게 네가 바라던 노을빛의 신의 모습이야? 저 허약한 인간이…… 네가 원한 노을빛의 신의 모습이야? 모든 게 네 탓이야!"

"하지…… 하지…… 마!"

"그 입 다무십시오! 노을빛의 신이시여! 모든 게 이자의 탓이라 이 말입니다. 모든 게! 이 추악한 괴물이 저를…… 나를 이렇게 만들었어. 씨발. 모든 게 이 가식으로 똘똘 뭉친 개자식 때문에 벌어진 일이라고…… 분수에 맞지 않게 당신의 옆에 서 있었던 이 개새끼 때문이야! 도대체 뭐가 그렇게 중요한 거야. 제기랄! 어째서 그러는 거야. 어째서 당신답지 않은 모습을 보여주는 거야. 나한테 그런 모습을 보이지 마. 그딴 표정으로 나를 바라보지 마! 동정을 구걸하지 말라고!"

"……."

"도대체 나한테 왜 이러는 겁니까! 노을빛의 신이시여! 어째서 제게 이런 시련을 내려주시냔 말입니까! 어째서 그런 당신의 모습을 제가 봐야 하는 겁니까! 나는 그저! 나는…… 나는 그저……."

"……."

"하아…… 하아…… 하아……."

"……."

"소용없습니다. 노을빛의 신이시여. 결과는 변하지 않아요. 의미 없는 행동이란 말입니다."

끝끝내 어둠에 굴복해 버린 녀석의 모습은 굉장히 슬퍼 보인다. 저도 모르게 눈에서 눈물이 맺힐 정도였으니 무슨 말이 더 필요할까.

송수경에 안에 있었던 작은 반딧불을 지키지 못했다는 죄책감과 더불어 인간 송수경에 대한 성자의 동정심이었다. 녀석은 이미 악마에게 완전히 먹혀 버렸지만 티 없이 맑은 빛은 그런 녀석에게도 안타까움을 느끼고 있다.

"어떤 의미야. 이기영."

"당신은······."

"네까짓 게 감히······."

"당신은 참 불쌍한 사람이군요."

"뭐?"

"가엽고 외로운 사람."

송수경의 얼굴이 다시 한번 구겨진다. 본인이 혐오하던 이에게 동정받는다는 사실이 견디기 힘들었을까.

"뭐······ 뭐라고?"

빛의 아들은 대답하지 않는다. 그저, 녀석의 마음을, 녀석의 비통한 심정을, 녀석이 여기까지 오게 된 이유를 모두 알고 있다는 듯한 눈빛으로 더럽혀진 영혼을 어루만질 뿐이었다.

"네까짓 게······ 네까짓 게 나를 무시해?"

"······."

"넌 실패자야. 이기영. 패배자라고······ 내게 모든 걸 다 빼앗긴 네가 어떻게 나를 동정할 수 있겠어. 응? 네놈은 실패한 거야. 대륙을 둘러봐! 네놈이 지키자고 했던 대륙의 모습이야. 네놈은 결국 아무것도 얻지 못한 거야. 네 죽음은 가치 없는 죽음이었고, 네 개 같은 희생 또한 아무 의미 없는 일이 된 거야. 그런 주제에……."

"제 희생은…… 저의 죽음은 가치 없는 일이 아닙니다. 더럽혀진 영혼이여."

"웃기지 마."

"제 희생은 분명히 가치 없는 일이 아니었을 겁니다."

"웃기지 마!!"

"저는 인간을 믿습니다. 그들이 가진 가능성을 믿고 어떠한 어려움도 헤쳐 나갈 거라고…… 믿어요. 그들이 과거의 아픔을 딛고 일어날 거라고 믿고, 그들이 과거의 실수를 되풀이하지 않을 거라고 믿습니다. 누군가에게는 쓸데없이 비칠 수도 있지만 단 한 사람이라도 그 사실을 알아준다면 그것은 가치 없는 일이 아닐 겁니다."

"노을빛의 신은……."

"저게 노을빛의 검사의…… 제가 아는 현성 씨의 모습이에요."

녀석은 약한 김현성을 부정하지만 나는 부정하지 않는다.

이게 너와 나의 차이야. 프로와 아마추어의 차이라고.

"부러지기 쉽고, 약하고, 쉽게 흔들리고, 가끔…… 가끔은 답답해질 때도 있습니다."

"……."

"하지만……."

"……."

"하지만 언제나 다시 일어서는 사람이에요."

그게 영웅이지.

"언제나 검을 들어 올리고 자신을 극복하고, 더욱더 단단해지고, 계속해서 발걸음을 멈추지 않는 사람입니다."

그게 회귀자야.

"저는…… 저는 믿습니다."

그게 내가 선택한 회귀자라니까. 그게 내가 만든 회귀자야.

빛의 아들은 고개를 숙인다. 끝까지 인간에 대한 믿음을 잃지 않았던 그는 자신의 영혼이 악의에 의해 처참하게 짓밟히는 순간에도, 조용히 미소 짓고 있었다.

마치 모든 걸 이해한다는 듯 조용히 말이다.

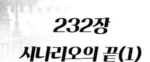

232장
시나리오의 끝(1)

"저게 노을빛의 검사의…… 제가 아는 현성 씨의 모습이에요."

네. 이게 제 모습입니다.

"부러지기 쉽고, 약하고, 쉽게 흔들리고, 가끔…… 가끔은 답답해질 때도 있습니다."

부러지기 쉽고, 약하고, 쉽게 흔들리고 가끔은, 아니, 어쩌면 매번 당신을 답답하게 만들 겁니다.

"하지만……."

하지만.

"하지만 언제나 다시 일어서는 사람이에요."

이번에는 다시 일어날 수 있을 거라고 확신할 수 없어요. 언제나 저는 혼자 일어서지 못했습니다. 당신이 저를 일으켜 세운 거예요.

"언제나 검을 들어 올리고 자신을 극복하고, 더욱더 단단해지고, 계속해서 발걸음을 멈추지 않는 사람입니다."

과대평가하고 계시는 겁니다. 극복하고 단단해진 것이 아닙니다. 그냥 발버둥 쳤던 거예요. 그냥 벗어나기 위해서 도망치고 도망친 것뿐입니다. 제 본의로 온 게 아닙니다. 저는 문제를 해결하는 방법을 배우지 못했어요. 그걸 가르쳐 준 것은 당신입니다.

"저는…… 저는 믿습니다."

저는 기대에 부응할 만한 사람이 아니에요.

"……"

그것은 마치 모든 것을 이해한다는 듯한 미소였다. 끝까지 인간에 대한 믿음을 잃지 않았던 그는 자기 자신의 영혼이 악마에 의해 처참하게 짓밟히는 순간에도 조용히 미소 짓고 있었다. 믿는다는 듯, 나를 믿는다는 듯이…… 그렇게 웃고 있었다.

"아아…… 아아아아…… 흐윽…… 흐으윽……."

발버둥 쳐봤지만 닿지 않는다. 계속해서 검을 휘둘러 봤지만 어처구니없게도 자신은 저 자리에 닿을 수가 없었다.

매번 그랬을 것이다. 생각해 보면 단 한 번도 닿은 적이 없었던 것 같다. 김현성의 삶과 인생은 닿지 못하는 것의 연속이었다. 그 기나긴 시간 동안 싸우고 투쟁했음에도 불구하고 내 투쟁은 닿지 못하는 것의 연속이었다.

어째서인지는 알 수 없었다. 무엇에 닿아야 하는지조차 깨달을 수 없었지만, 누군가가 내 인생을 들여다본다면 제자리걸음을 하는 것처럼 보이지 않을까. 마치 다람쥐가 쳇바퀴를 돌리듯 계속해서 한 자리를 달리고 있는 듯이 보일 것이다.

정말로 자신은 커다란 원통 안을 끊임없이 달리고 있을지도 모른다. 이기영이라는 인간이 없었다면 계속해서 어두운 통 안을 달리고 있었을 것이다.

말 그대로, 김현성의 제자리걸음을 끝낸 사람은 이기영이었다. 보일 듯 보이지 않은 길에 첫 발걸음을 내디딜 수 있었던 것도 그가 있었기 때문이었다. 앞으로 나아갈 수 있었던 것은 빛의 아들이라 불리는 이가 있었기 때문이었다. 그가 있었기 때문에 김현성이라는 인간은 조금씩 성장하고 한 걸음을 더 내디디고 중심을 잡고 똑바로 서 있게 됐을지도 모른다.

생각해 보면 모두 그가 있었기 때문이리라. 파란 길드에서 다시 시작할 수 있게 된 것도, 소중한 사람들을 만날 수 있게 된 것도, 웃고 떠들 수 있게 된 것도, 대륙에서의 삶을 즐길 수 있게 된 것도 말이다.

힘든 기억들을 잊을 수 있던 것도, 나 자신을 부정하지 않고 온전하게 받아들일 수 있게 된 것도 역시 그가 있었기 때문이었다.

힘든 투쟁과 삶을 견디게 해준 것은 매번 어둠 속을 헤매고 있을 때도 자신이 똑바로 앞을 바라보고 걸을 수 있었던 것은 주변을 환하게 비추고 있었던 빛 때문이었다.

물론 그 빛이 비추고 있는 것은 자신뿐만이 아니었지…….
그 빛이 비추고 있는 것은 대륙에 살아가는 모든 이들이었지만……. 그래도…… 그래도 자신이 서 있을 수 있었던 것은 그가 있었기 때문이었다.

"흐윽…… 흐으으윽……."

거대한 이형의 탑과 융합하는 녀석의 모습이 눈에 보였다. 저게 어떤 걸 뜻하는지 알 수 있을 것 같아 발버둥 쳐봤지만 여전히 달라지는 것은 없다.

그곳에 붉은 날개를 달고 있는 악마에게 거대한 탑이 통째로 달라붙고 있는 것이 보인다. 이미 인간이라고 부를 수도 없을 정도로 변한 그 괴물의 왼쪽 가슴에는 회색으로 변해 버린 빛의 아들이 박제되어 있었다. 이미 혼을 잃어버린 듯이 아무런 생기도 느껴지지 않은 그 육체는 마치 목석처럼 느껴졌다.

거대한 팔이 휘둘러지는 것이 눈에 들어왔지만 몸을 움직일 수가 없다. 콰앙 하는 소리와 함께 몸이 저편으로 날아가는 것이 느껴졌다.

몸을 다시 일으켜 검을 붙잡았지만 어째서인지 손에 힘이 들어가지 않는다. 목소리가 들려오지만 힘이 들어가지 않는다.

'저는 믿습니다.'

도대체……. 도대체 무엇을 믿으시는 겁니까. 이 지경이 되면서까지 도대체 무엇을 믿고 계신 겁니까.

기영 씨도 사실을 알고 계시지 않습니까. 그 누구보다도 잘 알고 있잖아요. 제가 형편없는 놈이라는 거, 응원을 받을 만한 가치가 없는 사람이라는 거, 이기적이고 자신밖에 모른다는 거, 사실은 대륙 같은 건 관심도 없다는 거 알고 계시잖아요.

'저는 믿습니다.'

그런 말씀 하지 마세요. 저는 가치 있는 사람이 아닙니다. 당신처럼 모든 걸 포용할 수 있는 사람이 아니에요.

저는 싫습니다. 당신을 이렇게 만든 이곳이 원망스러워요. 모든 걸 빼앗아간 이곳이 너무나도 증오스럽습니다. 당신이 아끼고 사랑하던 것들은 제 눈에는 전부 썩어 문드러진 것들처럼 보입니다.

'저는 믿습니다.'

"그 말은 이제는 저주예요. 저를 지탱하는 말이 아니란 말입니다. 흐윽…… 어째서…… 어째서 저를 믿어주시는 겁니까. 제가 어떤 생각을 하고 계시는지 알고 계시지 않으셨습니까. 이번을 버리려고 한다는 것도 모두 알고 계셨잖아요. 당신이 아끼는 모든 것들을 버리고 새롭게 시작하려고…… 저는 이제 이곳을 원하지 않아요."

'저는 믿습니다.'

"이제 그만하세요. 더 이상 저를 믿지 마세요. 흐윽…… 흐으윽…… 제발…… 저를 믿지 않아도 좋으니 돌아오세요. 그런 것 상관없으니 그냥 돌아오세요. 사라지지 말란 말입니다!"

콰아아아아아아아아아아앙!!!

"보이십니까. 이게 보이십니까. 노을빛의 신이시여."

"……."

"이제는 제가 그가 되겠습니다. 신이시여. 그의 영혼을 취한 제가 그를 대신하겠습니다."

"……."

"그는 실패했습니다. 처음부터 끝까지. 그의 삶은 가치 없고 실패한 삶이었습니다. 그는 이런 힘을 가지고 있기에는 부족한 인간이었던 겁니다. 하지만 이제는 다릅니다. 노을빛의 신이시여. 그는 당신을 무가치하게 만들었지만 제가 당신을 완전하게 만들겠습니다. 그의 헛된 죽음이 이제야 진정으로 가치 있는……."

"……."

콰아아아아아아아아아아아앙!!

하지만 몸이 일으켜진다. 마치 세뇌라도 당한 것처럼 몸은 저 목소리에 반응해 검을 들어 올리게 된다.

억지로 들어 올린 검이지만 자신도 모르게 숨을 가다듬고 자세를 잡는다. 어려운 싸움이라는 것도 알고 있지만 조용히 한 발자국을 앞으로 내딛게 된다.

'저는 믿습니다.'

"어째서 믿어주시는 겁니까. 저는 당신을 지키지 못했습니다. 몇 번이나…… 몇 번이나 말입니다. 저는 영웅이 아니에요. 저는 사실은 기영 씨가 생각하는 그런 사람이 아닙니다. 계속해서 다시 일어날 수 있는 사람이 아니에요."

콰아아아아아아아아아앙!!!

하는 소리와 함께 다시 한번 몸이 튕겨 나간다. 숨이 턱 하고 멈춰진다. 온몸에 고통스러운 통증이 느껴진다.

저도 모르게 콜록거리며 안에 있는 것들을 내뱉었다.

쓰러지고 싶어. 이대로 그냥 아무것도 하지 않고 잠들고 싶어. 이 모든 게 꿈이었으면 좋겠어. 처음부터 아무 일도 일어나지 않았던 상태로 되돌아갈 수도 있어. 모두 잊을 수 있어. 그냥 아무 생각도 하지 않게 된다면 좋을 텐데…….

하지만 몸이 일으켜진다. 조용히 녀석을 응시하고 검을 들어 올리게 된다.

어째서인지는 자신도 모르겠다. 죽고 싶지 않아서가 아니다. 이미 모든 게 망가진 이 상황에서 왜 내가 싸우려고 하는 것인지 답을 내릴 수가 없다. 모든 걸 잃은 자신이 왜 검을 들어 올렸는지…… 현재의 자신을 무엇이 지탱해 주고 있는지…….

'저는…… 믿습니다.'

"흐윽…… 흐으으윽…… 아아아……아아아아아…… 아흐으윽…… 끄윽…… 아아아…… 흐윽…… 네…… 네에……."

그렇게 한 손으로 눈물을 닦고 검을 들어 올렸다.

이를 악물고 검을 내지른다.

검을 휘두르는 소리가 귓가에 스친다.

몸을 움직이고 움직일 수 있는 공간을 찾는다. 착각하는 것인지 모른다. 그저 환청을 듣고 있는 것뿐이겠지만 마치 목소리가 들려오는 것 같은 기분이었다. 어디로 향해야 할지, 어떻게 검을 휘둘러야 할지 전해지고 있는 것만 같다.

'저는 믿습니다.'

"네. 네……."

'저는 믿습니다.'

"네…… 네…… 네……."

거대한 기둥들이 떨어진다. 몸을 날린 이후에 다시 한번 검을 휘두른다.

차마 눈으로 전부 셀 수 없을 만큼의 마력들이 쏟아졌지만 어디로 몸을 움직여야 하는지 깨닫게 된다. 벽에 가로막혀도, 몸을 움직일 공간이 사라져도 눈은 계속해서 다음으로 향해야 할 곳을 찾는다.

날개를 펼치자 그가 내린 빛은 계속해서 악마들을 태우기 시작했다. 따뜻한 빛이 공간을 점점 밝게 비추고 있다.

"노을빛의 신이시여. 왜 저를 부정하시는 겁니까! 저는 당신을 완전하게……."

"너는…… 너는…… 나를 완전하게 만들 수 없어."

"저는 나 자신도 죽였습니다."

"……."

"그는 당신을 망치고 있습니다. 노을빛의 신이시여. 당신을 옳지 못한 길로 이끌고 있는 겁니다. 그는 당신을 이용할 뿐입니다. 그는…… 그가 한 것들은 모두 당신에게는 가치 없는 일이 아닙니까. 당신 역시 그의 희생이 가치 없다고 생각하고 있지 않습니까."

물론 그럴지도 모른다.

"그는 당신을 진정으로 위하는 이가 아니란 말입니다. 신이시여."

그가 진정으로 위하는 건 내가 아닐지도 모른다.

그는 모든 것을 사랑하는 사람이었으니까. 대륙을, 생명을, 이곳을, 희망과 꿈을, 빛을, 순수를, 모든 것을 사랑하고 아끼는 사람이었으니까.

'제 희생은 분명히 가치 없는 일이 아니었을 겁니다.'

"기영 씨의 희생은 가치 없지 않아."

'저는 인간을 믿습니다. 그들이 가진 가능성을 믿고 어떠한 어려움도 헤쳐 나갈 거라고…… 믿어요. 그들이 과거의 아픔을 딛고 일어날 거라고 믿고, 그들이 과거의 실수를 되풀이하지 않을 거라고 믿습니다. 누군가에게는 쓸데없이 비칠 수도 있지만 단 한 사람이라도 그 사실을 알아준다면 그것은 가치 없는 일이 아닐 겁니다.'

"제가…… 제가 알고 있습니다."

"……."

"제가 알고 있어요. 기영 씨."

제가 깨닫고 있습니다.

김현성은 과거의 아픔을 딛고 일어섰다. 많은 실수를 되풀이하고 또 되풀이했지만 틀림없이 나는 성장하고 있다. 아직은 내가 가진 가능성을 믿고 있지 못하지만 많은 어려움을 헤쳐 나갈 수 있었다.

모두가 그를 부정해도 자신은 그를 부정할 수 없다. 부정하고 싶어도 부정할 수 없다. 분명히 그가 대륙에 뿌린 것들은 가치 없는 일이 아닐 것이다. 모두가 그 사실을 알고 있을 것이다.

이형의 괴물이 거대한 팔을 들어 올린다. 그 팔이 휘둘러지는 것이 눈에 보였던 바로 그때였다.

콰아아아아아앙!

하는 소리와 함께 놈이 균형을 잃는 것이 시야에 비친다.

희미하게 빛나는 회색빛. 그리고.

허공에서 마법진들이 열리며 익숙한 인형들이 쏟아져 나오기 시작했다.

"오, 오…… 빠……."

어깨를 붙잡은 손 너머로 시선을 돌리자 기다란 창을 들고 있는 인형이 시야에 비쳤다.

"길드마스터. 늦어서…… 죄송합니다."

그렇게. 붉은 신전을 꽉 채운 인파들을 보며 깨달을 수 있었다.

"빛의 아들을 위하여!"

"빛의 아들을 위하여!!!"

어째서 그가 이 장소를 사랑하는지.

어째서, 어째서 그가 이들을 사랑하는지.

"혜진…… 씨?"

"네. 길드마스터. 파란 길드 전원 지금 도착했습니다. 늦어서…… 죄송합니다."

"……."

"길드마스터?"

"아닙니다. 와주셔서 감사합니다."

천천히 주변을 둘러본다. 고개를 돌리기가 무섭게 한쪽 어깨를 붙잡는 손이 느껴졌다.

익숙한 목소리다. 한때는 조금 시끄럽다고 느껴지기도 했던 목소리였지만…… 새삼스레 마음이 편안해진다.

"거, 그동안 고생 많았다니까. 얼마나 도움이 될지는 모르겠지만 지금부터라도 맡겨주쇼. 매번 형씨에게만 의지하는 것 같아 미안합니다. 우리가 모두 함께 감당해야 하는 짐인데…… 지금부터는 조금 쉬어도 된다니까."

떨리는 손을 꽉 잡는 손길이 느껴졌다.

"오빠. 미안. 내가…… 내가…… 흐으윽……."

"괜찮을 겁니다. 예리 씨. 저래 봬도 부길드마스터는……."

박덕구, 김예리, 안기모.

이제야 그들의 얼굴이 눈에 들어온다. 깜깜해서 아무것도 보이지 않을 줄 알았는데, 이제는 아무것도 볼 수 없을 거라고 생각했었는데, 이제야 그들의 모습이 시야에 비쳐온다.

"전선의 지휘는 이지혜 님과 김미영 팀장님께서 맡아주실 것 같아요. 길드마스터. 최대한 빠르게 지휘 본부를 구성 중이니 조금만 기다려 주시겠어요?"

"저희가…… 조금 늦었죠?"

"죄송합니다. 길드마스터."

황정연, 유아영과 김창렬.

"오, 오빠는…… 오, 오빠는?"

"괜, 괜찮으실 거예요. 정하얀 님. 이미 전해 들었잖아요. 그, 그러니까 일단 진정하시고…… 전부 다 잘될 거예요. 그렇죠?"

"아? 아…… 으…… 싫, 싫어……."

조금 떨어진 곳에서 마법을 유지하고 있는 정하얀과 한소라.

"저, 조혜진 님. 잠깐 이지혜 님께서……."

박리안과 신입 길드원 역시 눈에 띈다.

"오랜만입니다. 길드마스터."

"희영 씨?"

"네. 자리를 너무 오랫동안 비워서 죄송합니다."

"그동안……."

"자세한 사정은 나중에 천천히 말씀드리겠습니다. 일단 지금은……."

"네……."

오랜만에 보는 선희영도 눈에 띄었다.

"저도 인사드릴게요. 길드마스터."

"엘레나 님."

"자주 연락드리지 못해서 죄송해요. 워낙에 정신이 없었던 터라……."

"아니요. 이렇게 와주셔서 감사할 뿐입니다."

이종족들을 이끌고 있는 엘레나.

이제야 그들의 모습이 제대로 눈에 들어왔다. 서로 안부를 물어본 시간은 무척이나 짧았지만 많은 것을 주고받은 것만 같다.

아무것도 보이지 않았던 전과는 다르게 주변의 모든 것들의 형태가 점점 더 또렷해졌다. 뭐라고 말해야 할지, 적절한 표현을 할 순 없었지만 진정된 마음은 계속해서 같은 목소리를 되새기고 있었다.

'틀리지 않았어.'

이기영은 틀리지 않았다.

"기영 씨……."

그의 희생이 틀렸다 맞았다를 이야기하는 것은 주제넘은 행동이지만. 여전히 자신은 그의 희생을 받아들일 수 없었지만. 그가 가치로 삼은 것은 틀리지 않았다.

빛의 아들이 말하자고 했던 게 무엇인지, 자신을 희생하면서까지 내게 전하고 싶었던 게 무엇인지 알 수 있을 것 같다는 느낌이 든다.

이기영은 전하고자 했다. 인간은 아름답고, 순수하며, 이토록 따뜻하다는 사실을 전하고자 했다.

이 땅 위에 살아가는 모든 이들에게, 옳은 행동이라는 게 있다고 믿는 모든 이들에게, 지치고 힘든 이들과 기대에 배신당한 모든 이들에게 지금 이 장면을 전하고자 했다. 소외된 모든 이들에게 당신들은 혼자가 아니라는 사실을 전하고자 했다.

눈치채지 못하고 있었을 뿐이다. 모두가 그가 옳다는 것은 알고 있었지만 믿을 수 없었을지도 모른다.

그는 모두에게 함께 손을 잡고 걷는다면, 계기만 주어진다면, 함께 나아갈 수 있을 거라는 것을 보여주고자 했던 것이다.

'저는 믿습니다.'

"네…… 네. 기영 씨. 이제는 저도 믿을 수 있을 것 같습니다."
"혼잣말 좋아하는 편인가 봐."
콰아아아아아아아앙!!
커다란 소리와 함께 기괴한 모양의 건축물이 튕겨 나가는 것이 시야에 비친다.

"딱 맞춰서 온 것 같은데…… 너무 늦은 건 아니지?"

"차희라 님."

"파란 길드마스터. 오랜만이에요."

"박연주 님."

린델의 붉은 용병과 검은 백조.

계속해서 빛을 밝히고 있는 마법진에서 익숙한 이들이 쏟아져 내리는 광경은 단순히 장관이라는 말로 표현하기 어려운 광경이었다. 교단의 기사단, 공화국과 연방의 병력과 수많은 이종족들, 지금까지 스쳐 지나갔던 모든 이들이 점점 모여들고 있는 것이 눈에 들어왔다.

짧게 인사를 건네며 검과 창을 들어 올린다.

"오늘 우리는 보답하고자 합니다. 대륙의 영웅들이여. 그가 대륙에 보여준 헌신과 희생에 보답하려고 합니다."

"오스칼 님……."

"그의 죽음이 가치 있었음을, 빛의 아들이 우리에게 남긴 유산이 남아 있음을 보이려고 합니다. 우리가 증명해야 합니다. 그의 헌신이 우리에게 얼마나 커다란 것을 남겼는지, 그의 삶이 대륙에 어떠한 것을 남겼는지, 우리는 그것을 증명하고자 이곳에 있습니다. 그가 틀리지 않았음을 증명하기 위해 이 자리에 있습니다."

"……."

"저 간악한 악마는 빛의 아들이 틀렸다고 이야기합니다. 하지만 주위를 둘러보십시오. 여러분. 그는 틀리지 않았습니다."

계속해서 목소리가 들려온다. 하늘 위를 수놓은 마법진들에서는 끊임없이 인형들이 쏟아져 내린다.

갑옷을 입고 있는 이들, 커다란 신성력을 내뿜으며 노래하는 사제들, 죽음을 각오한 하급 용병들이나 스스로의 의지로 찾아온 상급의 모험자들까지. 가지각색의 모습을 하고 있는 이들이 저마다의 무기를 들고 깃발을 들어 올린다.

"빛의 아들을 위하여!"

"빛의 아들을 위하여!!!"

부끄러운 행동이라는 사실은 알고 있다. 지금 저들에게 약한 모습을 보여주면 안 된다는 사실 역시 알고 있다. 아직 아무것도 해결된 것이 아니라는 사실 역시 알고 있다.

하지만 계속해서 눈물이 쏟아져 내린다. 뭔가에 북받치는 감정 때문인지, 둑이 터진 것처럼 끊임없이 눈물이 흘러나온다.

"흐윽…… 흐으으윽……."

"길드마스터."

"흐으으윽…… 흐윽…… 흐으으윽……."

이걸 지키자고 했던 거였구나.

"죄송합니다…… 죄송……."

"괜찮으십니까?"

이걸 보여주고 싶으셨던 거였구나.

"믿지 못해서…… 죄송…… 흐윽…… 흐으윽…… 합니다."

이걸 전하고 싶은 거였구나.

마모되고 또 마모된 1회차의 김현성에게, 아무도 믿지 못하게 된 2회차의 김현성에게 끊임없이 헤매고 있던 자신에게…… 전하고자 했던 것이다. 빛은 하나가 아니라고. 인간은 누구나 서로가 서로를 비추어줄 수 있다고…… 말하고자 했던 것이다.

콰아아아아아아아아아앙!!!!

"거짓말이다. 거짓말이야. 노을빛의 신이시여. 당신은 지금 속고 있는 겁니다. 저들은 당신을 완전하게 만들 수 없습니다. 저들은 당신을 약하게 만들고 있는 겁니다. 저 버러지 같은 이들의 말에 귀 기울이지 마십시오."

"……."

"전부 다 개소리입니다. 그는 아무것도 이루지 못했어! 그의 죽음은 아무것도 남기지 못했단 말이다! 이제 와서 뭘 어쩌려고…… 지금에 와서 뭘 어떻게 하겠다는 거냐. 이 하등한 필멸자 놈들. 네놈들과는 격이 다르단 말이다. 나는 네놈들과는 달라. 나는…… 나는……."

"……."

"노을빛의 신이시여. 제가 다시 증명하겠습니다!"

"……."

"다시…… 다시 한번 더 당신에게 증명하겠습니다. 여기 있는 모든 이들에게 내가 옳다는 사실을! 그가 틀렸다는 사실을 증명하고야 말 것입니다."

짐승들이 천천히 발걸음을 옮긴다. 이형의 괴물들은 누가 먼저라고 할 것 없이 정신없이 달리며 인류를 향해 쇄도하고 있었다.

두려운 광경일 것이다. 무섭지 않을 리가 없다. 하지만 방패를 든 이들은 한 발자국 앞으로 더 내민다. 서로가 서로를 붙잡고 의지하며 방패를 들어 올린다.

"거, 내 뒤에 서라니까!"

"신성한 보호!"

사제들이 외운 커다란 방벽이 그들의 앞을 가로막았지만 짐승들은 방벽을 뚫어내며 기어코 인류를 향해 이빨을 들이밀었다.

"방패 들어!! 방패 들어라! 새끼들아!"

콰아아아앙!! 콰드드드드드득!!!!

"방패 올려!!!!"

콰아아아아아아아아아아앙!!!

"거, 형님이 보고 있다니까."

그들은 이겨낸다. 계속해서 방패를 두드리고 있는 짐승들에게 보란 듯이 두 다리를 대지에 붙인다.

그들에게 계속해서 신성력이 떨어져 내린다. 방패를 따닥따닥 붙이며 오히려 한 발자국 앞으로 내디딘다.

"전진! 전진!!"

신기한 광경이었다.

"전, 전⋯⋯ 전부 죽⋯⋯ 죽어!!! 죽, 죽, 죽어!! 오, 오빠⋯⋯ 오빠!"

마법사들은 주문을 외우기 시작한다. 궁수들을 활시위를 당기고, 창병들은 방패 속에 숨어 창을 찔러 넣는다.

치열하고 힘든 싸움이다. 공포에 질린 이들의 얼굴이 간혹 눈에 띄기도 했지만 그들 역시 악에 받치는 듯한 소리를 내지르며 한 걸음을 더 내디딘다. 이들 역시 싸우고 있다. 빛의 아들을 위해 전장에 목숨을 바치고 있다.

"네. 지혜 씨. 예. 그렇게 전하도록 하겠습니다. 이쪽은 괜찮을 것 같습니다만…… 아. 네. 곧 지원을 나가도록 하겠습니다. 길드마스터는……."

"……."

"길드마스터. 실례가 되는 질문을 드려 죄송합니다만…… 혹시."

"네. 싸울 수 있습니다. 혜진 씨."

"지혜 씨가 길을 열어주신다고 하셨습니다."

"네."

이번에도 도망쳐서는 안 된다.

"신호를 주신다고 하셨습니다."

"네."

김현성의 삶은 회피하는 것의 연속이었고 닿지 못하는 것의 연속이었다. 마지막 순간에도 도망쳐서는 안 된다는 생각이 들었다.

'저는 믿습니다.'

"네. 저도…… 믿습니다."

언제나 했던 생각이었다. 새롭게 시작하겠다는 것 역시 어쩌면 도망친 것일지도 모른다.

아니, 틀림없이 회피한 것이리라. 책임을, 내 죄를, 어쩌면 빛의 아들이 진정으로 말하고 싶었던 게 무엇인지 회피하고 싶었던 것일지도 몰라.

이제는 그의 헌신과 희생에 대한 보답을, 그가 내게 준 것에 대한 보답을, 그에게 저지른 잘못에 대한 속죄를, 항상 받기만 했던 입장에서…… 이제는 자신 역시 무언가를 전해야 했다.

그에게 알려야 했다. 이곳이 당신이 사랑하는 장소라고, 저들이 당신이 사랑하는 이들이라고, 당신은 틀리지 않았다고, 당신의 희생은 보답 받았다고. 당신이 비추고 있었던 것들도 당신을 비추고 있었다고. 그 광경은 너무나도 아름다운 광경이었다고. 노을빛처럼 너무나도 멋진 광경이었다고.

'저는 믿습니다.'

"네. 저도 믿습니다. 제게도 보여요. 기영 씨. 어째서 당신이 이 장소를 이토록 사랑했는지, 이들을 어째서 이렇게 사랑했는지 알 수 있을 것 같습니다."

'저는 믿습니다.'

"당신에게 필요한 건 이들이에요. 이들에게도 당신이 필요합니다. 저는……."

저는 처음에 왔을 때 사실 무엇을 해야 하는지 헤매고 있었습니다. 어째서 제가 회귀했는지, 어째서 저에게만 새로운 삶이 주어졌는지, 그 목적을 찾을 수 없었지만…… 이제는 알 수 있을 것 같습니다.

저는 당신을 위해서 회귀한 걸 거예요.

단순히 싸우기 위해서 회귀한 게 아닐 겁니다. 당신이 세상에 전하고자 했던 것들과 당신이 사랑했던 것들을 돌려주기 위해 이 자리에 있었던 겁니다. 기영 씨는 제게 이 모든 것들을 선물하고자 하셨지만 이걸 누려야 하는 사람은 제가 아니에요. 그걸 이제야 깨달았습니다.

"당신이 제게 누리라고 하는 것들은 모두 당신이 누려야 하는 것들이에요."

그 대가가 제 목숨을 태우는 일이라 괜찮습니다. 저는 누릴 수 없다고 해도, 당신이 진정으로 원하는 것을, 당신이 사랑하고 보고자 하는 것들을 전하겠습니다.

"준비됐습니다. 혜진 씨."

저는 당신을 살릴 겁니다.

"지금 가겠습니다."

'이 새끼들 아주 지랄 났네. 지랄 났어.'

아주 전용 브금이라도 깔아줘야겠어. 너무 감동적이라서 눈물이 다 나올 지경이야. 시바.

'그래. 시바 솔직히 감동적인 장면이기는 해. 충분히 멋진 장면이야.'

단연코 마지막 결전에 어울리는 신이라고 말할 만했다. 진실은 조금 다르기는 했지만 일단 대륙을 집어삼키려고 하는 악마에게 대항하는 영웅들의 모습처럼 보이기도 했으니까.

결정적인 순간에 모두가 하나가 되다니 이런 기적이 또 어디 있을까. 어떻게 봐도 밝은 내일이 우리 앞을 기다리고 있을 거라고 생각하게 만드는 장면이다. 벌써부터 희망찬 음악이 들려오고 있는 것 같지 않은가.

아직도 계속해서 마법진에서 익숙한 얼굴들이 쏟아지고 있다. 파란 길드는 물론이거니와 이름도 잘 기억나지 않는 놈들까지 합세하는 중, 모두가 빛의 아들에게 도움을 받거나 은혜를 입은 녀석들이 틀림없으리라.

녀석들의 얼굴에는 비장함 이상의 감정이 깃들어 있다. 무슨 수를 써서라도 빛의 아들을 구하고 말겠다고, 더 이상 그가 고통받는 모습을 바라볼 수는 없다고, 이제는 우리들의 차례라고……

저 많은 이들이 빛의 아들을 위하여를 외치고 있는 모습은 기분이 좋기도 했지만 한편으로는 초조해진다.

'누나. 이게 맞아?'

원래 우리 시나리오는 이게 아니었잖아. 초대받지 않은 손님

들이 너무 많은 거 아니야?

대표적으로 정하얀의 존재가 그랬다.

'라파엘 저 새끼도 그래.'

누나가 한소라에게 말을 잘 전했을 거라는 생각이 들기는 했지만 누가 봐도 지금의 정하얀은 이성을 잃기 직전처럼 느껴진다.

계속해서 대규모 워프 마법을 진행시키는 와중에도 이형의 괴물들이 폭죽마냥 터지고 있는 걸 보고 있자니 마음이 편하지가 않다. 이를 악문 모습, 한소라가 그녀를 밀착 마크하고는 있지만 아마 그녀의 입장에서는 외줄 타기를 하는 것처럼 느껴질 것이다. 외줄에서 떨어지는 순간 이곳에 운석이 떨어져도 이상하지 않다.

쟤 올 줄 알았으면 최소한 겉모습은 숨겼겠지.

"죽, 죽, 죽어. 죽어버려. 죽, 죽어……"

"정하얀 님? 정하얀 님?"

이 모든 일의 원흉처럼 느껴지는 회색 비둘기는 열심히 본인의 강함을 뽐내고 있는 중, 계속해서 파닥거리며 여기저기 돌아다니며 본인이 아직 건재하다는 사실을 증명하고 있었지만…….

"형! 저예요! 저 왔어요! 라파엘이에요!"

'너 주인공 아니야. 시바. 단역이라고.'

자꾸 침범하지 마. 왜 조연이 허락도 없이 주연 배우 연기하는데 애드리브치고 그래.

완벽한 장면을 만들어야 하는 나로서는 정돈되지 못한 배우들이 신경 쓰여 참을 수가 없다.

"흐윽…… 형…… 이 개자식! 으아아아아아!"

넌 좀 꺼져. 진짜. 감정 과잉이야. 우리 현성이 카메라 뺏어 가지 마. 이 새끼야.

전체적인 화면 자체는 봐줄 만했지만 디테일을 들여다보면 정신이 없다. 애초에 이게 맞는 건지조차 의심스러운 상황이 아니었던가.

물론 많이 벌리고 있기는 해. 사람들 이런 거 좋아하잖아. 인류에 희망과 메시지를 전해주고 싶다는 이지혜 감독의 저의 는 충분히 알겠다고…….

근데 자꾸만 선 넘는 애들이 보이잖아. 솔직히 우리 김 배우 가 티켓 파워가 부족한 것도 아닌데…… 어디서 회색 비둘기 가 파닥거리게 만들어?

"형! 제가 구해 드릴게요. 조금만 참으세요."

'아, 쟤 좀 치워 진짜…….'

여러모로 의구심을 가질 수밖에 없는 시점. 결과적으로 본 다면 이득을 본 것은 맞다. 정하얀이 보여주고 있는 장면은 기 적이나 다름이 없었고 타이밍도 절묘했으니까.

'시바, 생각해서 뭐하겠어.'

어차피 내 손을 떠난 것이나 다름없는데. 누나가 이게 맞다 고 판단했다면 이유가 있을 것이다. 내가 기획하기는 했지만 현재, 시나리오를 바꿀 수 있는 재량을 가지고 있는 사람은 누 나였고…… 어차피 나도 무대 위에 선 배우였으니 여기서는 그냥 입 닥치고 있는 게 정답이다.

'누나…… 누나……'

지금 본대를 정리하고 있는 게 맞다면 다시 한번 주연 배우가 스포트라이트를 받게 해주겠지.

"길을 열어!!! 길을 열어라!!"

콰아아아아아아아아아앙!!!

하는 소리가 들려온 것은 바로 그때였다.

"전진! 전진! 한 발자국씩 전진!!"

박덕구를 필두로 한 방패 부대가 몸을 움직이는 것이 시야에 들어온다.

"전진하라니까! 밀어붙이라니까!"

사제의 신성력이 계속해서 방패병들에게 떨어지고 놈들은 계속해서 발걸음을 옮긴다.

거짓말처럼 천천히 길이 열리는 것이 눈에 비친다. 아주 작은 길이지만 마치 바다가 갈라지는 걸 보고 있는 것만 같다. 말로 설명하기 힘든 짐승들로 꽉 차 있는 대지를 인간들이 방패를 맞대고 길을 만든다.

"길을 열어!!"

그 모습만으로도 입을 벌리게 만든다. 조금 간질간질하기는 했지만 저런 건 쉽게 볼 수 있는 광경은 아니었으니까.

그 누구보다도 필사적인 박덕구가 눈에 띈다. 이를 악물고 다른 사람들과 함께 발을 맞춰가며 진영을 유지하고 있는 모습은 별별 생각이 다 들게 했다.

'성장했네.'

본래대로라면 박덕구는 이미 한참 전에 떨어져 나갔어야 했다. 실제로 녀석이 벽에 부딪힌 적은 한두 번이 아니었고, 놈을 성장시키기 위해 여러 가지로 신경 써야 할 점이 많았으니까.

그럼에도 불구하고 대륙 최상위권에 이름을 올리기에는 부족하다고 생각했지만 지금의 박덕구를 보면 그런 생각 자체를 할 수 없게 만들었다. 애초에 희망이 없었던 공격력을 본인 스스로 거세했고 성장 한계치에 막힌 다른 부분들은 버프나 장비로 보완해 꾸역꾸역 올라왔다.

덩치들 중에서도 단연 압도적인 모습을 보여주는 녀석을 보고 있자니 나도 모르게 조금 짠해지는 것만 같다.

"거, 내가 할 수 있는 게 이것뿐이라니까. 앞에서 막아주는 것밖에 없소."

'돼지 새끼……'

"심지어 이것조차 제대로 하지 못하지만 그래도 궂은일이라면 맡겨달라니까."

'민망해지는 대사 치지 마.'

"그것만으로 충분합니다."

녀석의 말을 받은 것은 조혜진이었다. 아니, 조혜진을 필두로 한 파란 길드원들이다.

"지휘는 본부에서 내릴 겁니다. 최우선 순위로 명령에 따르겠습니다."

"네. 조혜진 님."

"이렇게 같이 움직이는 것도 오랜만인 것 같네요."

"응."

알프스와 유아영, 김예리가 그녀의 말을 이었다. 덩치 큰 돼지들이 열어준 길을 그대로 달리기 시작한 것이다.

제대로 된 훈련에 참여한 지 오래된 나와는 다르게 파란의 파티원들은 강도 높은 훈련을 거른 적이 없다. 머리로 생각하기 전에 몸이 먼저 반응할 정도로 피드백은 즉각적이다.

제대로 만들어진 파티가 어느 정도까지 강해질 수 있는지를 가장 잘 보여줄 수 있는 모범 사례. 실제로 교본에도 실려 있을 정도였으니 무슨 말이 더 필요할까.

파티원들은 몸을 움직인다.

조혜진을 중심으로 만들어진 파티의 목적은 뚫어내는 것. 뾰족한 창을 보는 것만 같이 느껴지는 진영에 들어선 이들에 얼굴에 긴장감이 감돈다.

신호는 조혜진이 한 발자국을 앞으로 내딛는 것으로 시작. 총알처럼 튕겨 나간 조혜진이 창을 내질렀고 방진의 중심에 있는 선희영과 엘레나가 신성 주문을 외우기 시작했다.

펑 소리가 들리는 착각이 들 정도로 극단적인 질주, 사제들을 품고 달린다는 발상은 위험했지만 파티의 허리 라인을 맡고 있는 두 레인저의 존재는 그것을 가능하게 만든다.

'김창렬, 그리고 김예리.'

사실 김예리야 말이 필요 없다. 그녀는 레인저의 탈을 쓴 올라운더였고 다운그레이드된 버전의 김현성이라 불릴 정도로 접근전에도 능했으니까.

사방에서 쏟아지는 온갖 변수를 마크하는 그들이 느낄 압박감은 가장 전위에 선 조혜진 이상이다. 계속해서 파티의 주변을 맴돌며 실시간으로 일어나는 모든 상황에 대처한다.

김미영 팀장조차 그들에게 코멘트나 명령어를 입력할 수 없다. 말인즉슨 두 레인저가 자의적인 판단을 내려야 한다는 것. 어떤 것을 버리고 어떤 것을 취할지에 대해 끊임없이 생각하고 결론을 내려야 하는 것은 그 둘이다.

이를테면 레인저의 힘으로 막을 수 없는 마법이 날아들어 왔을 때, 적들에게 둘러싸이지 않기 위해 계속해서 움직여야 하는 상황이 왔을 때, 선택은 그들의 몫이다.

김예리는 선택할 수밖에 없다. 쏟아지는 촉수와 앞을 가로막은 짐승, 김예리는 짐승의 목을 베는 선택지에 발을 들인다. 쏟아지는 촉수는 마크하지 않는다. 왜. 안기모가 촉수들을 막아줄 거라고 생각하고 있을 테니까.

"나이스. 기모 아저씨."

"하하……."

김창렬 역시 파란의 후위들을 마크할 인원인 유아영에게 짐을 떠넘긴다.

'동료를 믿는다.'

따위의 간질간질한 명언을 때려 박고 싶지만 저건 그런 게 아니야. 시스템의 승리인 거지.

수천, 수만, 수백만 번을 반복해서 훈련한 결과물. 서로가 할 수 있는 일과 할 수 없는 일을 구분하고 완벽하게 짐을 분담하는 시스템의 승리야. 방진 안에 들어가 있는 사제와 마법사, 황정연이 계속해서 주문을 외울 수 있는 이유라고.

끊임없이 전위에 버프들이 내려온다. 그들의 에너지가 떨어질 때 즈음에 다시 한번 신성력과 마법이 내리꽂힌다.

물론 이렇게 불가능한 전술이 가능하게 만드는 이유 중에 가장 큰 지분을 차지하고 있는 사람이 있기는 해.

'우리 하얀이.'

콰아아아아아아아아아아아아앙!!!

수백만 가닥으로 갈라진 마력이 파티를 중심으로 계속해서 떨어져 내린다.

콰아아아아아아아아아아아아아아아아아앙!!!

엘레나와 선희영이 내뿜는 신성력 역시 규격 외지만 정하얀은 레벨이 다르다. 자기 자신의 의지를 가지고 있는 것마냥 움직이는 마력의 가시는 계속해서 범위를 넓혀가며 이형의 괴물들을 꿰뚫는다.

한소라도 도움이 많이 되기는 하는데. 쟤는 비방용이니까. 뭐 보여주면 좋겠는데 보여줄 수가 없네.

"이 눈엣가시 같은 놈들이!"

커다란 마력을 뭉쳐서 쏘아 보내는 송 빌런. 이쯤에서 녀석이 한번 저지할 때가 됐어.

"우리한테 맡기라니까!"

조혜진과 스위치한 박덕구가 방패를 들어 올린다. 유아영,

안기모와 함께 커다란 마력을 몸으로 막아낸다.

"튕겨낼게요! 황정연 님! 황정연 님!"

"응. 아영아. 덕구 씨."

선희영은 전위들을 보조할 수 있는 버프를, 황정연은 마법으로 탱커들이 받을 물리적 충격을 감소시키고 저 마력의 운동 에너지를 바꿀 수 있는 주문을 외우고, 은근히 정연 씨도 만능이야. 마력이 딸려서 그렇지.

그리고 그사이에 엘레나는…….

"조혜진 님?"

"네."

조혜진한테 새로운 연료를 불어 넣자네. 아직 숙련도 부족한 알프스만 기웃기웃거리지. 흰둥이는 멍멍 잘 짖으면서 알뜰히 얘들 멘탈 챙겨주는데 말이야.

가까이서 보기에도 압도적인 장면이었지만 멀리서 보면 입을 벌리게 되는 장면이다. 사방이 흉측한 촉수와 괴물로 둘러싸인 곳에서 소규모 파티가 보여줄 수 있는 모습이라기에는 너무나도 비현실적이었으니까.

아니나 다를까 멍하니 그 모습을 바라보는 놈들이 중얼거리는 소리가 들려온다.

"어떻게…… 저렇게……."

"두 눈 똑바로 뜨고 봐. 우리 애들도 배워야 할 거야. 동료를 믿는……."

동료 믿음, 신뢰, 우정의 힘. 그런 거 아니야. 훈련과 피나는 노력, 시스템의 힘이라니까.

붉은 물결이 갈라지고 있는 것이 눈에 보인다.

방진의 가운데, 안에 들어가 본 적이 없는 김현성의 얼굴이 편해 보인다. 항상 전위에서 파티원들을 이끌었던 녀석이 이번에는 가장 안쪽에서 보호받으며 움직이고 있다.

'아니, 이 새끼야말로 동료들을 믿자. 이러고 있는 것 같어.'

아마 녀석들은 김현성의 기대에 부응할 것이다.

아니나 다를까.

'택배 왔어요?'

꽁꽁 가둬놨던 방진이 열리고 노을빛의 날개를 활짝 펼친 김현성의 모습이 시야에 비쳤다.

항상 불안했던 얼굴을 하고 있었던 전과는 다르게, 녀석은 무척 개운하다는 듯한 얼굴을 하고 있었다.

"제가 당신을 구하겠습니다."

왠지…… 왠지 모르게 슬퍼 보이기도 했다.

"……이번에야말로 반드시."

233장
시나리오의 끝(2)

'얘가 왜 이렇게 진지해.'

물론 김현성이 진지하지 않은 적은 단 한 번도 없었지만 평소보다 더 굳게 마음을 먹은 듯한 얼굴이 신경 쓰인다.

'뭐, 진지하면 좋은 거지. 더 몰입되자녀.'

노을빛의 날개를 활짝 편 채로 눈앞에 있는 거대한 빌런을 바라보고 있자니 확실히 시나리오의 끝에 도달하기는 했다는 생각이 든다. 녀석의 입장에서도 이번만큼은 일을 망칠 수는 없다고 여기고 있겠지.

평소보다 더 신경을 쓸 수밖에 없었을 것이다. 이건 파란 길드원들이 함께 만들어준 기회였으니까.

투자한 게 없는 것처럼 느껴질 수도 있겠지만 파란 길드는 무적이 아니다.

계속해서 마력을 충전할 수 있는 정하얀과는 다르게 다른 길드원들이 쓸 수 있는 자원은 한정적이다. 엘레나와 선희영의 신성력에게도 한계가 있었고, 황정연의 마력은 물론이거니와 전위들의 체력적인 문제도 빼놓을 수 없다.

아나나 다를까 녹초 상태가 되어버린 이들이 눈에 띈다. 몸 곳곳에는 아직 신성력으로 치료하지 못한 상처들이 있었고 장비들의 상태도 좋지 않다.

레벨이 높은 몬스터를 상대로 여기까지 김현성을 끌고 왔다는 사실 자체에 박수를 보내는 것이 옳다.

'임무가 여기서 끝난 것도 아니잖아.'

파티의 목적은 최대한 방해물을 제거하는 것, 김현성이 안전한 환경에서 싸울 수 있도록 최대한 그를 보조하는 것.

김현성의 싸움만 험난한 것이 아니라는 거다.

길드원들은 방진을 펼친 채로 곧바로 다음 전투에 대비한다. 적 진영 한가운데에 포위된 채로 전투를 이어나가는 것은 많은 경험을 가지고 있는 모험가들조차 선호하지 않는다. 파란도 예외는 아니다. 조혜진의 특기는 봉쇄당할 것이고, 후위들을 모두 보호하기에는 무리가 있다. 선희영과 황정연이 근접 장비를 착용하는 것 역시 자기 자신을 보호하기 위한 최소한의 행동이리라.

"형씨. 다녀오슈."

"부탁드리겠습니다. 길드마스터."

"힘내. 오빠."

"길드마스터. 그럼 잠시 후에 뵙겠습니다."

"왕!"

모두 저마다의 방법으로 김현성을 배웅한다. 심지어 흰둥이마저 말이다.

녀석은 고개를 살짝 끄덕이며 다시 한번 날개를 활짝 펼쳤다. 송수경이 뭐라고 지껄이고는 있지만 녀석은 동요하지 않는다. 목적이 명확했으니 다른 것들은 눈에 들어오지 않을 것이다.

김현성이 튀어나가기가 무섭게 파티원들은 전투를 이어나가기 시작했다. 아니, 파란 길드뿐만이 아니다. 대륙의 운명을 결정지을 싸움에서 물러서는 사람은 없다.

여기저기에서 폭음과 비명 소리가 들려온다. 빛의 아들을 외치는 목소리와 노을빛의 신의 이름을 반복적으로 중얼거리는 병사들의 얼굴에는 긴장감이 서린다. 사제들은 자신들도 모르게 환한 빛을 내뿜는 노을빛의 검사를 바라본다.

아마 용기를 얻고 있을 것이다. 싸울 수 있는 힘을 얻고 있을 것이다. 희망을 얻고 있을 것이다.

김현성의 인간이라기보다는 신에 가까운 존재였지만 녀석은 그 누구보다도 인간적이다. 지금 녀석이 보여주는 표정과 행동은 저절로 녀석을 따르게 만들거나 바라보게 만드는 힘을 가지고 있다.

송수경이 김현성에게 집착하는 것도 이해가 간다. 물론 핀트는 조금 다르겠지만 김현성은…….

'넌 진짜 영웅이야.'

김현성은 영웅이었으니까.

그것도 아주 이상적이고 멋진 영웅. 시바.

쾅!!! 하는 소리와 함께 노을빛의 검사와 빛의 아들의 영혼을 삼킨 송수경이 부딪친다.

김현성이 지나가는 곳마다 노을빛이 퍼지는 것처럼 느껴진다. 불그스름한 빛이 계속해서 공간을 메우고 있는 모습은 뭐라 말을 하지 못하게 만들 정도로 아름답다.

'풍경은 나쁘지 않네.'

거대한 촉수가 날아 들어오지만 김현성은 신경 쓰지 않는다.

퍼엉 하는 소리와 함께 정하얀의 마법에 튕겨 나간 촉수는 그대로 힘을 잃는다.

-기영 씨.

어?

-감사합니다.

뭐야? 갑자기…….

-정말로…… 제가 받은 것이 너무나도 많아 뭐라고 말씀을 드려야 할지 모르겠습니다.

알긴 알아서 다행이네. 내가 너한테 투자한 게 조금 많아. 그래도 지금 돌려받으려고 하는 거자너. 기특하기도 해.

회귀자 사용설명서로 계속해서 전하고 있는 거야? 혹시 형들으라고? 이거 지금 안 들려야 되는데. 답장 못 해도 이해해.

김현성은 검을 휘두른다. 수십 갈래의 빛줄기가 검에서 뻗어 나가고 붉은 악마의 몸에 깊숙이 들어박힌다.

-여러 가지로 하나하나 열거할 수 없을 정도로 너무나도 많은 것을 받았습니다. 제가 처음에 대륙에 왔을 때와 지금을 생각해 보면 달라진 게 너무나도 많은 것 같습니다. 기영 씨도 한번 언급하셨지만 그때의 저는…….

그래. 그렇기는 했어.

-그때의 저는 제가 어째서 회귀했는지에 대해 생각할 여유가 없었던 것 같습니다. 그저 미래에 일어날 일에 대해 걱정하거나 제 처지에 대한 원망밖에는…… 할 수 있었던 일이 없었습니다. 기영 씨도 아시다시피 저는 조금 멍청하기도 하고 여러 가지 일에 대해서 깊게 생각할 수 있는 능력을 가지고 있지도 않았으니까요.

아냐, 그렇게 멍청하지도 않아. 너무 자책하는 것도 안 좋아.

-기영 씨는 제가 이곳에서 많은 것들을 할 수 있다는 걸 깨닫게 해준 사람입니다. 이곳도 즐겁게 지낼 수 있다는 걸 깨달은 사람이에요. 관점을 바꾸니 많은 것이 즐거워졌습니다. 항상 짜증 나게 느껴졌던 원정이나 던전 탐사. 쓸데없는 회의나 훈련 같은 사소한 것들까지 모두 즐거워졌어요. 취미가 생겼습니다. 수집하고 싶은 것도 생겼고, 하고 싶은 일들도 많아졌습니다.

그래. 그래. 다 들었던 이야기잖아.

-거울 호수에서의 낚시, 경매장을 들락거리는 것도 좋은 활력소가 됐었던 것 같습니다.

결국에는 내 선물 때문이 아니라 네 스트레스 풀려고 했다는 거지?

-그리폰을 타고 하늘을 바라보거나, 좋은 곳에서 식사하고 커피를 마시는 것, 신문을 읽거나 사람들의 관심사를 공유하는 것. 사소하지만 문자를 보내거나 길드원들과 함께 시간을 보내는 모든 게 즐거워졌어요.

그래.

-제 주변에도 많은 사람이 생겼습니다. 함께 싸우는 동료가 아니라 가족이라고 부를 수 있는 사람들이었습니다. 제가 생각하는 것 이상으로 말이에요.

자꾸 그렇게 띄워주니까 부끄럽네. 내가 사실 많은 걸 해주기는 했어. 네가 조금 과장하고 있기도 한데…….

사실 그래. 내가 조금 대단하기는 해. 단단히 얼어붙은 회귀자의 마음을 아주 사르르 녹여 버렸자녀. 근데 이 모든 게 개고생은 아니더라고. 나도 너만큼은 아니었겠지만 꽤 재미있었던 것 같아.

조금은 담담하게 이야기를 이어나가고 있었지만 김현성은 여전히 이를 악물고 있었다.

날개를 활짝 편 채로 공중으로 치솟는 모습이 보인다. 순간적으로 표적이 된 김현성에게 여러 가지 형태의 것들이 쏟아졌지만 김현성은 몸을 비틀어 피하거나 검을 휘두른다.

영혼을 삼킨 버전의 송수경보다 더 높은 곳까지 올라간 녀석은 다시 한번 공중에서 검을 부여잡고 악마를 향해 몸을 움직이기 시작했다.

-모든 게 기영 씨 덕분입니다. 네…… 모든 게 기영 씨 덕분이에요.

"웃기지 마! 웃기지 말라고 제기랄!"

아, 그러고 보니 쟤랑도 연결되어 있었지.

나처럼 모든 걸 정확히 받을 수는 없었겠지만 아마 송수경은 김현성이 내게 보내는 절절한 편지를 훔쳐보고 있을지도 모르겠다. 그러니까 저렇게 홍분하고 있는 거지.

계속해서 김현성의 목소리가 들려온다. 별것 아닌 사소한 이야기까지 전부 풀어나가고 있는 걸 보고 있자니 솔직히 나도 재미있기는 하다. 우리는 유대감으로 똘똘 뭉쳤으니까. 이런 게 더 재미있게 느껴지는 거겠지.

-감사한 만큼 죄송한 마음도 큽니다. 제가 조금 더 강했더라면, 제가 조금 더 똑똑했더라면, 이런 생각이 든 적이 한두 번이 아니었으니까요. 기영 씨가 저를 생각했던 것만큼 저는 기영 씨를 생각하지 않은 것 같습니다. 어느새 받는 것에 익숙해져 있었던 걸 수도 있겠네요.

아주 별별 이야기를 다 해.

-제가 받은 걸 돌려 드릴 수 있는 방법이 한정적이어서 죄송했습니다. 기영 씨가 가방을 수집하는 취미가 없었더라면 아마 조금 더 마음의 짐을…….

아니, 시바 나 그런 취미 없다니까.

-모든 게 기영 씨 덕분입니다. 기영 씨는 저를 바꿨어요. 저는 희생하는 법을 배웠습니다. 남들과 소통하는 방법을 배우

고, 그들을 이해하려고 노력했습니다. 물론 기영 씨에게 배운 걸 제대로 할 수 없었지만 저는 당신을 보고 여러 가지를 느끼고 또 생각할 수 있었습니다. 하지만 아직도 원망스러워요. 왜 당신이 이런 고통을 받아야 하는지, 어째서 당신이어야 하는지, 어째서 기영 씨가 이렇게 대륙을 위해 희생해야 하는지. 이해할 수 없는 것투성이지만 어째서 당신이 이 장소를, 그리고 이들을 사랑하는지 알 것 같다는 생각이 들었습니다.

김현성의 얼굴과 몸을 스치는 촉수들이 보인다. 최대한 빠르게. 녀석은 더 빨라질 수 있다는 듯이 계속해서 몸을 움직였다. 공중에서 몸을 비틀고 계속해서 빛을 흩날린다.

많은 이들이 녀석을 바라본다. 멍하니 하늘을 올려다보며 이야기를 써 내려가는 노을빛의 신을 바라본다.

큰 목소리로 떠드는 악마의 목소리는 어느 순간부터 들려오지 않는다. 녀석 역시 조용히 김현성을 바라보고 있다.

-그리고 이 모든 걸 누려야 하는 게 기영 씨라는 사실도요. 제가 아니라 기영 씨야말로 이것들을 누릴 자격이 있는 사람입니다. 그래서…… 그래서…… 제가 받은 모든 걸 돌려드리고 싶습니다.

그래. 아주 좋은 태도야. 그런 자세가 좋더라.

-무섭습니다.

뭐가.

-이전에는 생각하지 않았던 것들이 무서워요.

뭐가 무서운데. 정확히 이야기 해야 알아들을 수 있어요.

-차라리 끝났으면 하는 생각을 한 적도 있었지만 이제는 제가 할 수 없게 될 일들이, 제가 원하는 걸 할 수 없다는 사실이 너무나도 무서워요.

왜 그래. 하고 싶은 거 다 하면서 살면 되는데. 이거 끝나면 우리 고생 끝 행복 시작이야.

-저는 기영 씨와는 다른 평범한 사람이니까요. 하지만 무언가를 위해 스스로 희생한다는 게 얼마나 가치 있는 일인지 깨달을 수 있습니다. 저는 대륙을 위해 희생할 수는 없지만 제게 많은 것을 선물한 기영 씨를 위해서 희생할 수 있을 것 같아요. 아마 기영 씨가 이 장소를, 이 사람들을 바라보는 심정과 비슷할 겁니다. 덜 숭고하지만 제게는 그 어떤 것보다 가치 있는 일이에요.

그래. 희생 좋은 말이야. 평생 헌신하라고.

콰아아아아아아아앙!!!!

커다란 소리와 함께 붉은색의 악마와 몸을 부딪친 놈의 얼굴이 비쳤다.

"으아아아아아아아아!!!"

전형적인 기합 소리도 들려온다.

마치 세상이 환하게 빛나는 것만 같다.

눈 깜짝할 사이에 김현성의 얼굴이 바로 앞에 보인다. 악마의 가슴에 검을 찔러 넣은 녀석은…… 검을 그대로 놓은 이후에 내게 손을 뻗는다.

'좋아.'

계속해서 달라붙어 떨어지지 않으려고 하는 촉수들을 억지로 떼어낸다.

"나는…… 나는 그저……."

허겁지겁 나를 바라보는 얼굴은 이미 눈물범벅이 된 지 오래. 조용히 고개를 끄덕인 녀석은 무척 담담하게 입을 열었다.

"그동안 너무 감사했습니다."

그래.

"말주변이 없어서 너무 죄송합니다."

아, 진짜 죄송하다는 말 좀 그만해.

"끝까지 저를 지켜주시려고 해주셔서…… 너무…… 너무……."

무슨 소리야 그건 또.

김현성은 미소 지었다.

"안녕히."

목에 걸린 펜던트를 꽉 쥐며.

'어?'

울음 섞인 목소리로, 다시 한번 입을 열었다.

"안녕히……."

'어…….'

"언젠가…… 언젠가 다시 만날 수 있게 되기를……."

'뭘 언젠가 다시 만나?'

"……뭐……."

'그게 무슨 의미야. 이 새끼는 갑자기 왜 이상한 말을 하고

그래?'

"뭔 소리야."

'너 미쳤어?'

도대체 무슨 개소리를 하고 있는 거야. 조금 이상하지 않나. 아무리 생각해도 감정선이 조금 이상한 것처럼 느껴지잖아. 그 대사가 맞아? 수고하셨습니다. 고생하셨습니다. 이제 모든 게 끝났습니다. 더 이상 이런 일은 일어나지 않을 겁니다. 같은 대사가 더 어울리지 않아?

'안녕히는 개뿔. 왜 안 볼 사람처럼 말하고 그래?'

처음부터 끝까지 제대로 이해되는 게 하나도 없었다.

어째서 녀석이 저런 말을 하는 건지, 왜 펜던트를 붙잡고 있는 건지, 어째서 무섭다고 이야기했는지, 드디어 모든 게 끝났다는 듯이 웃고 있었던 건지, 왜 이제야 편해질 수 있다는 듯한 얼굴을 하고 있는 건지, 어째서 지금 놈의 모습이 흩어지고 있는 건지…… 이해가 되는 게 하나도 없었다.

뭐라고 말이 잘 나오지 않는다. 마치 사고가 마비된 사람처럼 여러 가지 생각을 하는 것이 쉽지가 않다.

정신을 붙잡아 보려고 했지만 멍한 상태가 되어버린다. 그렇게 시간이 흘러간다. 언제나 그랬듯이 멋진 풍경이 대륙에 드리운다.

너무나도 환한 노을빛이 대륙을 비춘다. 마치 모든 이야기가 끝이 났다는 듯이 빛이 대륙에 퍼지기 시작했다.

모두가 기적이라고 생각하고 있을 것이다. 멍하니 주변을 둘러보자 기쁨의 환호성을 지르는 이들이 눈에 띈다.

모든 게 끝났다고 생각하는 이들의 모습이었다.

"빛의 아들이여!"

"살았어…… 살았다."

"베니고어시여…… 하하…… 하하하하!!"

"빛이다."

"따뜻한 빛이야. 너무나도 따뜻한……."

"노을빛의 검사가 이긴 거라고…… 하하하하! 신이시여……

감사합니다. 다시 한번 기적을 내려주셔서……."

'무슨 개소리들을 하는 거야. 지금…….'

"기적입니다. 여러분. 기적이에요. 대륙은 다시 한번 승리했

습니다. 악에 지지 않고, 굴복하지 않고 다시 한번 승리를 일

구어냈습니다. 우리의 삶의 터전을, 빛의 아들의 영혼을! 우리

가 소중히 하는 것들을 지켜냈습니다. 우리는 오늘을 잊지 않

을 것입니다."

'그게 뭐냐고…… 그러니까. 너네 지금 무슨 소리 하는 거야.'

"악마가 사라지고 있어요. 여러분…… 악마들이 사라지고

있습니다. 인류가 승리한 겁니다."

말 그대로였다. 천천히 흩어지고 있는 이형의 괴물들이 눈

에 들어온다. 노을빛에 영향을 받은 이들이 괴로운 비명을 내

지르며 흩어진다.

모두가 검을 내려놓는다. 치열하게 전투를 벌이고 있었던 모

험가들, 계속해서 기도를 올리는 사제들, 주문을 쉴 새 없이

외우고 있었던 마법사들이 지팡이를 내려놓는다.

눈물을 흘리거나, 안도감에 서로 껴안거나 그대로 바닥에 허물어지는 이들도 시야에 비친다.

그 와중에도 나를 품에 안은 김현성은 흩어지고 있었다.

"어…… 어?"

깜짝 놀라 연기하는 것도 잊은 채로 녀석의 옷을 부여잡았지만 내 손이 닿기 전에 허물어진다.

민들레 씨가 날아가는 것처럼 작게 불어오는 바람에도 흩어지기 시작했다. 손을 잡아봤지만 잡히지 않는다. 부여잡은 손이 그대로 흩어졌다. 마치 모래를 만지는 것 같다.

"야, 야!"

언제부터인지는 모르겠지만 김현성의 표정은 멈춰 있다. 마지막 대사를 입에 담은 이후의 그 표정 그대로, 웃고 있는 얼굴 그대로를 유지하고 있다.

녀석의 시선은 마지막까지 이쪽에 고정되어 있었다. 눈도 깜빡이지 않고 입 모양도 변하지 않는다. 미세한 떨림조차 느껴지지 않는다.

"야…… 너 왜 그래?"

대답은 들려오지 않았다.

"몰래카메라야?"

대답이 들려오지 않는다.

어떻게 해. 얘 좀 이상해졌나 봐. 너무 무리해서 그런가…… 맛이 간 건가 봐. 선 채로 기절했다. 뭐 그런 건가 봐.

너무 주인공 티 내지 않아도 괜찮아. 이미 할 만큼 했는데. 뭐 그런 연출까지 하고 그래. 사실은 다 알고 있었지? 그래서 나 놀려주려고 이러는 거야?

"말 좀 해봐요. 현성 씨. 괜찮으세요? 현성 씨…… 이제…… 전부 다……."

너무 놀라서 그런 건가. 내가 갑자기 말하고 그러니까. 놀랐지. 그럴 만도 해. 원래 여기서 말하는 건 계획에 없었거든.

너무 놀라서 얼어붙은 것 좀 봐. 이제는 이런 짓도 못하겠다. 야. 이제 안 할게. 그러니까 말 좀 해봐.

"이제 전부 다 괜찮을 거예요. 모두 끝났습니다. 이제…… 돌아가요. 돌아가죠……."

대답은 들려오지 않았다. 녀석은 여전히 미소를 머금은 얼굴로 조용히 나를 바라보고 있었다.

"이제 끝났다니까."

"……."

"야. 이제 끝났다고……."

"……."

"김현성. 내 말 안 들려?"

베니고어, 루시퍼. 이제 끝난 거 맞지? 누가 대답 좀 해봐. 누나 이게 맞나? 왜 아무도 피드백이 없어. 지금 조금 이상하잖아. 아니, 조금 많이 이상하지 않아?

이런 거 계획에 없었잖아. 지금 좀 일이 이상하게 돌아가고 있잖아. 베니고어. 베니고어. 내 목소리 들려?

"베니고어…… 내 목소리 들려? 벨리알…… 너희……."

"……."

"뭐해. 김현성…… 넌……."

얼떨결에 천천히 몸을 일으킨다. 나를 안고 있었던 놈의 몸이 사르륵 무너진다.

"아……."

깜짝 놀라 반사적으로 손을 뻗었다.

"어……."

손에 닿은 녀석의 얼굴이 흩어진다. 계속해서 미소 짓고 있던 얼굴이 이제는 보이지 않는다. 몸도, 다리도, 팔도, 그대로 바람에 흩날려 사라져 버렸다.

"아아아……. 어……."

무언가 이상한 느낌이 들어 주변을 바라본다. 여전히 환호성이 들려온다. 행복한 웃음소리와 함께 마치 축제처럼 변해 버린 풍경이 눈에 들어왔다.

내게 오고 있는 이들의 모습이 보인다. 흩어져 버린 김현성을 붙들고 있는 나를 바라보는 이들이 보인다.

조금 표정이 이상한 애들의 얼굴이 보여. 나를 둘러싸고 있는 파티원들의 얼굴에 걱정스러움이 묻어나온다.

내가 지금 무슨 표정을 하고 있지. 지금 울고 있는 건가. 손이 계속해서 떨린다. 숨을 제대로 못 쉬겠어. 머리가 어지러워. 왜 이러지. 지금 꿈꾸고 있는 거지. 도대체 지금 무슨 일이 일어난 거지.

이제부터 어떻게 하기로 했더라. 다음 계획이 뭐였지. 내가 뭘 하려고 했었지? 지금…… 지금…… 내가 왜 여기에 있는 거지? 이것들은 다 뭐고…… 나는…….

"……!"

"……!"

"…….'

"……?"

주변에서 뭐라고 하는 목소리 들려왔지만 아무것도 들리지 않는다. 괜스레 한 번 더 손을 뻗어봤지만 잡히는 것이 없다. 박덕구가…….

"형님…….'

하는 목소리가 들려왔다. 하지만 이마저도 이후에는 제대로 들려오지 않았다.

몸이 하늘로 붕 떠오른다는 느낌이 든 것은 바로 그때였다. 무슨 일이 벌어지고 있는지 정확히 판단을 내릴 수 없었지만 그다음에는 땅바닥으로 떨어지는 듯한 느낌이 든다.

모두가 위를 바라보고 있다. 거대한 빛 안에 들어가 있는 내 모습이 보인다. 아래에서 나를 바라보고 있는 이들의 모습이 보였다.

더미의 모습에서 벗어난 건가. 지금 나 아래로 내려가고 있는 건가. 너무 순식간에 일어난 일이라서 현실 감각이 없어.

지금 정말로 부활하고 있는 거야? 이렇게 되살아나는 거야?

"……!"

"······!"

환호성을 지르는 이들의 모습이 보였다.

판단을 내리기 쉽지 않지만 아마 그러는 중일 것이다.

[신화 등급의 던전 '빛의 아들이 희생된 대륙'의 클리어 조건을 완수하셨습니다.]
[빛의 아들의 부활. (1/1)]

메시지가 보였으니까. 북부를 덮었던 하늘이 사라지는 것이 보였으니까.

던전화의 영향을 받았던 모든 것들이 처음 그대로의 모습으로 되돌아가는 게 눈에 보였다. 다시 한번 환한 빛이 떨어지고 무너진 것들이 다시 일으켜진다.

처음부터 전투가 없었던 것처럼, 처음부터 이런 일이 생기지 않았던 것처럼 본래대로 되돌아간다.

꽃이 피고 나무가 자라난다. 오염됐었던 지역에 빛이 떨어진다. 대륙 곳곳에서 계속해서 노을빛이 떨어져 내린다.

저 멀리 있는 에베리아의 모습도 보인다. 노을빛의 영향을 받은 세계수에 나뭇잎들이 피어난다. 엘프들은 세계수를 향해 기도를 올린다.

라이오스도 다르지 않다. 연방도 말이다.

거울 호수도 마찬가지다. 교국도, 공화국도, 대륙 전체에서 일어나고 있는 이 현상은······. 이해할 수 없는 광경이었다. 아니, 이해하고 싶지 않은 광경이었다.

막혀 있던 강물이 다시 흐른다. 누워 있던 이들이 몸을 일으킨다. 숨어 있던 이들이 밖으로 나와 하늘을 바라본다.

대륙 전체를 비추는 노을빛에 조용히 눈을 감고 팔을 벌리는 이들의 모습이 보인다. 기뻐하는 대륙인들의 모습이 보였다.

여전히 그들의 목소리가 들리지 않는다. 아마 환호성을 지르는 중일 것이다. 기적이라거나 노을빛의 영웅을 위해서라거나, 빛의 아들을 위해서라고 중얼거리고 있겠지.

아까도 그랬고…… 지금 이 광경은 분명히 기적 같이 보였으니까. 기적이라고 하기에 마땅한 광경이었으니까. 모두가 잃었던 것들을, 잃을 뻔했던 것들을 돌려받는 시간처럼 느껴졌다.

고개를 숙여 김현성이 있었던 곳을 바라봤지만 녀석은 자리에 없다. 누더기의 몸도 더 이상 보이지 않는다.

'왜 너는……'

"원래대로 안 돌아오는 거야."

상처를 입었던 이들의 몸이 치유되고 있다. 죽어가던 이들이 몸을 일으킨다. 김현성은 여전히 몸을 일으키지 않는다. 녀석은 본래대로 되돌아가지 않는다.

"왜 너는……."

펜던트.

"왜 너는 안 일어나는 거냐고."

머리가 아파.

눈물을 흘리고 있는 조혜진의 모습이 보였다. 김현성이 있

322 회귀자
사용설명서 32

었던 곳을 지켜보며 오열하고 있는 그녀가 눈에 띈다.

김예리는 김현성의 검을 부여잡고 있었다. 고개를 푹 숙인 그녀는 안기모에게 안겨 그대로 허물어졌다.

"흐윽…… 흐으으윽…… 흐으으윽……."

울음소리가 들려온다.

"흐으으으윽……."

그런 의미였나 봐. 김현성이 마지막에 남긴 말이 그런 의미였던 건가 봐. 지금 하늘을 가득 메우고 있는 노을빛이, 던전 클리어의 영향이 아니라 김현성이 만든 빛인가 봐.

나를 위해 희생한다는 게, 누려야 하는 건 나라는 게 이런 의미였던 거였어? 정말로 이렇게 끝내려고? 그런 거였어?

손이 떨린다. 바닥에서 억지로 나를 끌어당기는 듯한 느낌이 들었다.

"안 내려가."

"……."

"씨발! 안 내려간다고. 제기랄. 씨발! 이거 안 치워? 안 내려간다고 개새끼들아!"

"……."

"김현성 이 멍청한 개새끼! 주제넘은 짓 하지 마! 이 개새끼야. 네가 뭔데 나한테 돌려주느니 마느니 하는 걸 결정해. 네가 뭔데, 시발, 주제넘게 그딴 짓을 하냐고……."

"……."

"내가 다 알아서 할 테니까. 원래대로 되돌려 놔. 이 멍청한 새끼야.”

“……”

“내가 전부 해결할 테니까! 처음부터 원래대로 되돌려 놓으라고! 이 답답한 새끼! 이거 놔! 씨발 안 내려가! 안 내려간다고! 제기랄!”

“……”

“베니고어! 베니고어!!”

“……”

정신없이 주변을 둘러본다.

나를 바라보는 인형 하나가 시야에 비친다. 다른 이들의 눈에는 보이지 않은 것 같았지만 내 눈에는 틀림없이 보이고 있다.

“너……”

가면을 벗은 녀석이 입꼬리를 올리며 입을 열었다.

‘이게 맞아.’

“지랄하지 마! 이 개새끼야!”

‘이게 맞아. 이게 정답이야.’

“웃기지 마! 이 개새끼! 맞기는 뭐가 맞아! 도대체 뭐가 맞다는 거야…… 제기랄…… 도대체…… 뭐가 정답이라는 거야…….”

녀석은 여전히 입꼬리를 올리고 있었다. 녀석의 모습이 점점 뚜렷해지다 흐릿해진다.

저건 도대체 뭐야. 넌 도대체 뭐냐고.

만족스럽다는 듯이 웃고 있는 모습은 부아가 치밀어 오른다. 정신을 부여잡으려고 입술을 꽉 깨물었지만 녀석의 모습은 달라지지 않는다. 여전히 놈은 나를 바라보고 있었다.

이게 네가 원한 거였어?

"이 꼴 보자고 기억에 손을 댄 거였어?"

제대로 숨이 쉬어지지 않는 듯한 느낌이었지만 정신은 또렷하다.

당장에라도 기절할 것 같은 기분이었지만 계속해서 내 주위를 감싸고 있는 빛이 흐릿해지는 정신을 부여잡는다.

억지로 주먹을 쥔다. 어떻게든 뇌로 공기를 내보내기 위해 호흡을 크게 들이마신다. 들이마시고 내뱉고를 계속해서 반복해야 된다고 생각했다.

"후우…… 후우……."

내 잘못인 거야?

"후우…… 하아…… 하아……."

어디서부터 잘못됐지. 어디서부터…… 도대체 뭐가 어떻게 된 거지.

"하아…… 후우…… 후우……."

금방 괜찮아질 거야. 금방…… 금방 괜찮아질 거야.

평소처럼 아무렇지도 않아질 거야. 별거 아니야. 아직 내 손을 벗어나지 않았어. 전부 다 되돌릴 수 있어. 매번 그랬던 것처럼 이번에도 똑같아. 아직 패는 많아.

정 안 되면 다음 회차로 나가면 돼. 일이 조금 귀찮아지겠지만, 그래. 다시 처음부터 시작한다는 선택지가 있으니까. 보험은 있는 거야. 그러니까 초조해하지 마.

"하아……."

평소처럼 사고할 수 있는 상태가 됐는지는 확신할 수 없다. 아직도 볼을 타고 흘러내리는 게 느껴졌으니까.

하지만 억지로라도 떠올려야 한다. 일이 어째서 이렇게 된 건지, 현재의 상황을 되돌릴 방법이 있는지 계속해서 생각해야 했다. 어디서부터 퍼즐이 잘못 맞춰진 건지 생각을 해봐야 했다. 엎어지는 건 도움이 안 된다는 사실을 알고 있으니까. 쓸데없는 감정들을 쳐내고 이성적으로 판단해야 한다. 그렇게 계속해서 나 자신을 위로할 수밖에 없었다.

조금 여유가 생긴 것은 아주 약간의 시간이 흐른 뒤였다.

"후우……."

저 개새끼 손에 놀아난 건가.

내 안에 1회차 이기영의 잔존 사념이 있을 수도 있단 가설은 꽤 오래전부터 세워왔던 것이었다. 확신할 수는 없었지만 여러 번의 전조 현상이 있었으니까.

그게 블러핑일 가능성에 대해서도 생각하지 않은 것은 아니었지만, 단순한 내 착각일 가능성을 포기한 것은 아니었지만, 이걸 꾸민 일이 1회차의 이기영이라는 생각을 지울 수가 없었다.

간단한 이야기다. 1회차의 이기영의 목적이 김현성에게 복수하는 것이라고 가정하면 모든 게 완벽한 극처럼 느껴지지 않는가.

이것보다 더 완벽한 복수는 없을 거라고 장담할 수 있다. 내가 생각하기에도 그 무엇보다 잔인한 복수의 완성이었으니까.

김현성을 손아귀에 쥐고 흔들며, 마지막의 순간에는 자신을 위해 희생하게 만드는 것. 대륙에 김현성의 존재를 지워 버리고, 녀석의 희생으로써 모든 것을 본래대로 되돌리는 것. 정말로 행복했던 순간을 안겨주고, 종국에는 그것을 빼앗아 버리는 것. 살아가고 싶다는 감정을 선물해 주고 그것을 스스로 포기하게 만드는 것.

아주 완벽한 스토리텔링이었다.

"그래. 시발, 아주 완벽한 이야기였어."

김현성은 웃으며 사라졌지만 마지막 순간에 녀석이 정말로 행복했을 거라는 생각은 들지 않았다. 많은 감정이 거세당한 1회차와는 달랐으니까.

2회차의 녀석은 살고 싶어 했다. 하지 못한 일들을 하고 싶어 했고, 일상을 얻고 싶어 했다. 취미나 관심 있는 일들도 많이 생겼고 그것들을 누리고 싶어 했다.

놈의 말처럼 무서웠을 것이다. 두렵고 힘든 일이었을 것이다.

"나는 네가 아니야. 쓰레기 새끼야. 나는 빛의 아들이라고. 개자식."

네가 무슨 일을 꾸미고, 뭘 하든 간에 나랑은 관계없는 이야기야. 그러니까 이죽거리지 마. 모든 게 끝났다는 것처럼 나를 쳐다보지 마. 아직 끝난 건 아무것도 없어. 이제 시작이야. 일이 이렇게 되면 이제부터 새롭게 시작되는 거라고…….

이미지들이 떠오른다.

머릿속에서 계속해서 이미지들이 떠오르지만, 녀석이 뭘 보여주려고 하는지 알 수 있을 것 같았지만, 나는 구태여 그것에 대해 신경 쓰지 않았다.

아니, 굳이 떠오르려고 하지 않았다. 1회차의 녀석이 무슨 생각을 하든지 간에 나랑은 관계없는 일이었으니까.

중요한 것은 이거 하나다.

김현성이 내 거라는 거.

"내 걸 건드리면 다 돼지는 거야. 알아들어? 이 쥐새끼야. 너는 네가 한 짓을 후회하게 될 거야. 네가 어디에 처박혀 있는지, 내 머릿속 어디에 있는지 모르겠지만 기필코 찾아서 갈기 갈기 찢어 죽여 버릴 거야."

'나는 너야.'

"지랄하네. 네가 무슨 개 같은 생각을 하고 있는지는 관심 없지만 전부 다 필요 없게 되겠네. 븅신 새끼. 네가 한 짓은 아무 의미가 없어. 나는 새로 시작할 거야. 네 헛짓거리는 전부 다…… 아무 의미 없는 일이 되는 거라고."

'소용없을 텐데.'

"소용없는 게 어디 있어?"

'3회차는 없어.'

"엿이나 먹어."

'김현성의 존재는 지워졌을 텐데…… 3회차가 시작돼도 김현성은 없을 거야. 노을빛의 검사는 죽은 게 아니야. 신격을 얻은 그가 느껴지기는 해? 그는 이제 존재하지 않아.'

"네가 판단할 문제가 아니야. 내가 된다고 하면 되는 거야."

'그렇게 자기 위로하는 걸 보니 비참해. 불쌍한 새끼.'

입술을 꽉 깨물게 된다. 여전히 이죽거리는 놈의 모습을 보고 손이 떨리지만 내가 할 수 있는 일은 없다.

정보가 부족하다. 떠올리는 게 가장 중요해. 어떤 방법으로 한 거지. 녀석은 뭘 알고 있지. 놈이 알고 나는 모르는 게 도대체 뭐지.

'펜던트. 우리가 넘긴 거잖아. 안 그래?'

"우리라고 하지 마. 이 씨발 새끼야! 나는 동의한 적 없어. 씨발! 나는 동의한 적 없다고! 개새끼야! 내가 이딴 걸 동의해? 내가?"

'지나치게 흥분한 것 같은데……'

"나는 이딴 거. 동의 한 적 없어. 이 쳐 죽일 새끼야!!"

'아니야. 알타누스의 유산을 넘기기로 한 건 우리 의견이 일치한 게 맞아.'

머릿속에 있던 안개가 걷히는 것 같은 느낌이 든다.

거울 호수에서 있었던 일들이 연쇄적으로 떠오른다. 알타누스의 유산을 받고 기뻐하던 김현성의 얼굴이 떠오른다. 미소 짓고 있는 내 모습도 시야에 비친다. 이후에 함께 식사를 하며 나누었던 기억들도 머릿속에 맴돈다.

'일단은 감사의 인사를 먼저 드리고 싶습니다.'

'네?'

'차원의 바다에서 구한 아이템……'

'아. 신경 쓰지 않으셔도 됩니다. 어차피 현성 씨가 아니면 쓸 사람도 없었으니까요. 정확히 말하면 제가 드린 것도 아니니……'

'그래도 넘겨주신 펜던트는 잘 보관할 수 있도록 하겠습니다.'

그게 뭐가 좋다고 처받고 웃고 있었어 이 멍청한 새끼야.

"그게 뭐 그렇게 기분 좋다고 웃고 있었냐고. 이 뒤통수 맞을 새끼야……"

점점 손이 떨린다. 주변이 잘 보이지 않는다.

어째서 김현성은 나를 의심하지 않은 걸까. 아니, 의심하지 않을 만도 해. 김현성은 페널티에 대해 내가 모르고 있었을 거라고 생각했을 테니까. 그저 좋은 선물을 줬다고 생각했을 수도 있어.

'네가 선택한 거야.'

"아냐. 나는 선택한 적 없어."

나는 동의하지 않았다. 나는 김현성을 지키려고 했어. 그래서 펜던트에 대한 기억을 지웠던 거야. 김현성이 펜던트에 대해 떠오르게 하지 못하도록 회귀자 사용설명서로 놈의 기억까지 봉인한 거야. 혹시나 내가 필요로 하는 일이 없도록…… 만약에 필요한 상황이 닥쳐와도 사용할 일이 없도록 스스로 묶어놓은 거라고.

내 기억까지 손을 봤다고 생각하는 것이 맞다. 블러핑의 블러핑을 일삼아 가며 개짓거리를 계속해서 했던 것 역시, 이 기억을 손보기 위해서일지도 모른다. 그 장소에 함께 있었던 파란 길드원들이 펜던트를 인식하지 못했던 이유 또한 루시퍼와의 계약을 이행한 이유였을 것이다.

내기의 내용은 김현성이 나를 찌를지 말지가 아니라 살릴지 말지에 대한 것.

'영향을 받을 가능성이 있다고 생각합니다. 루시퍼 님.'

'맞는 말이네요.'

'펜던트를 사용해야 할지 말지는 노을빛의 검의 선택에 달려야 합니다. 다른 이들이 영향력을 행사할 수 없게 만들어야 합니다.'

'동의해요.'

나와 그녀가 이야기를 나누고 있는 모습이 떠오른다.

머리가 깨질 듯이 아파 머리를 부여잡았다. 유리 조각들이 뇌에 박히는 듯한 느낌이 든다.

계속해서 생각을 이어나간다. 그럼에도 불구하고 어째서 내가 김현성에게 펜던트를 주었는지에 대한 의문은 풀리지 않는다. 떠오르는 것이 없다. 1회차 이기영의 영향을 받은 건가. 잠깐 동안 1회차 이기영에게 몸의 주도권을 빼앗긴 건가.

'아닐걸.'

"입 닥쳐……."

아니면…… 아니면 정말로 내가 놈에게 펜던트를 넘긴 것일 수도 있어. 보험으로 쓰려고, 나중에 필요할 때가 있을 것 같아서…… 언젠가는 이용할 수도 있을 것 같아서…….

'생각해 봐. 사람 하나를 갈아 넣고 모든 걸 이룰 수 있는 유산인데. 이것만큼 수지맞는 장사가 어디 있겠어?'

"입 다물어……."

'우린 원래 그렇잖아. 모든 걸 이용하는 사람이잖아. 안 될 게 뭐가 있겠어? 계산기를 두드려 봐. 모든 걸 얻을 수 있는 유산이야. 가지지 않는 게 바보 같은 행동처럼 느껴지지 않아? 내가 아니라 네가 펜던트를 건넸다고 가정해 봐. 너 스스로가 어떤 게 합리적이라고 판단했을지 가정해 보라고. 장담하건대 나는 후자에 걸게. 너도 나니까. 우리 생각은 우리가 제일 잘 알지.'

"나는 내 걸 버린 적이 없어. 멍청한 새끼."

'그래서 뒤늦게 수습했나 보네. 그렇지 않아? 쓸데없는 짓거리까지 하면서…… 그렇지? 네가 생각하는 것보다 김현성이 네게 더 소중한 것처럼 느껴졌으니까. 네가 생각하는 것보다 김현성과 더 가까워졌으니까. 네게 아니라고 생각했는데 결국에는 네 공간을 내어줬으니까. 쓰고 버릴 패라고 생각했는데 마음에 들어서. 그래서 없었던 일로 하려고 했던 걸지도 모르지.'

"……."

'사람이라는 게 참 재미있다니까.'

"……."

천천히 몸이 땅으로 떨어져 내린다. 계속해서 하늘에서 떨어지던 빛도 어느새 사그라든다. 내 몸을 감싸던 빛 역시 처음부터 없었던 것처럼 자취를 감춘다. 다리에 힘이 없었는지 몸이 저절로 주저앉는다.

다른 이들이 깜짝 놀라 다가오는 것이 보였지만 얼굴들이 보이지 않는다. 목소리도 들려오지 않아. 내 몸을 만지는 누군가의 손이 보여 녀석의 손을 팔로 쳐낸다.

구역질이 나온다. 이유는 모르겠지만 계속해서 헛구역질이 나온다. 온 얼굴이 눈물과 침으로 범벅이 된 것처럼 느껴진다. 시끄러운 환호성 소리가 들려왔다.

"우웨에에엑……."

아무것도 나오지 않는다. 누군가 팔을 잡아당겼다.

"꺼져…… 제기랄……."

나도 모르게 계속해서 떠올리게 된다.

"씨이발……."

계속해서 녀석을 떠올리게 된다.

"흐윽…… 씨이발…… 씨이바알……."

기어가듯이 몸을 움직여. 놈이 있었던 자리에 주저앉게 된다.

무언가를 붙잡아보려고 하지만 아무것도 붙잡히지 않아. 바닥을 꽉 쥐었다.

"……."

계속해서, 계속해서 녀석을 떠올리게 된다.

감정적이 된 것은 아니었다. 생각이 뒤죽박죽이라 내가 지금 어떤 감정을 느끼고 있는지도 모르겠다.

단순히 김현성을 잃어서는 아닐 것이다. 이건 그것보다 더

복합적인 감정일 것이다. 어쩌면 내가 실패했기 때문일지도 모르겠다.

"실패······."

이기영은 실패했다. 그걸 이제야 깨달았다. 아마 그래서일 것이다. 누구나 실패하는 것에 분해하니까. 누나 말대로 내가 상정하고 있는 상황을 벗어났다는 것에 대해 과도한 스트레스를 느끼고 있을지도 모른다. 회귀자라는 패를 허무하게 날려 버린 것에 대한 짜증이라고 하는 게 어울리지 않을까.

말 그대로 김현성은 내가 가지고 있는 것 중에서는 최고의 패였다. 녀석은 사용하기 편리하고, 금전적인 문제를 제외하면 다른 문제를 일으키지 않는다.

녀석은 내게 완벽히 감화되어 있었고 가장 통제하기 쉬운 인형이었다. 그 과정이 제법 짜증 나기는 했었지만 종국에는 녀석은 내가 가장 신뢰하고 아끼는 패로 발돋움했다. 놈한테 쏟아부었던 걸 생각해 보면 내가 이런 감정을 느끼는 것도 무리가 아니리라.

어디서부터 잘못된 건지는 알 수 없지만 아마 과정에 문제가 있었을 것이다. 불안 요소는 많았다. 그냥 떠올리지 않았을 뿐이다. 애써 무시하고 있었을 뿐이다.

"씨이발······."

계속해서 녀석을 떠올리게 된다.

'기영 씨.'

"멍청한 새끼……"

'저는 기영 씨와는 다른 평범한 사람이니까요. 하지만 무언가
를 위해 스스로 희생한다는 게 얼마나 가치 있는 일인지 깨달을
수 있습니다. 저는 대륙을 위해 희생할 수는 없지만 제게 많은 것
을 선물한 기영 씨를 위해서 희생할 수 있을 것 같아요. 아마 기
영 씨가 이 장소를, 이 사람들을 바라보는 심정과 비슷할 겁니다.
덜 숭고하지만 제게는 그 어떤 것보다 가치 있는 일이에요.'

"개 멍청한 새끼…… 네가 뭔데……"

'안녕히……'

이 멍청한 새끼가 나를 위해 희생한다는 생각을 하지 못했
다는 것부터가 어리석었다.

놈은 겁쟁이였으니까. 그래. 김현성은 지나칠 정도로 겁이
많아 작은 선택 하나에도 사람을 빡치게 하는데 일가견이 있
었으니까. 녀석이 이런 선택을 한다는 것 자체를 가정하지 않
았다는 게 가장 커다란 문제가 아닐까.

내가 김현성의 안으로 들어가기 위해 했던 모든 행동이 내
발목을 잡은 셈이다.

"도대체 네가 뭔데 그따위로 행동해. 주제넘게……"

곰곰이 생각해 보면 그리 아쉽지도 않아. 녀석은 지나치게 하자가 많았거든. 어째서 내가 놈을 선택했는지 이해가 가지 않을 정도로 하자가 많았다고.

그래. 생각해 봐. 덩치만 큰 애새끼였어. 손이 많이 가는 정도가 아니라 하나부터 열까지 내가 전부 다 봐줘야 됐다고. 중간부터는 누가 누굴 끌고 가는지도 구분이 안 될 정도였잖아. 꿈속에서 평생을 살아가는 걸 선택한 녀석이니 무슨 말이 더 필요할까. 아직도 그때만 생각하면 짜증이 솟는다.

그러니까 굳이 아쉬워하지 않아도 돼. 실패에 대해서 생각하지 않아도 되고 괜히 스트레스받지 않아도 돼.

'인간이라는 건 참 이상한 것 같습니다.'

그래. 네 말이 맞아. 김현성.

'모든 게 다 무너진 폐허인데…… 조금은 예쁘게 보이기도 합니다. 신비롭게 보이기도 하고요. 붉은 노을이……'

아니.
주제에 쓸데없이 감상적이기도 했지.
정확히 말하면 귀찮았다고 하는 게 어울릴 것 같다. 거의 하루 동안이나 놈과 함께 돌아다녔었으니까. 그 폐허가 뭐가 그렇게 좋다고 박혀 있었는지 모르겠지만 녀석은 내가 생각하는 이상적인 영웅상과 거리가 멀다.

천천히 고개를 돌리자 붉은 노을이 보인다. 신비롭지도 않고 예쁘게 보이지도 않는다.

개소리였지. 전부 다.

'저는 지금까지 제가 바라보던 풍경이 해가 지고 있는 광경인 줄로만 알았습니다. 물론 이곳에 해 같은 건 없었지만 말입니다. 계속…… 그렇게 생각했었습니다.'

내 눈에는 지금 지고 있는 거로 보여.

그때도 네가 뭔가 착각했던 걸 거야. 전부 다 내가 만든 광경이었어. 넌 잘못된 걸 보고 있었던 거야.

어떻게 봐도 빛이 꺼지고 있는 것처럼 비친다. 계속해서 이쪽을 비추던 붉은 노을은 더 이상 보이지 않는다.

'기영 씨.'

언제나 그런 식이었던 것으로 기억한다. 녀석은 부정적이었고, 쉽게 의심하고, 결국에는 통제에서 벗어나기도 했다.

말 잘 듣는 인형이라는 것도 그냥 내 개인적인 판단이었지. 떠올려 보면 김현성은 내 말을 들은 적도 없어. 제멋대로였지.

'선물입니다.'

사지 말라는 걸 매번 사기도 했고.

'죄송합니다.'

하지 말라는 짓을 매번 반복하면서 스트레스 지수를 올려 놓기도 했다.

라파엘 건도 그래. 결국에는 자기 마음 내키는 대로 행동하는 새끼였다는 거지. 감당할 자신도 없으면서 고집은 더럽게 세고…… 사실 여러 가지로 부족한 점이 많았어.

'잃었으면 다시 구하면 돼.'

아직 내 주변에는 쓸 만한 패들이 많으니까.

사실 이제 더 이상 늘리는 게 의미가 없을지도 몰라. 굳이 회귀자가 필요하지 않을 수도 있어. 얘 이용 가치는 사실 끝났다고 봐도 되거든…….

이제 1회차는 아무런 의미가 없다. 1회차와 2회차는 완전히 다른 회차였고 무력이 필요한 거라면 대체재들은 많으니까. 김현성은 앞으로 일어날 미래에 대해 알지도 못하고 설사 일어난다고 하더라고 대처할 수 있는 능력이 없다.

이후뿐만이 아니라 과정에서도 그랬다. 만약 다시 한번 2회차를 시작할 기회가 주어진다면 굳이 김현성에게 개짓거리를 하지 않을지도 모르겠다. 녀석이 할 수 있는 역할은 어차피 제한적이었으니까. 앞으로는 사건 사고가 일어나지 않을 가능성이 크잖아.

물론 할 건 해야지. 무슨 수를 써서라도 나를 엿 먹인 빌어먹을 놈 뒤통수는 갈겨줘야지.

방법이 없겠어? 무조건 방법은 있을 거야. 어쩌면 내가 1회 차로 직접 갈 수 있을지도 모르고…….

가능성은 모두 열어두자. 김현성을 대신할 사람을 구하는 것도 쉬울 거야. 적당한 놈 하나 물어다가 가져다 두면 돼. 라파엘은 조금 무리일까. 쓰로누스는 어때. 둘 다 검사 타입이고 충성심도…….

'믿어주셔서 감사합니다.'

"씨이발…… 입 닥쳐. 이 새끼야…… 이 머저리 같은 새끼야."

'기영 씨. 언제나 믿어주셔서……정말로 감사합니다. 사실 저는…….'

"이제 꺼져, 이 쓸모없는 새끼야! 정신 사납게 하지 말고 사라지라고…… 이제부터 바빠질 거야. 내 말 알아들어? 네 생각 할 여유 없다고."

'저는…….'

"제기랄……."

그럼에도 불구하고 자꾸만 떠올리게 된다. 이미 바깥으로 치워 버렸다고 생각했을 터인데 나도 모르게 땅바닥에 주저앉게 된다. 계속해서 얼굴을 감싸 쥐고 머리를 쥐어뜯게 된다. 정말로 다른 방법은 없는지, 자꾸만 다른 가능성에 대해서 생각하게 된다.

이미 지나간 실수에 대해 지나치게 복기하는 타입은 아니었지만, 자꾸만 내 실수가 무엇인지, 정말로 되돌릴 방법은 없는지에 대해 떠올리게 된다.

이걸로 끝일 리가 없잖아. 그렇지. 정말로 이렇게 끝날 리가 없어. 나도 보험을 들어놨을 거야.

"누나 어딨어?"

"……."

"이지혜 어디 있어."

"……."

"카스가노 유노는…… 넌 뭐 하고 있어. 일이 이렇게 될 거라는 걸 알고 있었어? 네가 원하는 건 뭐였어. 네가 주인님이라고 부르는 게 1회차의 이기영이라면 너도 용서 안 해."

가능성이 없지는 않지. 조금 이상한 점도 많이 있었고…….

그래. 마법이라면 되돌릴 수 있을지도 몰라.

"하얀아…… 정하얀."

"……."

차희라라면 무슨 방법을 찾지 않을까.

"희라 누나."

왜 목소리가 안 들리지. 왜 얼굴들이 보이지 않지. 지금 시간이 얼마나 지난 거지.

누군가가 내 몸을 꽉 부여잡는 게 느껴진다. 진정시키려는 의도처럼 느껴졌지만 진정이 되지 않는다.

사방에서 부여잡는 손길을 애써 뿌리친다. 어떻게 그런 힘이 나왔는지는 나도 모르겠다. 아마 저들이 놓아준 거겠지.

루시퍼는 지금 이걸 보고 있는 건가. 어째서 피드백이 없는 거지. 내가 내기의 전제 조건을 위반했다고 생각하고 있는 건가. 이미 파기된 계약이라 이거야?

정말로 이대로 끝날 리가 없어. 뭔가가 있을 거야. 분명히…… 여러 가지 상황을 염두에 뒀을 거라고…….

계속해서 허벅지를 두드린다. 아마 미친 사람처럼 보일지도 몰라. 하지만 떠오르는 것이 없다.

'다시 보고 싶은 풍경입니다.'

풍경 이야기 좀 그만 지껄여. 진짜. 정신 사나우니까.

'언젠가는……'

"그만 좀 지껄이라고 정신 사납다고."

베니고어나 벨리알과도 연락이 닿지 않는다. 아니, 연락이 되고 있는지도 알 수가 없다. 당연히 루시퍼도 느껴지지 않는다. 내가 뭘 해야 할지, 뭘 할 수 있을지 가늠할 수 없다. 그저 소리 지를 뿐이었다.

"일어나라……"

쓸모없는 행동이라는 것도 알고 있고, 아무 의미 없는 행동이라는 것도 알고 있다. 멍청하게 보일 거라는 것도, 말도 안 되는 일이라는 것도 알고 있다. 하지만 계속해서 입을 열 수밖에 없었다.

"일어나라. 알타누스의 회귀자여…… 제길…… 일어나."

아냐, 쓸데없는 행동은 아니야. 충분히 논리적인 행동이야. 저번에도 살아났었잖아. 물론 그때는 완전히 죽은 게 아니었지만 분명히 몸을 일으켰었잖아. 이번에도 가능할 거야. 이번에도 아무 일 없다는 듯이 다시 나타날 거야.

"일어나라 알타누스의 회귀자여. 그리하면 내가 네게 미래를 선물할 것이다."

당연히 아무 일도 일어나지 않는다. 뭔가 방법이 잘못됐나. 그때는 어떻게 했었더라. 어떻게 놈을 일으켜 세웠었더라.

"될 리가 없잖아. 씨발…… 이게 될 리가 없는데……"

'저는 언제나……'

"일어나라 알타누스의…… 회귀자…… 흐윽…… 여. 그리하면 내가 네게 미래를 선물할 것이다."

조금 더 크게 떠들었었나. 내 목소리 듣고 있는 거야? 듣고 있는 거 맞지.

"일어나라! 일어나! 제기랄! 알타누스의 회귀자! 김현성! 제기랄! 그리하면 내게 네게 미래를……"

하지만 아무 일도 일어나지 않는다.

"제기랄! 일어나, 김현성 이 개새끼야! 알타누스의 회귀자. 이 거지 같은 새끼야! 그리하면 내게 네게 미래를 선물할 것이다."

[시스템의 오류가 발생합니다.]

뭐.

[신화 등급의 아이템 알타누스의 유산의 사용자 노을빛의 신 김현성에 대한 오류를 확인합니다.]

"일어나! 개새끼야!"

[신화 등급의 아이템 알타누스의 유산의 사용자 김현성에게 등록되어 있었던 퀘스트 목록을 확인합니다.]

"일어나……."

[신화 등급의 아이템 알타누스의 유산의 사용자 김현성에게 허

가되지 않은 퀘스트를 확인합니다. 퀘스트 보상을 정리합니다.]

"제발⋯⋯."

[미래. (0/1)]

제발⋯⋯.

[미래. (0/2)]

"제발!"

[⋯⋯.]
[미래. (0/5)]
[⋯⋯.]
[미래. (0/25)]
[⋯⋯.]
[미래. (0/381)]
[⋯⋯.]
[⋯⋯.]
[미래. (0/2,124)]

[총 2,124개의 강제 퀘스트에 대한 보상이 정산되지 않았습

회귀자
사용설명서

니다.]

　[노을빛의 신에게 부여한 강제 퀘스트에 대한 보상이 정산되지 않았습니다.]

　[대륙의 관리자는 오류를 확인해 주시길 바랍니다. 퀘스트 보상 내역과 알타누스의 유산의 효과가 충돌합니다. 빛의 아들이 노을빛의 신에게 보상을 지급하지 않았습니다.]

　[아이템의 발동 조건과 강제 퀘스트의 등급을 확인…….]

　"일어나라 씨발놈아! 그리하면 내가 내게 미래를 선물할 것이다."

　[신화 등급의 강제 퀘스트를 생성합니다.]

　[내가 너의 죄를 사하노니. 일어나라, 알타누스의 회귀자여. 그리하면 내가 네게 미래를 선물할 것이다. (0/1)]

　[퀘스트 클리어 보상 - 미래. (0/2,12■)]

　[미래. (0/2,125)]

　다시 한번 거대한 빛이 하늘에서 떨어지는 것이 시야에 들어왔다.

　"미래를 선물할…… 것이다."

　그래.

　미래를…….

234장
시나리오의 끝(3)

이해가 되지 않는 것투성이였다.

지금까지 여러 가지 마법 같은 광경을 봐오고 겪어왔지만 지금 일어나고 있는 일에는 나 역시 동요할 수밖에 없었다.

거대한 빛이 계속해서 대지를 가득 메운다.

화아아아아아악 하는 소리와 함께 계속해서 김현성이 있었던 자리를 밝힌다.

깜깜했던 시야가 순간적으로 되돌아온 것은 바로 그때였다. 어두운 방을 순간적으로 밝혔던 것처럼 갑작스레 모든 감각이 되돌아온다. 가라앉는 늪에서 빠져나온 것처럼 상쾌한 공기가 느껴진다.

'그래······ 미래를······.'

화아아아아아아아악.

지금까지 들리지 않았던 목소리들이 들려왔다. 모두의 얼굴이 시야에 비친다. 천천히 불어오는 바람과 기분 좋은 빛이 느껴진다. 계속해서 떨렸던 팔도, 일그러져 있었던 얼굴도 제자리를 되찾는다. 나도 모르게 몸을 일으킨다.

"형님……."

가장 가까이에서 내 손을 붙들고 있는 돼지 새끼.

"오, 오, 오빠……."

아예 팔을 끌어안고 붙어 있는 정하얀이 보였다.

모두가 이쪽을 바라보고 있다. 파란 길드원뿐만이 아니라 자리에 위치한 모든 이들이 나를 보고 있는 것이 시야에 비친다.

그중에서는 무릎을 꿇고 있는 이들도 보였고 고개를 숙이고 있는 이들도 있다. 기도를 올리고 있는 이들도 있었으며 손을 꽉 잡고 있는 이들 역시 보인다.

상처 입은 몸을 일으킨 이들과 서로 손을 꽉 잡고 있는 연인들과 동료, 대륙 어딘가에서 한 번쯤 마주쳤을 것 같은 이들이 내 주변을 바라보고 있는 모습은 왠지 모르게 입꼬리를 올리게 만들었다.

물론 감상에 빠진 것은 아니었지만…….

"정신이 좀 드는 거요?"

내가 언제 정신을 잃고 있었다고 이래. 얘는.

"괜, 괜, 괜찮으세요? 오빠?"

당연히 괜찮지. 그럼, 내가 뭐 진짜로 당황했을까 봐. 하얀이 얘는 왜 이렇게 얼굴이 눈물 콧물 범벅이야. 좀 닦아줘야겠네.

"도대체 이게 어떻게 된 일이요. 형님, 형님?"

"정신 사나우니까 입 다물어. 돼지 새끼."

"아, 아무리 그래도 설명이 필요한 거 아니요. 지금 도대체……
형님…… 방금까지는 분명히……."

내가 좀 이상했었어?

아직도 불안한 표정으로 나를 바라보고 있는 정하얀의 머
리를 쓰다듬고, 얼굴을 닦아준다.

안심했다는 듯 기분 좋은 웃음소리가 들려왔지만 이후에는
다시 한번 하늘을 바라볼 수밖에 없었다. 아직 상황이 완전히
끝난 것은 아니었으니까.

"현성이 형씨가……."

"됐어. 아무 말 하지 마."

"……."

"다시 되돌릴 수 있을 거야."

"정…… 말입니까? 부길드마스터?"

"그래. 혜진아. 되돌릴 수 있어."

"그게…… 그게 정말이야?"

"응. 다시 돌아올 거야."

이제야 조금 여유가 생기네.

이제야 주변을 되돌아볼 수 있는 여유가 생겨.

"빛의 아들이시여……."

"이기영 님……."

"빛의 아들께서 돌아오서…… 노을빛의 신의 죄를 사하시

니…… 죽음에서 돌아오신 빛의 아들이……."

음유시인들과 사제들이 중얼거리는 소리를 들으며 날개를 활짝 펼친다. 등 뒤에서 날개가 화악 퍼지며 다시 한번 빛이 쏟아진다.

몸 안이 신성으로 가득 채워지는 감각은 언제나 기분이 좋다. 머리가 맑아진 느낌에 나는 조용히 중얼거렸다.

"내가 미래를 선물할 것이다."

사실 어떻게 된 일인지는 알 수가 없다.

지금 일어나고 있는 이 현상이 계획된 것인지, 아니면 사전에 계획되지 않은 것인지도 판단할 수 없지만 딱 한 가지 확신할 수 있는 게 있다.

영원토록 변하지 않을 불변의 진리.

'시바, 내가 천재라는 거지. 뭐.'

잘 기억은 안 나지만 모든 게 계획된 거고 설계된 거라 이거야. 김현성의 희생까지 이 머리 안에 들어가 있었다네.

소름이 돋는다, 소름이 돋아.

아직 제대로 정리가 되지 않아서 정확히 말할 수는 없겠지만 아마 모든 것은 연결되어 있었을 것이다.

펜던트, 외신 전쟁, 둠둠현성, 부활과 죽음. 모든 게 거미줄처럼 얽혀 있을 거라는 판단이 선다. 처음부터 끝까지 잘 짜둔 각본이었고, 나는 그 각본대로 움직이고 있었을 뿐이다.

김현성도 아마 마찬가지겠지. 누나도, 카스가노 유노도…… 모든 게 끝을 보기 위해 필요했던 요소였다는 거야.

아니어도 굳이 상관없어. 본래 생각하는 대로 이루어진다 잖아.

'무섭다. 이기영. 진짜 도대체 몇 수 앞을 내다본 거야? 천재 도 이런 천재가 없어요.'

"내가 두렵자너."

"형님…… 그게……."

"덕구야. 수신기 가져와."

"아……."

"빨리. 하얀아. 주변 소리 차단하고. 촬영 준비해 줄래?"

"아…… 네…… 네!"

천천히 팔을 벌린다. 무대 위에 선 배우처럼 과장스럽게 팔을 벌린다. 조용히 나를 바라보는 이들의 얼굴이 밝아지는 것이 시야에 비쳤다.

-이제 좀 정신 좀 차렸나 봐요. 오빠?

"연기 좀 괜찮았어? 누나?"

-연기는 개뿔, 말도 안 되는 소리 하지 마요. 누가 봐도 정신 놓고 있는 게 눈에 보였는데. 저 진짜로 당황했어요. 진짜로 요. 그나저나 뭐가 있을 거라고 예상은 했지만 엄청 의외네요. 솔직히 저도 끝이라고 생각했었거든요.

"……."

-베니고어 넷 실시간 반응 보면 놀라 자빠질 거예요. 오빠가 정신 놓고 있는 모습을 보는 게 다른 사람들도 그리 좋지는 않았나 봐요. 최대한 막으려고 하기는 했는데 어쩔 수 없더라고요.

"그거 구경할 시간은 있었나 봐."

-중요한 일이니까요.

그래. 누나 말이 맞아.

-노을빛의 검사는 빛의 아들을 위해 희생했어요. 이야기의 끝이 여기라도 저는 별로 상관없지만 오빠도 상관없지는 않겠죠. 아니, 저도 다행이라고 생각하고 있어요. 내가 예상했던 것보다 오빠 상태가 더 심각했으니까. 정말로 재기 불능처럼 보였으니까…… 아닌 척하면서 은근히 마음이 약하다니까.

"마음이 약하긴 개뿔."

-그래서 지금 어떤 상황인 거예요?

"김현성이 나를 부활시키기 위해 사용한 알타누스의 유산과 내가 이전에 넣어둔 보험이 충돌하고 있는 것 같아. 지금 떨어지고 있는 빛은 그것 때문일 거야. 조금 억지스럽기는 하지만 시스템은 김현성이 아직 사라질 수 없다고 판단하고 있거든."

아마 누나라면 내가 무슨 말을 하고 있는지 알 수 있을 것이다. 자세하고 많은 설명을 하지는 않았지만 그녀는 더미 월드를 운영해 본 경험이 있었으니까.

그곳에서도 시스템은 존재한다. 물론 대륙을 관장하고 있는 것과는 비교도 할 수 없을 정도로 열화판이지만 그 결은 같다. 이곳이 어떤 원리로 작동하는지 대충은 알고 있다는 거지.

-요지는 오빠가 의도적으로 오류를 일으켰다 이거네요.

"맞아."

-더미 이기영이 비슷한 걸 했었나……

"아마 그럴걸."

중요한 쟁점은 의도적으로 충돌을 일으켰다는 것이다.

오류, 버그 뭐, 표현할 수 있는 단어는 많지만 잘 돌아가고 있는 코드에 허점을 찾아 찔렀다는 것만은 부정할 여지가 없다.

당연히 시스템은…….

-오류를 복구하려고 하겠네요.

"우리는 그 틈을 더 벌려야 하고."

-무슨 말인지 이해했어요. 시스템이 정상화되기까지, 그 팀에 김현성을 날치기해 오자 이거죠? 신성이 필요하다는 것도 이것 때문이었네요. 이제야 일이 어떻게 돌아가고 있는지 이해가 가요. 곧바로 사용할 수 있도록 해놓은 게 헛짓거리가 아니게 돼서 좋네.

"다행이네."

-모아놓은 게 충분할지는 모르겠지만…….

"벨리알과 베니고어도 비슷한 걸 하고 있을 거야. 지금 바로 이체해 줘. 그리고 바로 방송 들어갈 거야."

-실시간으로 벌어먹자 이거예요.

"단순히 그것뿐만은 아니야."

이유가 그것뿐만은 아니다.

'본래 스토리텔링이 중요하거든.'

말 그대로였다. 대중들이 어떤 걸, 어떻게 믿느냐도 중요해. 내가 어떻게 사용하는지와는 관계없이 그들이 믿는 것도 중요하다고.

그런 의미에서 이 모든 작업은 의미가 있었다. 이전에 김현성이 몸을 일으켰던 것도, 지금 내가 이렇게 되살아난 것도 말이야.

"나는 희생과 부활의 신이야. 누나."

-희생과 부활의 신이래. 이해는 가지만 자기 입으로 말하기 쪽팔리지도 않나 봐.

"대중이 그렇게 생각하고 있는데 어쩌겠어. 그렇게 생각하지 않아도 상관없어. 누나가 그렇게 만들 테니까. 나는 희생과 부활의 신이 될 거야."

-원하는 게 너무 많네요. 실시간으로 언론 플레이도 해달라고요?

"사랑해."

-나도 사랑해요. 안 그래도 정신없는데…… 내가 김현성이 뭐가 예쁘다고 이런 걸…… 으, 왠지 안 내켜…….

구시렁거리는 소리가 들려오기는 했지만 조금의 시간이 지난 이후에는 중얼거리는 소리가 들려온다. 이지혜가 심어놓은 프락치들이겠지.

"희생과 부활의 신……."

"희생과 부활의 신이다."

"부활의 신이시여."

계속해서 신성이 내리 떨어진다.

나는 날개를 더욱더 크게 펼친다. 계속해서 같은 소리를 중얼거린다. 종교 의식을 진행하는 것처럼 말이다.

"일어나라. 노을빛의 신이여. 그리하면 내가 네게 미래를 선물할 것이다."

눈물을 흩뿌리며, 유대감으로 똘똘 뭉친 형제를 잃은 이기영의 목소리로, 비참하고 동정심이 절로 생기는 모습으로, 숭고하고 성스러운 모습으로 중얼거린다.

"일어나라…… 흐윽…… 흐으윽…… 노을빛의 신이여. 그리하면 내가 네게 미래를…… 선물할 것이다. 흐으윽……."

아까보다 더 실감 나는 것 같아. 폭포수처럼 눈물 뚝뚝 떨어지잖어. 이런 게 더 공감을 산다고…… 막무가내로 발버둥치는 것보다는 이렇게 여린 모습이 더 먹혀. 그렇지? 베니고어랑 벨 이사. 너희들도 확실하게 해.

[신화 등급의 강제 퀘스트를 생성합니다.]
[내가 너의 죄를 사하노니 일어나라 알타누스의 회귀자여. 그리하면 내가 네게 미래를 선물할 것이다. (0/1)]
[퀘스트 클리어 보상 - 미래. (0/2,129)]

거대한 빛이 계속해서 떨어진다.

갤러리들은 손을 모은다. 여느 때와 같이 기적을 목도한 이들처럼 손을 모은다. 희생과 부활의 신이 직접 행하는 기적을, 이들 모두가 노을빛의 검사가 몸을 일으킬 거라 믿어 의심치 않는다.

그래. 믿음은 힘이야. 이 믿음은 힘이라고. 시스템도 부정할 수 없고, 무시할 수 없는 힘이야.

[신화 등급의 강제 퀘스트를 생성합니다.]
[내가 너의 죄를 사하노니 일어나라 알타누스의 회귀자여. 그리하면 내가 네게 미래를 선물할 것이다. (0/1)]
[퀘스트 클리어 보상 - 미래. (0/4,122)]

물론 불안 요소는 있다. 이걸로 될 거라는 확신은 있지만 다른 변수가 없을 거라는 것은 확신할 수 없다.

하지만 분명히 가능할 것이다. 김현성이 부활하는 걸 원하는 건 나뿐만이 아닐 테니까. 녀석이 남긴 유산 역시 나와 같은 판단을 하고 있을 것이다. 녀석이 남긴 유산도 뭐가 옳은 것인지 알고 있을 것이다. 그렇지. 알타누스?

'알타누스는 그 남자를 사랑했어. 그리고…… 그의 삶에 공감하기도 했고. 수많은 고민 끝에 자신을 희생해서 다시 한번 이 모든 걸 되돌리겠다고 생각한 거야. 물론 그때의 나는 그녀를 말렸던 것 같지만…… 나는 그녀를 존중해. 그런 선택을 할 수 있는 신은 아마 없을 거야. 그 감정은 우리 사이에서 통용되는 가치거든…… 모든 걸 기억하지는 못하지만 알타누스의 의지는 기억하고 있지.'

너는 그를 사랑하잖아. 그렇지.
네가 우릴 도울 거야. 나는 그렇게 생각해. 네가 분명히 유산에 안배를 해놨을 거라고. 우리가 너의 유산을 발견한 것도 네 의지였다고 말이야.

나는 다시 한번 중얼거렸다.

"고맙다. 알타누스."

그리고…….

천천히 하늘이 열리는 것이 시야에 들어왔다. 다시 한번 거대한 빛이 대지를 가득 채운다.

시스템이 알타누스의 의지를 존중할 거라는 생각은 하지 않았다. 녀석은 인격을 가지고 있지 않았으니까. 놈은 그저 옳고 그름을 판단할 뿐이다. 무엇이 법칙에 더 어울리는지, 어떤 게 만들어진 세계에 가장 이상적이고 덜 해로운지.

알타누스의 유산이나 의지는 개뿔 관심도 없겠지. 내가 내린 퀘스트에도 관심을 가지지 않을 것이다. 녀석의 관심사는 하나다. 충돌하는 오류를 수정하는 것 딱 하나.

"타협이야. 공존이고……. 내가 바라는 건 그거야."

사실 타협이고 공존이고 개소리지만 놈의 입장에서는 다른 선택지가 존재하지 않는다. 지금 나는 배짱을 부리고 있었으니까. 버그와 오류를 해결할 능력이 없으면 되돌려 달라는 거지. 받아들이라는 거야. 여기가 개판 나는 꼴을 보고 싶지 않으면 말이야.

인체에 침투한 바이러스나 다름없게 느껴질 수도 있겠지만 나는 해로운 바이러스는 아니야. 공존할 수 있는 바이러스라고 네가 어떻게 선택하느냐에 따라 나는 독이 될 수도 있고 약이 될 수도 있어. 오히려 인체를 더 강하게 만드는 바이러스라니까. 면역력은 더 높아지고 더 안정적으로 이걸 관리할 수 있어. 그러니까 함께 문제를 해결해 보자고. 응?

[신화 등급의 강제 퀘스트를 생성합니다.]
[내가 너의 죄를 사하노니 일어나라 알타누스의 회귀자여. 그리하면 내가 네게 미래를 선물할 것이다. (0/1)]
[퀘스트 클리어 보상 - 미래. (0/4,397)]

제발 받아들여. 나쁜 거래는 아닐 테니까.

[퀘스트 클리어 보상 - 미래. (0/5,132)]

"일어나라…… 흐으으윽…… 흐윽…… 하으윽……."
눈물 한번 쏟아주고…….
"흐으으윽…… 흐으으으으윽……."
성스러운 눈물이 볼을 타고 흘러내리는 거. 이 장면 중요해. 그렇지?
"일어나라…… 노을빛의 검사여. 그리하면…… 흐윽…… 내가 네게 미래를 선물할 것이다."
반응은 즉각적일 거라고 생각했다. 놈은 시스템이었으니까. 합리적인 판단을 하기가 오히려 더 쉽다. 오류를 해결하기 위해서라면 정말로 필요한 게 뭔지 알고 있겠지.

나는 발걸음을 옮겼다. 안쪽으로 들어오라는 듯이 떨어지는 빛이 눈에 보였으니까. 김현성이 있던 곳으로 말이다.

다시 한번 시야가 뒤바뀐다.

'뭐야.'

빛 안으로 발을 디디기가 무섭게 풍경이 뒤바뀐다. 바닥에 닿은 왼쪽 발부터 시작해 순식간에 풍경이 변화는 광경은 이질적이지만 아름답게 느껴졌다.

박덕구도 정하얀도 다른 이들도 느껴지지 않는다. 혹시나 내 정신이 또 가출한 건 아닐까 하는 생각을 해봤지만 그건 아닐 것이다. 묘하게 현실감이 느껴졌으니까.

지금 이 공간이 정확히 뭔지는 판단을 내릴 수는 없지만 아마⋯⋯.

"피드백이 온 거네."

피드백이 온 거라고 생각하는 게 가장 합리적이지 않을까. 모든 게 흰색으로 둘러싸여 있는 공간, 미로 같은 벽에 둘러싸여 있다.

혹시 사후 세계는 아닐까 하는 생각을 들게 할 정도로 비현실적이었지만 아이러니하게도 무척 생생했다.

"좀 주려면 편하게 가져다주든가. 아니면⋯⋯."

허락해 주지 않는 거일 수도 있지. 그래도⋯⋯ 퀘스트는 계속해서 들어가고 있는 중이야⋯⋯ 누나와 베니고어가 뒤처리를 해줄 테니까. 아직 여유는 있어.

계속해서 발걸음을 옮긴다. 어디로 향하는지, 이 미로 같은 백색의 공간에 무엇이 날 기다리고 있는지는 모르겠지만 말이다.

어쩌면 알타누스의 유산이 마련한 장소일 수도 있고…….

아무것도 없는 곳이라 그런지 생각이 많아진다. 시스템이 나를 버그로 인식해 격리한 장소일 수도 있다는 가능성 때문이다.

섣부르게 움직이는 게 독이 될 거라는 생각도 들었지만 그럼에도 불구하고 몸을 움직일 수밖에 없었다. 주사위를 던지기 적절한 상황은 아니지만 그만큼 절박했으니까.

도박을 싫어하는 것치고는 꽤 거침없이 움직이고 있는 것 같다. 혹시나 길을 잃을지도 모른다는 생각에 벽면에 화살표를 남긴다.

'목이 마르지도 않고 힘들지도 않아. 최소한 적대적이지는 않다는 거지.'

행복 회로를 돌리려면 이렇게 돌려야 되는 거야.

아, 그리고 보니 현세에는 아직도 내가 남아 있나? 정신만 이곳으로 온 건지 궁금한데. 명색이 희생과 부활의 신이잖아. 갑자기 사라져도 되나 몰라. 희생과 부활의 신이 기적을 일으키기 전에 사라진다는 기믹을 넣고 싶은데. 조금 이상해 보이잖아. 빛과 함께 부활하는 거지. 모습을 감추면…… 조금…… 멋없어 보이지.

어디에선가 질질 짜는 목소리가 들려온 것은 바로 그때였다.

"흐윽……."

멀리서 들려온 소리에 귀를 기울인다.

"흐으윽……."

잘 들리지는 않았지만 다시 한번 발을 내디딘다.

"김현성?"

"흐윽…… 흐으윽……."

"아주 지랄을 해요. 지랄을 해. 또 질질 짜고 있어?"

"흐윽……."

"징하다. 진짜."

계속해서 울음소리가 들려왔다. 내가 울음소리에 가까워지면 가까워질수록 울음소리는 줄어든다.

질질 짜는 소리는 들리지 않았지만 인기척이 느껴진다.

이 공간 어딘가에 김현성이 있을 것이다. 어쩌면 계속해서 이곳을 돌아다니는 게 내 마지막일 수도 있고, 정말로 시스템이 나한테 벌을 내린 걸 수도 있겠네. 버그로 규정당했나 봐.

여기서 계속해서 김현성 질질 짜는 소리나 들으면서 미로 탐험하라는 형벌이야? 아주 좋네. 극적인 신화니까 사람들 입에 오르락내리락하긴 하겠어.

"흐어엉…… 흐으윽……."

그렇게 몸을 움직인다.

사실 시간이 얼마나 지났는지 모르겠다.

시간 감각이 없었으니까. 계속해서 같은 공간을 맴도는 것 같아. 벽면에 새겨진 화살표를 바라보며 나는 중얼거릴 수밖에 없었다.

"며칠이 지난 거지?"

어느 시점부터는 울음소리도 들려오지 않는다. 되돌아갈 방법을 생각하는 게 더 낫지 않을까 하는 생각도 들었지만 지금 당장 돌아간다고 해서 뭐가 달라질까.

이곳과 저곳의 시간관념이 다를 수도 있으니까. 이곳에서의 며칠이 저곳에서는 찰나일 수도 있지. 김현성의 머릿속 안에서도 비슷했지.

적어도 일주일은 지났을 것이다. 아니, 한 달일 수도 있고 반년일 수도 있어. 그래도…….

'조금 더 여유를 가지자.'

"흐윽…….."

다시 한번 울음소리가 들려온 것은 바로 그때였다. 무작정, 생각 없이 발걸음을 옮기다 이내 발을 멈춘다. 벽 너머에서 들려오는 목소리.

천천히 벽을 매만진 이후에 입을 열었다. 등잔 밑이 어둡다더니…….

"여기 있었네."

"……."

"여기 있었구나?"

"……."

"거기 기어들어 가 있었어? 어떻게 거기로 기어들어 간 거야? 모양을 보면 안쪽에서 막아놓은 것 같은데…… 거기 있는 거 다 아니까 쥐새끼처럼 숨어 있을 생각하지 마. 입 틀어막아도 소용없어 이 새끼야. 언제부터 숨어 있었는지는 모르겠지만 다 알고 온 거니까."

"누구…… 누구세요? 누구세요?"

들려오는 목소리는 김현성이 맞다. 평소보다는 조금 더 앳
된 목소리였지만 벽 뒤에 숨어 있는 이가 김현성이라는 확신
이 든다.

내 목소리를 기억하지 못하는 걸 보니까 조금 섭섭하기는
해. 기억을 잃은 건가. 아니면 무의식인 건가.

진짜 김현성이 아닐 수도 있지만 뭐가 어찌 됐든 녀석을 밖
으로 꺼내는 게 맞겠지. 그것 때문에 온 거니까.

"밖으로 나와."

"……."

"뭐해? 밖으로 나오라고."

"싫…… 싫어요."

'이 씨발 새끼.'

"밖으로 튀어나와. 이 새끼야."

"싫어요. 나가지 않을 거예요."

"답답하게 하지 말고 나와. 김현성. 이 벽 부숴 버리기 전에."

사실 부수지는 못해.

"누구세요."

"그게 중요해?"

"누, 누구신데 제 이름을 알고 계신 건가요? 혹시 당신이 저
를 여기에 가둔 건가요?"

"네가 스스로 처박혀 있는 거잖아."

"그런 뜻이 아니라…… 여기 벽 뒤에 있는 게 아니라…… 이곳에 저를 가둔 거냐고요."

"시바. 픽이나 내가 너를 여기에 가뒀겠다."

"그, 그럼 형도 여기 갇히신 건가요? 어떻게 제 이름을 알고 계신 건가요? 도대체…… 지금 제가 꿈을 꾸고 있는 거예요? 제발 꿈이라고 이야기해 주세요. 무슨 인체 실험 같은 걸 당하고 있는 건가 봐요. 아니면…… 혹시 뭐 알고 계신 게 있나요? 형도 여기로 끌려온 거예요?"

"……."

"저…… 갑자기 이곳으로…… 잠깐 정신을 잃었더니 여기에 와 있었어요. 혹시 핸드폰은 가지고 계신가요? 경찰은…… 여기는 어딘가요? 형이……."

"그게 중요하냐고."

"……."

"내가 왜 여기에 있는지, 내가 어째서 네 이름을 알고 있는지. 그게 중요한가 봐? 중요한 건 우리가 여기에서 나가야 된다는 거야. 그 벽에 처박혀서 궁상떨고 있을 게 아니라 뭐가 어찌 됐든 간에 행동해야 된다는 거라고. 의문을 가지는 게 나쁘다는 건 아니지만 행동해야지. 안 그래?"

"여긴 안전해요."

"내가 있는 곳도 안전해."

"……무, 무서워요."

"뭐가 무서운데?"

"⋯⋯."

"도대체 뭐가 그렇게 무서워?"

"설명하기 어려워요."

"뭐가?"

"바깥에 뭐가 있는지 모르잖아요. 형이 정말로 착한 사람인지 나쁜 사람인지도 알 수 없고⋯⋯ 여기는 안전해요. 최소한 죽을 위험은 없다고요. 그렇잖아요. 바깥은 위험해요."

"⋯⋯."

"어째서 제 이름을 알고 있는 건가요?"

"똑같은 말 하게 만들지 마. 현성아."

"형은 착한 사람인가요?"

'이 답답한 새끼 시바. 그딴 걸 왜 물어봐.'

조금 이해가 되지 않는 상황이었다. 하지만 지금 녀석이 어떤 상태에 있는지는 설명할 수 있을 것 같았다. 아마⋯⋯.

'1회차 튜토리얼의 김현성인가 봐.'

22살의 김현성이다. 이야기를 들은 적이 있었으니까.

정확히 상황이 일치하는지는 알 수 없었지만 아마 벽 너머에 있는 것은 그때의 김현성일 것이다. 지금 내가 있는 곳은 튜토리얼 던전은 아니었지만 말이다.

당시 이야기를 들으면서도 참 그렇다는 생각을 하기는 했지만 직접 녀석을 마주치니 속이 터질 것 같았다.

'연출도 좋아. 참.'

자기 스스로 이곳에 들어와서 여기 처박혀 있던 건지, 아니면 처음부터 저기서부터 시작했는지도 모르겠네.

본래에 인격이 소멸한 것인지도 알 수 없다. 지금 내가 녀석을 꺼내온다고 하더라도 그게 김현성이 맞을지…….

알타누스의 유산의 페널티를 받은 것일까.

여러 가지 의문이 들기는 했지만 아마 별일 없을 거라고 생각했다. 시스템이 합의서에 서명하고 알타누스가 내게 기회를 준 것이 맞다면 일 처리를 개뼈다귀처럼 해놓지는 않았을 테니까.

그냥 장치라고 생각하는 게 편할지도 모른다. 김현성이 퀘스트 보상을 받을지에 대해 확인하는 과정일 수도 있고…… 아마 이게 가장 설득력 있는 가설이지 않을까. 김현성이 퀘스트 보상을 원하고 있지 않을 수도 있으니까.

가장 처음에 이곳에 도착한 녀석에게 물음표를 던져보자 이거지.

'거절할 리가 있겠어?'

"배고프네."

"……."

"……배고파."

"……."

"배고프다."

"아…….."

"정말로 배고프다…… 목도 마르고…….."

벽 밑으로 손이 튀어나온다.

검이라고는 한 번도 잡아본 적이 없는 손, 지금의 김현성의 손과는 다르다. 굳은살도 없고 흉터도 없다. 정말로 험한 일은 한 번도 한 것 같지 않은 손이다. 팔목도 조금 가느다란 느낌이라 정말로 김현성이 맞을까 하는 착각을 하게 할 정도.

머뭇거리는 것 같은 손짓은 녀석의 성격을 대변해 주는 것만 같다.

벽 너머에서 부스럭거리는 소리와 함께 중얼거리는 소리가 들려왔다.

"혹시……."

"응."

"빵…… 드실래요?"

🚩

'양이 너무 적기는 해. 시바. 이기적인 새끼. 이기적인 김현성.'

앉은 이후에는 곧바로 빵을 살짝 뜯었다.

사실 배가 고프지는 않다. 그냥 대화를 편하게 하고 싶었을 뿐이지. 사람들은 밥 먹으면서 친해진다고 하지 않았던가. 적어도 김현성의 경계심을 풀게 하기에는 좋은 환경일 것이다.

아니나 다를까 벽 너머에서도 우물거리는 소리가 들려온다. 눈으로 보지 않아도 소심하게 조금씩 뜯어 먹는 놈의 모습이 보이는 것만 같다.

목소리는 들려오지 않았지만 침묵은 길지 않았다.

"형 거기 있어요?"

하는 소리가 들려왔기 때문이다.

'이 새끼는……'

"형?"

그래도 조금 떠들썩했던 아까와 분위기가 다르자 갑자기 혼자 남겨진 것 같은 느낌이겠지.

혹시나 싶어 일부러 대답하지 않자 이윽고 질질 짜는 소리가 들려오기 시작했다.

"흐윽……"

어째서 이 병신 새끼를 영웅으로 집었는지 나도 이해가 가지 않을 정도로 약한 모습이었다.

그냥 돌아가는 게 좋지 않을까 하는 생각이 들 정도로 오만 정이 다 떨어진다.

하지만 발걸음이 떨어지지는 않는다.

"그래. 있다."

"어, 어디 갔다 왔어요?"

"네 알 바 아니잖아."

"……."

할 말 없을 거야. 시바. 무슨 염치로 이 새끼가 어디 갔다 왔으니 뭐니 지껄이겠어. 자기 스스로 저기 처박혀 있는 놈인데.

"혼자 있으니까 무섭기는 한가 봐."

"……."

봐. 할 말 없잖아.

"어쩌다가 여기 왔어?"

"잘 기억이 안 나요. 제가 왜 여기 있는지, 언제부터 여기 있었는지…… 형은요."

"나도 잘 기억 안 나. 내가 여기서 무슨 짓을 하고 있는지도 모르겠고."

우스갯소리는 아니다. 정말로 지금 뭘 하고 있는지 모르겠다.

벽 하나 두고 여유롭게 빵이나 처먹고 있는 꼴이 조금 우습기도 하다. 어떻게 해야 저놈을 바깥으로 끄집어낼 수 있는지 고민이나 하고 있으니까.

1회차 김현성이 이야기했던 것처럼 그냥 놔두고 돌아갈까. 화살표를 그어놨으니 따라오지 않을까.

확률이 높다는 생각이 들기는 했지만 확실하지 않은 방법이다.

놈이 직접 저 벽을 뚫고 나오는 모습이 보고 싶다.

조금 더 여유를 가지는 게 좋지 않을까 싶어 이런저런 이야기를 하기도 했지만 결국에는 대화거리도 전부 다 떨어져 버린다.

사교성이 없는 것은 본래 녀석의 특성인 것 같았다.

"조금 더 줘."

"……."

"빨리."

차라리 튜토리얼 던전 때처럼 아귀라도 있었으면 좋겠어. 그럼 저쪽으로 처넣어 버릴 텐데.

무한의 빵 주머니라도 가지고 있는 거야 뭐야. 식량도 안 떨어졌나 봐.

여러 가지 생각으로 머릿속이 복잡해지기는 했지만 다시 한 번 차분해진다. 오히려 웃음이 나온다.

"언제까지 여기 있을래?"

라고 괜한 물음을 던지자 기가 죽은 것 같은 목소리가 들려왔다.

"잘…… 모르겠어요."

"움직이지 않으면 아무것도 변하는 건 없어."

"그래도……."

"……."

"위험할 확률도 있으니까요. 지금 제가 겪은 상황이 일반적인 상황도 아니고…… 생각해 보니 이상한 게 한두 가지가 아니에요. 형도 여기에 온 이유가 잘 기억나지 않는다고 하시고…… 저도…… 위험할 거예요. 새로운 곳이라고요. 움직이지 않으니까 계속 안전할 거예요."

"나는 버젓이 밖에 있잖아. 아니면 내가 너를 해치기라도 할까 봐? 형 싸움 못 해. 무기도 없고."

아니, 지금 김현성은 이길 수도 있지 않을까. 전력을 다해 싸운다면 때려눕힐 가능성도 한 40퍼센트는 될지도 모르겠다.

'같이 빵도 먹었잖아. 이거 왜 이래?'

"꼭 그게 중요한 게 아니라…… 형이 나쁜 사람이 아니라는 것도 알겠지만…… 그냥 나가기 싫어요."

"왜."

"달라지는 게 무서워요. 모든 게 변할 것 같은 기분이 들거든요. 밖에 뭐가 있을지, 앞으로 제가 어떤 일을 하게 되고 어떤 선택을 하게 될지가 무서워요. 여기에서는 그냥 가만히 있으면 되니까. 그럼 적어도 달라지는 건 없잖아요. 형 같은 사람은 이해하지 못하겠지만 저는⋯⋯."

"아니야. 나도 이해해."

"⋯⋯."

"나도 네가 무슨 말 하는지 알겠어."

"네?"

"지금의 환경과 달라진다는 건 무섭지. 도전한다는 것 자체가 원래 누구에게나 무서운 일이야. 누구나 갑작스러운 변화를 두려워하고⋯⋯ 나라고 예외가 아니야."

"⋯⋯."

"아주 작은 계기만 있으면 돼."

"⋯⋯."

"정말로 아주 작은 계기만 있으면 누구나 달라질 수 있어."

"형도 그랬어요?"

아마 그럴 것이다. 김현성에게 입을 털었던 것과는 조금 달랐지만 나 역시 달라진 계기가 있을지도 모른다.

많은 이유가 있겠지만 김현성 역시 지대한 역할을 차지할 거라고 생각이 든다. 그렇지 않다면 지금 여기에 있을 이유가 없을 테니까.

김현성 역시 마찬가지다. 가장 처음에 그저 벽에 틀어박히는 것밖에 할 수 없었던 녀석이 1회차를 이끌고 2회차에서 스스로를 희생할 줄 아는 영웅이 됐다.

녀석에게 그동안 겪은 일은 작지 않았겠지만 처음 녀석을 벽 밖으로 끄집어낸 것은 분명히 작은 계기였을 것이다.

새로운 사람들을 만나고, 새로운 것들을 경험하고, 위험과 위기를 겪으며 김현성은 성장했다. 놈의 일대기는 소설이나 영화로 나와도 위화감이 없을 정도로 영웅의 일대기처럼 보였고, 대륙의 역사였으며, 입에서 입으로 전해 내려오는 서사였다. 벽에 처박혀서 빵이나 뜯어 먹던 놈이 말이다.

본래 감상적인 성격은 아니다. 하지만 자꾸만 지난 기억을 되돌리게 되고 나도 모르게 쓸데없는 말들을 중얼거리게 된다.

"꿈이라고 생각해 보는 것도 좋을 거야. 내가 하는 말이 개소리처럼 들릴 수는 있어도 지금 네가 겪는 일이 정상적인 일들은 아니잖아. 넌 지금 꿈을 꾸고 있는 거야."

"그…… 그럴……."

"네가 상상할 수 없는 많은 일이 일어날 수도 있지. 네 말대로 괴롭고 무서울 수도 있고 힘들 수도 있다고 봐. 그래도 넌 네 이야기를 써 내려갈 수 있을 거야."

이 새끼가 지금 무슨 개소리를 하는 건가 하는 눈으로 나를 바라보고 있을 수도 있어. 근데 이런 감성이 먹힐 수도 있잖아.

"많은 친구들을 만들 수도 있고 많은 사람들을 만날 거야. 포기하고 싶어질 만큼 괴로운 일도 겪을 거고, 지금까지 네가 겪었던 삶과는 완전히 다른 게 기다리고 있을 수도 있어. 많은 실수를 할 거고, 종국에는 실패하겠지."

김현성의 1회차가 그랬다. 많은 이들과 만났고 괴로운 일들을 겪고 많은 실수를 겪었고 실패했다.

"정말로 모든 걸 포기하고 싶은 상황에 떨어질 수도 있지만…… 넌 가족 같은 사람들과 다시 만나게 될 거야. 당장은 그게 지난 삶보다 행복하다고 느껴지지는 않겠지만, 또다시 포기하고 실패할지도 모르겠지만, 마지막에는 네가 겪었던 그 어떤 괴로울 일들이 무색해질 정도로 즐거운 일들을 겪게 될 거야. 소중한 사람도 만나고 좋아하는 여행도, 취미 생활이나 네가 하고 싶었던 일들도, 모두 누리게 될 거야. 넌 그걸 눈앞에 두고 있는 거야."

"그, 그런 말도 안 되는 말이 어디 있어요."

시바 새끼가 기껏 분위기 잡아 놨더니.

"바깥으로 나와 직접 마주하지 않기 전까지는 무슨 일이 일어날지 몰라."

"……"

"지금 내가 개소리를 지껄이고 있는 것처럼 보여도 주사위를 던지지 않으면 모른다고. 그걸 확인시켜 주는 건 내가 아니라 너야. 네가 직접 확인해야 하는 거라고. 넌…… 넌…… 영웅이 될 거야."

"……"

"모두를 구하고, 대륙을 구하고, 나를 구할 거야."

"……"

"넌 내 회귀자가 될 거야."

"아……."

"너는 내 회귀자가 될 거야. 김현성."

"어……."

"내가 널 선택했으니까."

"……."

말이 없다. 벽 너머로 목소리가 들려오지 않는다.

원래 이쯤에서 나와줘야 되잖아. 나와주는 게 맞잖아. 매번 기억 잃은 캐릭터들이 치는 명대사 한번 등장해 줘야 되잖아.

솔직히 별다른 기대를 하지 않았다. 그냥 되는 대로 말했을 뿐이었으니까. 하지만 사랑스러운 회귀자는 내 기대에 부응하듯 입을 열었다.

"어라…… 왜 눈물이……."

그래, 시발로마. 이거.

"어…… 흑흑…… 흐으으윽…… 어…… 어…… 왜 갑자기…… 눈물이……."

김현성 시바 진짜 쉽다 쉬워. 이만큼 쉬운 놈 또 없다. 이게 먹히네.

"잠깐…… 잠깐만요…… 잠깐 흑흑…… 죄송해요. 형…… 흑흑…… 갑자기……."

어떻게 이게 먹히지?

"갑자기…… 눈물이…… 흑흑…… 흐으윽……."

"넌 타인을 위해 희생할 수 있을 정도로 성장할 거고 결국에는 구원받게 될 거야."

내가 그렇게 만들 테니까.

나는 천천히 벽을 향해 손을 뻗었다. 특별한 이유가 있는 것은 아니었다. 그냥 그래야 될 것 같았으니까.

내가 방금 했던 말처럼 한 발자국을 앞으로 내밀게 되기 전까지는 모른다. 나는 놈이 벽 속에서 스스로 나오기를 항상 기다렸지만 생각해 보면 내가 벽 안으로 들어간 적은 없었던 것 같다.

이 숙제는 놈에게만 주어진 게 아니라는 걸 불현듯 깨닫는다. 놈에게 미래를 선물해야 하는 것은 녀석 자신이 아니라 나다.

"어…… 어……."

거짓말처럼 김현성의 모습이 보인다. 쭈그려 울고 있는 22살의 김현성이 시야에 비친다.

김현성은 몸을 일으켰다. 눈물 콧물을 전부 다 흘리며 질질 짜고 있었던 녀석이 손을 뻗는다. 나 역시 손을 뻗으며 놈을 일으켜 세운다.

"좋은 결말이 너를 기다리고 있을 거야."

그리고.

화아아아아아아아아아아아아악!

하는 소리와 함께 세계가 뒤바뀌기 시작했다.

다시 한번 발밑을 시작으로 말이다.

"아……."

녀석은 주변을 둘러본다. 나는 녀석을 바라본다.

22살의 녀석은 어느새 1회차의 모습으로, 1회차의 모습이었던 녀석은 어느새 2회차의 모습으로, 계속해서 눈물을 떨어뜨리는 녀석은 사방을 두리번거린다.

배경도 함께 변하는 것 같다. 마치 김현성이 지금까지 지나온 시간들을 복기시켜 주는 것처럼 말이다.

그중에는 보기 싫었던 것들도 있는지 눈을 꽉 감기도 했지만 천천히 눈을 뜬 녀석은 모든 것들을 시야에 담았다. 지금까지 자신을 일으키고 성장시켰던 모든 것들을 머릿속에 담고 있는 것만 같다.

내 영웅은 이렇게 성장했다. 우리 회귀자는 이렇게 단단해졌다. 이렇게.

조금 오바하는 것 같기는 했지만 그 광경은 마치 노을이 뜨는 것처럼 비치기도 했다. 김현성에 어두웠던 기억들이 점점 밝아지고 있었으니까.

"내가 네게 미래를 선물할 것이다."

더 이상 퀘스트 메시지도 들려오지 않는다.

이유야 뻔하지 뭐.

마침내 녀석을 둘러싸고 있는 풍경이 완전히 제자리로 돌아왔을 때.

녀석은 웃었다. 눈물 콧물 다 흘리면서, 노을빛의 신으로는 보이지 않는 모습으로 웃었다.

뭐라고 말해야 할지, 지금 이 상황을 어떻게 설명해야 할지, 이해할 수 없는 표정이었지만 자신이 되돌아왔다는 사실을 깨달은 녀석은 내 모습을 눈에 담은 채로 중얼거렸다.

"다녀…… 다녀왔습니다. 흐윽…… 죄송…… 합니다. 흐윽……."

고전적인 대사를 말이다.

기껏 한다는 말이 그거야? 겨우 그것밖에 할 말이 없어? 아니, 나도 클리셰 좋아하기는 하는데 그래도 다녀왔습니다가 뭐야. 죄송합니다는 또 뭐고……. 내가 뭐 어서 오세요, 해야돼? 그건 좀 아니지 않아?

위화감이 없다. 진심으로 저런 말을 내뱉을 수 있다는 게 당황스러웠지만…….

나도 입꼬리를 올리며 웃었다.

"씨발 새끼."

라고.

[회귀자 사용설명서가 종료되었습니다.]

-그래서 오빠.

-응?

-결국 어떻게 된 거예요?

-뭐가.

-그 1회차 빌런 있잖아요. 가면 쓰레기. 오빠 머릿속에 있었던 그 새끼요. 아니, 머릿속에 있었던 건 확실한 거 맞아요? 그

냥 오빠 혼자 북 치고 장구 친 블러핑일 확률에 대해서는 생각해 봤어요? 지금도…… 보이나요?

-글쎄.

-뭐예요. 애매모호하게. 이제 다 아는 거 아니었어요?

-뭐라고 확답을 내릴 수가 없네. 사실 나도 잘 모르겠어. 누나 말대로 블러핑일 수도 있고…… 아니면 그냥…….

-네.

-그 새끼도 우리 회귀자한테 정이 들었을 수도 있겠네. 오랫동안 봐왔을 테니까 인간적으로 동정심을 느꼈을 수도 있고…… 걔가 나한테 이게 맞아. '이게 정답이야'라고 말했던 게 진짜였을 수도 있다고 봐. 전부 다 정답이었다는 거지.

-말이 되는 소리를 하세요.

-아무렴 뭐 어때.

-…….

-희생과 부활의 신 가라사대 빛이 있으라 하시니.

-…….

-빛이 있었노라.

-……이 사달을 내놓고 할 말이 고작 그거예요?

-…….

-이기영…… 진짜 쓰레기라니까.

-end-

나는 될 놈이다

글쓰는기계 게임 판타지 장편소설
WISHBOOKS GAME FANTASY STORY

판타지 온라인의 투기장.
대장장이로 PVP 랭킹을 휩쓴 남자가 있다?

"아니, 어디서 이런 미친놈이 나타나서……."

랭킹 20위, 일대일 싸움 특화형 도적, 패배!

"항복!"

'바퀴벌레'라고 불릴 정도로
끈질긴 생명력을 가진 성기사조차 패배!

"판타지 온라인 2, 다음 달에 나온다고 했지?"

평범함을 거부하는 남자, 김태현!
그가 써내려가는 신개념 게임 정복기!